ハヤカワ文庫 NV
〈NV1460〉

スパイたちの遺産

ジョン・ル・カレ
加賀山卓朗訳

早川書房
8437

A LEGACY OF SPIES

by

John le Carré

Translated by
Takuro Kagayama
Published 2019 in Japan by
HAYAKAWA PUBLISHING, INC.
This book is published in Japan by
arrangement with
CURTIS BROWN GROUP LIMITED
through TUTTLE-MORI AGENCY, INC., TOKYO.

スパイたちの遺産

登場人物

ピーター・ギラム……………………元英国情報部員
ローラ……………………………………英国情報部の弁護士。〝歴史〟担当
バニー……………………………………同法務課長
ネルソン
ペプシ }……………………………ローラの部下
ミリー・マクレイグ…………………英国情報部の隠れ家《セーフハウス》の管理人
タビサ……………………………………弁護士
アレック・リーマス…………………元英国情報部員。死亡
クリストフ・リーマス………………アレックの息子
エリザベス（リズ）・
　　　ゴールド…………………………アレックの恋人。死亡
カレン・ゴールド……………………エリザベスの娘
カトリーヌ……………………………ギラムの土地の借地人
ジョージ・スマイリー………………元英国情報部員
コントロール…………………………元英国情報部チーフ
ジム・プリドー
ビル・ヘイドン
パーシー・アレリン }………………元英国情報部員
ロイ・ブランド
トビー・エスタヘイス
オリヴァー・レイコン………………元英国大蔵省高官
オリヴァー・メンデル………………元ロンドン警視庁特別保安部警部
スタヴロス・デ・ヨング……………元英国情報部訓練生
ジェリー・オーモンド………………元英国情報部プラハ支局長
サリー・オーモンド…………………同プラハ副支局長。ジェリーの妻
カール・リーメック…………………英国情報部東欧ネットワークの中心人物だった男。暗号名〈メイフラワー〉
ドリス・ガンプ…………………………同ネットワークの一員だった女性。暗号名〈チューリップ〉
グスタフ………………………………ドリスの息子
エマヌエル・ラップ…………………元ドリスの上司。元シュタージ高官
ハンス＝
　　　ディーター・ムント……………元シュタージ副長官
ヨーゼフ・フィードラー……………元シュタージ対敵諜報課課長

本書はフィクションである。なかに出てくる名前、人物、場所、事件は、著者の想像の産物、または架空のものであり、実在するか過去に実在した人物、組織、会社、出来事、場所となんらかのかたちで似ていたとしても、まったくの偶然である。

1

以下に書き記すのは、暗号名〈ウィンドフォール〉という欺騙《ぎへん》作戦でわたしが務めた任務に関する、可能なかぎり正確を期した記録である。一九五〇年代の終わりから六〇年代の初めにかけて、東ドイツの情報部、国家保安省《シュタージ》に対して実行されたこの作戦は、わたしがともに働いたなかで最高のイギリス人秘密情報部員と、彼が命を捧げた無辜《むこ》の女性ひとりの死という結果を招いた。

プロの情報部員とて人類のひとりだから、人間的な感情からは逃れられない。重要なのは、それをどこまで抑えられるかだ――作戦行動中であれ、わたしの場合のように、五十年にわたってであれ。ほんの数カ月前まで、いま住んでいるブルターニュの人里離れた農場で、夜ベッドに横たわったときには、牛たちののんびりした鳴き声や、雌鶏《めんどり》たちのかしましい諍《いさか》いを聞きながら、隙あらば睡眠を妨げようとする非難の声を決然と頭から締め出していた。自分は若すぎたのだ、とわたしはその声に反論した。純真すぎ、世界を知らなすぎ、未熟すぎた。戦利品《スカルプ》を得たいなら、欺騙《ぎへん》の名匠ジョージ・スマイリーか、彼の上司のコントロールのところへ行ってくれ、と頭のなかの声に言った。〈ウィンドフォール〉の勝利と苦悩をもたらしたのは、わたしではなく彼らの抜かりない深謀と、学者はだしの不誠実な知性だったのだ、と。そしていま、わが人生の最盛期を捧げたイギリス秘密情報部から責任を問われて初めて、老いを感じ困惑を覚えつつ、あの作戦に関与したことの明るい面と暗い面について、いかなる代償を払っても書かざるをえなくなった。

かつて秘密情報部はテムズ川沿いのグロテスクな要塞ではなく、ケンブリッジ・サーカスの曲がり角にある大仰《おおぎょう》なヴィクトリア様式の煉瓦《れんが》の建物に入っていて、一見平穏だったあのころ、われわれ〝若造〟はそこを〝サーカス〟と呼びならわしていた。そもそも、なぜわたしがあそこに採用されたのかは、わたしの誕生にまつわる事情と同じくらい謎に包まれている。両者が切っても切れない関係にあるので、謎はなおさら深まる。

わたしの記憶にほとんど残っていない父は、母に聞いたところでは、イングランド中部の裕福なアングロ・フレンチ系一族の放蕩《ほうとう》息子だった。向こう見ずな欲求の持ち主で、遺産をまたたく間に減らし、その欠点を補うかのようにフランスを愛した。一九三〇年の夏には、ブルターニュ北岸の温泉保養地サン・マロで湯治《とうじ》をしながら、カジノや娼館《メゾン・クローズ》に足繁くかよい、町では伊達男《だておとこ》で通っていた。一方母は、ブルターニュの海沿いの丘陵地で代々続く農家のひとり娘で、当時二十歳。たまたま同じサン・マロにいて、羽振りのいい畜牛競売人の娘の結婚式で花嫁介添人を務めていた。少なくとも母はそう言ったが、なにぶんほかに証人はおらず、都合の悪い事実はいくらか脚色しているだろうから、かりにそれほどまともでない目的で町にいたのだとしても、わたしは少しも驚かない。

結婚式が終わったあと——というのが母の説明だ——母ともうひとりの花嫁介添人は、シャンパン一、二杯でなおさら気分がよくなり、ドレス姿のままパーティ会場から抜け出すと、混み合った遊歩道へ夜の散歩にくり出した。同じところを父も、何かしらの意図を持って歩いていた。母は美人で浮ついたところがあり、いっしょにいた友人はそれほどでもなかった。かくして、つむじ風のような恋愛が始まった。無理からぬことだが、母はその進み具合については口が重かった。第二の結婚があわててまとめられた。わたしがその成果だ。父はもとより家庭的な人間ではなく、結婚して間もないころから口実を見つけては家を留守にしていたようだ。

けれども、ここから物語は勇ましくなる。知ってのとおり、戦争はあらゆるものを変えるが、父は一瞬にして変わった。宣戦布告がなされるが早いか、イギリス陸軍省のドアというドアを叩き、受け入れてくれるなら誰のもとでも無償で働くと申し出た。父の使命は、母に言わせると、たったひとりの力でフランスを救うことだった。たとえついでに家族のしがらみから逃れることをもくろんでいたのだとしても、そんな異説を母のまえで唱えることは許されなかった。イギリスは特殊作戦執行部《SOE》（一九四〇年に創設され、ドイツなど枢軸国が支配するヨーロッパ各地で、諜報、偵察、レジスタンス活動の支援をおこなった）を設立したばかりだった。時の首相ウィンストン・チャーチル自身が〝ヨーロッパを炎上させる〟任務を与えて名を高めた部隊だ。ブルターニュ南西部の沿岸の町は、ドイツの潜水艦の盛んな活動拠点であり、なかでもフランスの海軍基地があったわれわれの町ロリアンは、最大の役割を果たしていた。父はブルターニュの平地にパラシュートで五回降下し、見つけられるかぎりのレジスタンス運動に協力して破壊活動の一端を担《にな》った。そしてレンヌの収容所でゲシュタポにむごたらしく殺され、どんな息子もまねできないほどの無私の献身の見本となった。父がもうひとつ残したのは、イギリスのパブリック・スクールに対する見当ちがいの信奉だった。自身はパブリック・スクールでさんざんな成績だったにもかかわらず、わたしに同じ運命を背負わせたのだ。

わたしの幼年期は天国さながらだった。母は料理やおしゃべりをし、祖父は厳しいがやさしく、農場は繁栄していた。家ではみなブルトン語で話した。村のカトリック系の小学校に行くと、半年間イギリスのハダーズフィールドでオペア（外国でホームステイをし、ホストファミリーの子供の世話をしながら語学などを学ぶ人）として働いたことのある若い美人の尼僧が、英語の基礎を教えてくれた。当然、国の法令によってフランス語も習った。学校が休みになると、農場のまわりの野原や崖の上を好き勝手に走りまわり、母にガレットを焼いてもらうためにソバの実を収穫し、ファデットという名の雌豚を世話し、村のほかの子たちと泥まみれで遊んだ。

未来はわたしにとってなんの意味も持たなかった――攻撃を仕掛けてくるまでは。

ドーヴァーで、亡き父のいとこのマーフィという太めの夫人が、母からわたしを引き取り、ロンドンのイーリング区にある自宅に連れ帰った。わたしは八歳だった。汽車の窓から、生まれて初めて阻塞気球《そさいききゅう》（爆撃機による低空からの攻撃を防ぐために金属のケーブルで係留された気球）を見た。夕食のあいだ、マーフィ氏は、戦争はあと数カ月で終わると言い、夫人は、終わるものですかと言った。ふたりともわたしのためにゆっくりしゃべり、言ったことをくり返した。翌日、マーフィ夫人が〈セルフリッジズ百貨店〉にわたしを連れていき、学校の制服を買ってくれて、忘れず領収書を受け取った。そして次の日、パディントン駅のプラットフォームで、わたしが別れ際に新しい学校の帽子を振るのを見て涙した。

父がわたしに望んだ英国化については、くわしく説明するまでもないだろう。戦時中だから、学校は手元にあるものでなんとかやっていくしかなかった。わたしはもはやピエールではなく、ピーターだった。下手《へた》な英語を仲間にからかわれ、ブルターニュ訛《なま》りのフランス語を困惑顔の教師たちにからかわれた。故郷の小村レ・ドゥ・ゼグリーズはドイツ軍に侵略されたと、ある日なんでもないことのように知らされた。母からの手紙は、届くときにはイギリスの切手とロンドンの消印がついた茶色の封筒で届いた。どれほど勇敢な人々の手を経てきたか、ようやく想像できるようになるのは何年も先のことである。休暇はキャンプと代理の両親のもとですごしたことを、ぼんやりと憶えている。赤煉瓦のプレパラトリー・スクール（パブリック・スクール進学をめざす生徒のための私立小学校）が、灰色の花崗岩《かこうがん》のパブリック・スクールに変わったが、カリキュラムは同じだった。同じマーガリン、同じ愛国主義と大英帝国に関する長ったらしい説教、同じ散発的な暴力に、無頓着《むとんちゃく》な残酷さ、そして、なだめられることも対処されることもない性欲。Ｄ－デイ直前の一九四四年春の夜、わたしは校長の書斎に呼ばれ、父は兵士として死んだ、誇りに思うようにと告げられた。保安上の理由から、それ以上の説明はできないということだった。

　十六歳のとりわけ退屈な夏学期が終わったあと、わたしは平和になったブルターニュに、成長途上のはみだし者のイギリス人として戻った。祖父は亡くなり、ムシュー・エミールという新しい相手が母とベッドをともにしていた。わたしはムシュー・エミールが好きになれなかった。ファデットの半分はドイツ人に、残り半分はひそかにレジスタンスの闘士たちに与えられていた。混乱した子供時代から逃げ出したかったのと、息子としての義務感も多分にあって、わたしはマルセイユ行きの汽車にこっそり乗りこみ、年齢を一歳偽ってフランス外人部隊に加わろうとした。そのドン・キホーテ的蛮勇は、息子は外国人ではなくフランス人ですという母の懇願を部隊が珍しく聞き入れ、わたしを手放したことで、あっけなく終わった。わたしはまた囚《とら》われの身となり、今度はロンドン郊外のショーディッチに送られ、意外にもいた父の継兄弟《まままきょうだい》のマーカスのもとで働くことになった。マーカスおじの商売は、高級毛皮と絨毯《じゅうたん》をソヴィエト連邦——彼はつねに〝ロシア〟と呼んでいたが——から輸入することであり、かねてその仕事をわたしに教えようと言っていたのだ。

　マーカスおじもまた、わたしの人生で未解決の謎だ。彼から就職の声がかかったのは、のちのわたしの上司たちによるなんらかの差し金だったのか。それは今日《こんにち》に至るまでわからない。父はどういうふうに死んだのかとわたしが尋ねると、おじは咎《とが》めるように首を振った。父を咎めるのではなく、わたしの質問の愚かさを嘆いたのだ。生まれつき裕福とか、背が高くなるとか、音楽的才能があるのと同じように、生まれつき〝秘密〟の人間がいるものだろうかと思うことがある。マーカスは意地悪でもケチでも不親切でもなかったが、とにかく秘密主義だった。中欧出身でありながら、姓はコリンズ。そのまえの名前は一度も耳にしなかった。訛りのある英語を早口でしゃべったが、母語はわからずじまい。わたしのことはピエールと呼んでいた。ロンドン東部のウォッピングで帽子屋を営むドリーという愛人がいて、金曜の午後になると、倉庫の入口で待つマーカスを彼女が車で拾いにくる。しかし、ふたりが週末をどこですごすのか、そもそも結婚しているのか、あるいはどちらも別の相手と結婚しているのかは、見当もつかなかった。ドリーの人生にはバーニーという男がいたが、そのバーニーが夫なのか、息子か兄弟なのかも、ついぞわからなかった。ドリーも生まれつき秘密の人間だったからだ。

さらに、いま振り返っても、〈コリンズ・シベリア横断毛皮高級絨毯社〉が本物《ボナ・ファイディ》の貿易会社だったのか、それとも諜報活動のために設けられた幽霊会社だったのかはわからない。後年それを突き止めようとしたが、調査は行き詰まった。マーカスおじが見本市に出かける準備をしているときにはいつも、行き先がキエフだろうと、ペルミやイルクーツクだろうと、むやみに震えているのには気がついた。戻ってきたときにひどく酔っ払っていることにも。見本市の何日かまえには、よく上品な口ぶりのジャックというイギリス人が立ち寄って、秘書たちを魅了し、仕分け室のドアから顔をのぞかせて、「やあ、ピーター、調子はどうだね？」――決してピエールではない――と挨拶《あいさつ》してから、マーカスをどこか値の張るランチに連れ出していた。そのランチのあと、マーカスはオフィスに戻って部屋の鍵をかけるのだ。

ジャックはクロテンの高級毛皮の仲買人と称していたが、本当に扱っていたのは情報だったことがわかっている。というのも、マーカスが医師に止められて見本市に行けなくなったと告げた際、ジャックは代わりにわたしをランチに誘って、ペルメルの〈トラヴェラーズ・クラブ〉で立ち入った質問をしてきたからだ。やはり外人部隊で働きたかったか。何人かの女性とつき合っているようだが、真剣な交際相手はいるのか。ボクシング部のキャプテンだったのに、なぜパブリック・スクールから逃げ出したのか。自分の国のために何かしたいと思ったことはないか。〝自分の国〟とは、イギリスのことだ。年齢のせいで戦時中にできなかったことがあったのなら、いまこそ埋め合わせるチャンスだという話だった。その昼食のあいだ、ジャックは一度だけわたしの父の話題に触れた。まるでわたしと同じく、彼の記憶からもそのことがすっぽり抜け落ちていたと思いこませたいかのように。

「ああ、そう言えば、大いに尊敬されていたきみの亡き父上だがね、ここだけの話ということでいいかな？　わたしから聞いたのではないということで。かまわないかね？」

「はい」

「本当に勇敢な男だったよ。国のために途方もない仕事をしてくれた。両方の国のためにだ。これでいいかな？」

「いいと思います」

「彼に乾杯だ」

乾杯、とわたしも応じ、ふたりで静かに飲んだ。

ハンプシャーの麗しい邸宅に、ジャックと同僚のサンディ、それからわたしがたちまち恋に落ちたエミリーという働き者の若い女性がいて、キエフの中心街の秘密文書受け渡し場所《デッド・レター・ボックス》——といっても、古い煙草《たばこ》屋の壁の煉瓦をひとつはずすだけだが——からものを回収する手順について、オレンジ栽培の温室に設《しつら》えた模型で、わたしに短期訓練をほどこした。安全に回収できるかどうかを判断する合図も教わったが、この場合には、手すりに結びつけられた緑のリボンの切れ端だった。そして無事回収したことを知らせるには、ロシア煙草の空《から》のパックを、とあるバス停留所の横のゴミ箱に捨てればよかった。

「もしきみが、ピーター、ロシアのビザを取得するようなことがあったら、イギリスではなくフランスのパスポートを使ったほうがいい」ジャックはさりげなく提案し、マーカスおじがパリに系列会社を所有していることを思い出させた。「ところで、エミリーには手を出さないように」わたしがその気になっていそうだと察して、釘を刺した。まさに図星だった。

★

それがわたしの初仕事、のちに〝サーカス〟として知る組織のために遂行した最初の任務だった。初めて自分を秘密の戦士と見なし、亡き父親の面影《おもかげ》と重ねたのだ。そこから数年で似たような任務を何回こなしたかは忘れた。少なくとも五、六回。レニングラードにも行ったし、グダニスク、ソフィア、ライプツィヒ、ドレスデンにも行った。事前事後の精神的負荷を別とすれば、どれもどうということのない仕事だった。

別の美しい庭のある別の田舎《いなか》の邸宅で長い週末をすごし、対監視《カウンター・サーベイランス》や、人混みのなかで他人とすれちがってこっそりものを手渡す方法といった技をレパートリーに加えることもあった。そうした活動のさなか、ロンドンはメイフェア、サウス・オードリー・ストリートの隠れ家《セーフハウス》でささやかな式がとりおこなわれ、わたしは晴れて父の武勇殊勲賞の所有を認められた。ひとつはフランス、もうひとつはイギリスのもので、おのおの受勲理由を説明する賞状もついていた。なぜそこまで遅れたのかと尋ねてもよかったが、そのころには尋ねないほうがいいことを学んでいた。

小太りで眼鏡《めがね》をかけた心配性のジョージ・スマイリーが、わたしの人生にふらっと入ってきたのは、東ドイツを訪ねるようになってからだった。ある日曜の午後、わたしはウェスト・サセックス州で事後報告の聴取《デブリーフィング》を受けていた。すでにわたしの相手はジャックではなく、チェコ出身でほぼ同年代のジムという屈強な男になっていた。ようやく与えられた彼の姓は、プリドー。ここであえて名を記すのは、ジムもまたわたしの職歴で重要な役割を果たすことになるからだ。

スマイリーはわたしのデブリーフィングではあまり口をきかず、ただ坐って話を聞き、ときどき太縁《ふとぶち》の眼鏡の奥から鋭くこちらをうかがうだけだった。しかし聴取が終わると、庭を散歩しようと言いだし、それは隣接する公園まで延々《えんえん》と続いた。わたしたちは話し、ベンチに腰かけ、のんびり歩き、また坐って、話しつづけた。お母さんはまだ存命かね？　元気かな？　ええ、おかげさまで、ジョージ。少し頭が弱っていますが、体のほうは丈夫で。お父さんは——勲章はいまも手元にある？　日曜が来るたびに母が磨いています、とわたしは答えた。それは事実だったが、母がときどきそれらをわたしの首にかけて泣くことがあるのは黙っていた。ジャックとちがって、スマイリーはガールフレンドのことはいっさい尋ねなかった。大勢いるから安全だと思ったにちがいない。

あのときの会話を思い返すと、意識していたかどうかは別として、スマイリーが父親代わりになろうと提案してくれていたのがわかる。実際にあとでそうなる。が、そう感じたのはわたしだけで、彼のほうはちがったのかもしれない。ただ事実として、スマイリーがついにあの問いを発したとき、わたしはわが家に帰ったような感覚を抱いたのだった。たとえ本当の家はドーヴァー海峡の向こうのブルターニュにあったにしても。

「こう思っていたんだがね」彼は遠くから聞こえるような声で言った。「きみは、われわれの組織に入ってもっと頻繁《ひんぱん》に働きたいと考えたことはないだろうか。これまで外でわれわれのために働いても、内面ではあまり適応していない者もいた。だが、どうやらきみは向いていそうだ。給料は高くないし、職歴が途切れることも多い。けれど、みなこれは大切な仕事だと心から信じている。目的を信じ、手段にあまりこだわらなければだが」

2

わたしのレ・ドゥ・ゼグリーズの農場には、十九世紀に建てられた、まっすぐな壁のありふれた花崗岩《かこうがん》で造られた屋敷《マノワール》と、切妻《きりづま》屋根に石の十字架のついた納屋がある。忘れ去られた戦争の砦の名残である。大昔の石の井戸はもう使われていないが、レジスタンスの闘士たちがナチスの占領部隊から武器を隠すのに使ったことがある。同じくらい古い屋外の竈《かまど》や、時代がかったリンゴ搾《しぼ》り機もあり、あとは眼下の断崖と波打ち際まで五十ヘクタールのほったらかしの牧草地が広がっているだけだ。この土地は家族が四世代にわたって所有してきた。わたしは五代目だ。譲り受けはしたが、高貴な歴史はないし、利益も出ない。居間の窓から右手を見やると、十九世紀の教会のごつごつした尖塔《せんとう》がある。左手には藁葺《わらぶ》き屋根の白い教会がぽつんと立っている。そしてそのあいだに、〝ふたつの教会《レ・ドゥ・ゼグリーズ》〟からその名をもらった村がある。ブルターニュではみなそうだが、この村でも人はカトリック教徒であるか、何者でもないかだ。わたしは何者でもない。

ロリアンの町からわたしの農場に来るには、冬に痩《や》せこけたポプラの木が並ぶ南の海岸沿いの道を車で三十分かそこら走り、ヒトラーの〝大西洋の壁〟(第二次世界大戦中、連合国軍の侵攻に備えてドイツがヨーロッパ西岸に構築した二千キロ超の海岸防衛線）の西の一画を通過する。撤去できない壁は、急速に現代のストーンヘンジになりつつある。さらに三十キロほど走って気をつけていると、左手に〈オデッセイ〉という大《たい》層《そう》な名前のピザ・レストランがあり、そのすぐあとで右手に悪臭芬々《ふんぷん》たる廃品置き場が現われる。そこには〝名誉《オノレ》ある〟という見当ちがいの名前がついた酔っ払いのホームレス、地元ではクズ男と呼ばれる人物がいて、母は昔、ぜったい近寄らないようにとわたしにきつく言い渡していたものだが、古タイヤだの肥やしだのといったガラクタを売っている。〈ドラシュス〉という看板まで来たら、それが母方の姓なので、そこからでこぼこの登り道に入り、急ブレーキを踏みながら深い穴を乗り越えて進む。もっとも、郵便配達人のムシュー・ドニくらいになると、フルスピードで穴のあいだをすいすいと縫《ぬ》ってくるのだが。この晴れた初秋の朝も彼はそうして、庭にいた鶏《にわとり》たちを大いに怒らせた。わが愛するアイリッシュセッターのアムルーズは、気位《きぐらい》の高いところを見せてまったく動じなかった。生まれたばかりの仔犬の世話が忙しすぎて、たかが人間の雑事に注意を向けている場合ではないのだ。

　わたしはといえば、ムシュー・ドニ――見上げるような背の高さとド・ゴール大統領に似ていなくもないことから、またの名を〝将軍《ル・ジェネラル》〟――が背を屈めて黄色いバンから出、玄関前の階段に向かいはじめた瞬間から、彼の骨張った手に握られているのがサーカスからの手紙であることがひと目でわかった。

★

最初はことさら驚きもしなかった。おもしろいこともあるなと思っただけだ。イギリスの秘密情報部には、何があっても変わらないものがいくつかある。そのひとつは、公《おおやけ》の手紙のやりとりに使う封筒について、取り憑《つ》かれたように心配することだ。あまりに官庁らしいものや、公式に見えるものはいけない。中身が透けて見えないように、線の入ったものが望ましい。真っ白は目立ちすぎる。薄い色はついているが、色恋を連想させないもの。くすんだ青か、灰色がかった白ならいいだろう。今回の封筒は薄い灰色だった。

次なる問題は、住所をタイプするか、手書きにするか。答えは、つねに現場の課報員の要望を考慮せよ――この場合には、わたしだ。ピーター・ギラム、元情報部員、放牧されて、感謝している。フランスの田舎《いなか》に長年在住。退職者の集まりには参加せず、重要な他者《シグニフィカント・アザーズ》の記録はなし。年金を全額支給されているので、拷問も可。結論――外国人などめったに見かけぬブルターニュの辺鄙《へんぴ》な小村で、住所をタイプしてイギリスの切手を貼った半公式の灰色の封筒に、地元民は眉をひそめるだろうから、住所は手書きで。さて、ここからがむずかしい。情報部は――サーカスがいま自分たちをどう呼んでいるのか知らないが――たとえただの私信であっても機密のランクづけの誘惑から逃れられないのだ。念のため〝親展《プライベート》〟と書き添える？　〝親展　かならず本人が開封のこと〟？　重すぎる。やはり〝親展〟だけにしよう。あるいは今回の場合、田舎のフランス語話者への配慮として〝親展《ペルソネル》〟のほうがいいかもしれない。

アーティラリー・ビル一番
SE一四、ロンドン

親愛なるギラム殿

お目にかかったことはありませんが、自己紹介させてください。私は貴殿がかつて勤務された会社の事業統括マネジャーで、現在および過去の両方の事例を管理しています。かなりまえの話になりますが、貴殿が主要な役割を担《にな》われたと考えられる事柄について予期せぬ問題が持ち上がり、対応にご協力いただくため、できるだけ早期のロンドン来訪をお願いするほかなくなりました。

貴殿の旅費（エコノミー・クラス利用分）を後日お支払いし、ロンドン滞在が必要とされるかぎり、日当百三十ポンドを支給する許可を得ております。

そちらの電話番号が見当たりませんので、記載番号のタニアまでコレクトコールで遠慮なくご連絡ください。eメールをご利用なら、記載のアドレスにお知らせいただいてもかまいません。ご迷惑をおかけするのは本意ではありませんが、緊急を要する案件であることは強調しなければなりません。末筆ながら、離職契約第十四項にご留意いただければ幸甚《こうじん》です。

敬具

A・バターフィールド

（CS付LA）

追伸　受付にお越しの際には、パスポートの提示を忘れずにお願いいたします。

A・B

〝CS付LA〟とは〝情報部チーフ付《チーフ・オブ・サービス》法律顧問《リーガル・アドバイザー》〟という意味だ。〝第十四項〟は〝サーカス側で必要と判断した場合の生涯労働義務〟を規定している。〝忘れずにお願いいたします〟は〝誰が年金を払ってやっているか忘れるな〟と読む。そしてわたしはeメールを使わない。なぜ手紙に日付がないのか。保安上の問題か？

果樹園では、カトリーヌが九歳の娘イザベルを連れ、最近欲しくなって手に入れたやたらと元気な仔ヤギ二頭と遊んでいる。すらりとした体つきに、ブルターニュ人らしい丸顔の女性だ。あまり動かない茶色の眼が無表情で他人を品定めする。その彼女が腕を広げると、ヤギたちが飛びこみ、自分だけの愉《たの》しみを心得ている小さなイザベルが、両手を合わせてうれしそうにくるくるまわる。カトリーヌは健康で力強いが、ヤギは一頭ずつ捕まえなければならない。一度に飛びかかられると、うしろにひっくり返ってしまうからだ。イザベルはわたしを無視する。眼が合うのを嫌がるのだ。

ふたりの向こうの畑では、ときどき働きにきている聾者《ろうしゃ》のイヴが地面に屈んで背を丸め、キャベツを収穫している。右手で茎《くき》を切り、左手で荷車に放りこんでいるが、曲がった背中の角度は少しも変わらない。そばで見守っているのはアルテミスという名の灰色の老馬で、これもカトリーヌが拾ってきて育てた。数年前には、隣の農場からダチョウが一羽逃げてきて、カトリーヌが飼い主に連絡したところ、歳をとりすぎているからそちらで飼ってくれと言われた。ダチョウは天寿を全《まっと》うし、われわれはきちんと葬式をあげてやった。

「欲しいものでもあるの？ ピエール」カトリーヌが訊く。

「数日出かけなきゃならない」わたしは答える。

「パリへ？」カトリーヌはわたしがパリに行くことを認めない。

「ロンドンだよ」そして引退したあとでさえ、作り話をしなければならず、「知り合いが亡くなってね」

「あなたが愛する知り合い？」

「もう愛していない」われながら驚くほど毅然《きぜん》とした口調で答える。

「それなら重要じゃないわね。今晩発《た》つ？」

「明日だ。レンヌを朝早く発つ便に乗る」

昔だったら、サーカスの笛でわたしはレンヌの空港に駆けこみ、飛行機に飛び乗った。いまはちがう。

★

翌日の午後四時、料金を払ってタクシーからおり、エンバンクメントの呆れるほどけばけばしい情報部の新庁舎に入るコンクリートの通路を歩きはじめたときに胸に湧き起こった嫌悪感は、古いサーカスのスパイの居所で育った者でなければ理解できないだろう。わかるためには、スパイ人生たけなわのわたしになる必要がある。帝国の身の毛もよだつ前哨地から疲れ果てて帰ってきたわたしに。いちばん当てはまるのは、ソヴィエト帝国とその圏内にあった国のどれかだ。ロンドンの空港からまっすぐバスと地下鉄を乗り継いで、ケンブリッジ・サーカスへ。そこでは〝制作《プロダクション》〟チームが事後報告の聴取をするために待っている。みすぼらしい階段を五段のぼると、醜怪なヴィクトリア様式の建物の入口がある。われわれが気まぐれに〝HO（ヘッド・オフィスの略）〟、〝部《オフィス》〟、あるいはたんに〝サーカス〟と呼ぶその場所が、わが家だ。

〝制作〟や〝要請〟や〝管理〟部門との絶えざる諍《いさか》いは忘れよう。みな現場と本部のあいだで起きる、ただの家庭内の口喧嘩《くちげんか》だ。受付室にいる守衛が、「お帰りなさい、ミスター・ギラム」と訳知り顔で朝の挨拶《あいさつ》をし、旅行カバンを預けたいかと訊いてくる。こちらは、ありがとう、マック――またはビル、またはその日の当直の誰か――と答えて、身分証は見せない。顔に笑みが浮かぶが、なぜかはわからない。目のまえにガタの来た古いエレベーターが三基ある。わたしは情報部に加わった初日からこれが大嫌いだったが、二基は階上《うえ》に行ったきりだし、最後の一基はコントロールだけが乗り降りするので、どうせ使えない。いずれにしろ、廊下と行き止まりの迷宮で途方に暮れることになる。虫に食われた木の階段や、端の欠けた消火器や、魚眼ミラーがあり、饐《す》えた煙草《たばこ》の煙、ネスカフェ、消臭剤のにおいが漂うその建物は、みずからここで生きようと選んだ世界の物理的な姿である。

それがいまや、こんな化け物じみたビルになった。こんな〝テムズ河畔のスパイランドへようこそ〟に。

スポーツウェアを着た不機嫌な男女に監視されながら、防弾ガラス張りの受付のまえに立ち、スライド式の金属トレイにのせたイギリスのパスポートが係官の手に渡るのを見る。ガラスの向こうの顔は女性だが、聞こえる電子音の声はエセックス訛《なま》りの男性だ。

「いま持っているすべての鍵、携帯電話、現金、腕時計、筆記用具、その他あらゆる金属物を左の机にある箱のなかに入れ、その箱の番号が書かれた白い札を取ってください。靴を脱いで手に持ち、〈訪問者〉と表示されたドアから静かになかへ進んでください」

パスポートが返ってくる。わたしは静かになかへ進み、十四歳くらいの陽気な娘に卓球のラケット形の探知機で体を探られ、直立したガラスの棺《ひつぎ》のなかでX線を浴びる。靴をはいて紐《ひも》を結ぶと——脱ぐときより、なぜかこちらのほうがはるかに屈辱的だ——同じ陽気な娘が、なんの表示もないエレベーターにわたしを案内しながら、いい日でしたかと訊いてくる。いい日ではなかった。もし知りたいなら。それに先立つ夜もよくなかったが、彼女はべつに知りたくない。A・バターフィールドの手紙のおかげで、ここ十年でいちばん寝つきの悪い夜だったのだが、それも彼女に言うわけにはいかない。わたしは現場《フィールド》の動物だ。少なくとも昔はそうだった。わたしの自然生息地は、諜報の広野だった。いまのいわゆる熟年になって、かつての職場から突然手紙が届き、ロンドンへのすみやかな出頭を求められれば、わが魂は夜の旅に出ることがわかってきた。

どうやら最上階に着いたようだが、それとわかる目印はない。かつてわたしが住んでいた世界では、最重要機密はつねに最上階にあった。わたしの若い案内人は、首に電子タグつきのリボンを何本か巻いている。その彼女が何も表示のないドアを開け、わたしをなかに通したあと、閉める。ドアの把手《とって》を動かしても、びくともしない。これまでの人生で何度か閉じこめられたことはあるが、すべて敵の手によるものだった。部屋に窓はなく、子供が描いたような花や家の絵がかかっているだけだ。A・バターフィールドの子孫が描いた？　それとも、わたしのまえの囚人たちの落書きか？

昔あれだけ聞こえた雑音はどこへ行ったのだろう。耳をそばだてるほどに静寂は深まる。陽気なタイプライターの音もなければ、ひっきりなしに鳴る電話の音もない。むき出しの板張りの廊下を、牛乳配達車のように軋《きし》みながらガタゴト進む、ファイル運搬用のおんぼろ台車の音も、そのくだらん口笛をやめろ！　と怒り狂う男の大声もない。ケンブリッジ・サーカスからエンバンクメントに至る道のどこかで何かが死に絶えたが、それは台車の軋みだけではなかったのだ。

スチールと革の椅子に腰かける。政治風刺雑誌《プライベート・アイ》の汚れた一冊をぱらぱらめくり、ユーモア感覚を失ったのは彼らだろうか自分だろうかと思う。立ち上がり、もう一度ドアが開かないか試してみて、別の椅子に坐る。すでにわたしには、A・バターフィールドが隠しカメラでわたしのボディランゲージをくわしく研究しているという確信がある。やりたいなら勝手にやるがいい。ドアがさっと開き、ビジネススーツにショートヘア、四十代前半のきびきびした女性が入ってきて、無階級、衛生処理ずみの口調で、「まあ、こんにちは、ピーター、よかった。わたしはローラ。行きましょうか」と言うところには、わたしは生涯にわたる公認の不正行為のなかで味わった失敗や災難を、ひとつひとつめまぐるしい速さで思い出していたはずだ。

わたしたちは人気《ひとけ》のない廊下を進み、はめ殺しの窓がついた白く衛生的な部屋に入る。内気そうで初々《ういうい》しい顔に眼鏡《めがね》をかけた、イギリスのパブリック・スクールの生徒を思わせる年齢不詳のシャツ姿の男がいて、歯列矯正《しれつきょうせい》器具をのぞかせ、机のうしろから飛び出してきてわたしの手を握る。

「ピーター！　なんと！　いや、じつに元気そうで！　半分くらいの年齢に見えますよ！　旅はどうでした？　コーヒーにします？　紅茶？　本当に何もいらない？　いやまあ、よくぞ来てくださった。どれだけ助かることか。ローラとの挨拶《あいさつ》は？　もちろんすんでいますね。あそこで長々とお待たせしてしまって、本当に申しわけない。上から呼び出されていたので。すべて解決しました。どうぞ椅子に」

そんなことを言いながら、さらに親密さを加えようと、信頼をこめて眼を細め、わたしを背もたれのまっすぐな懲罰用の椅子に案内する。長く坐らせるために、椅子には肘《ひじ》かけもついている。そして彼は、万国旗のように色とりどりのいかにも古いサーカスのファイルが積まれた机の向こうに坐り、その山と山のあいだのわたしからは見えない場所に、シャツの袖《そで》に包まれた両肘をつき、両手の指を絡めて顎《あご》をのせる。

「バニーといいます、申し遅れましたが」彼は告げる。「ええ、じつに馬鹿げた名前です（〝バニー〟はウサギの幼児語やバニーガールの意）。が、幼いころからこの呼び名がついてまわって、捨てることができない。思えば、こんなところにいるのも、名前のせいかもしれません。高等法院でみんなから〝バニー、バニー〟と呼ばれて追いかけまわされたら、偉そうな顔はできませんからね」

これはお決まりの前口上なのだろうか。当節、秘密情報部付きの平均的な中年弁護士は、こんなしゃべり方をするのか？　あるときには癖があり、あるときには過去に片足を突っこんだような？　わたしも流行《はや》りの英語を聞き分ける能力にはいささか自信を失いつつあるけれど、彼の隣に移動したローラの表情から判断すると、そう、これが正しい話し方らしい。坐った彼女は野生動物のように、いつでも飛びかかってきそうだ。右手の中指に印章指輪。父親にもらったのか？　それとも性的嗜好《しこう》に関する符牒《ふちょう》だろうか。わたしはあまりにも長いあいだイギリスから離れていた。

バニーによる無意味な世間話が続く。彼のふたりの娘はブルターニュが大好きらしい。ローラはノルマンディには出かけたが、ブルターニュには行ったことがない。誰と出かけたのかは言わない。

「でも、あなたはあちらで生まれたんでしょう、ピーター！」バニーがなんの前触れもなく抗議する。「だったらピエールと呼ぶべきだ」

ピーターでけっこう、とわたしは言う。

「じつはですね、ピーター、今日来ていただいたのは、ありていに言って少々深刻な法的混乱を解決しなければならないからでして」バニーが、わたしの耳元の白髪《しらが》からのぞく真新しい補聴器に気づき、ゆっくりとキーワードを強調しながら話しはじめる。「まだ危機というほどではありませんが、状況は動いていて、予断を許しません。ご協力がぜひとも必要なのです」

それに対してわたしは、喜んで協力するよ、バニー、と答える。できるかぎりのことはする、これだけ月日がたって、それでも役に立てるというのはうれしいものだ、と。

「もちろんわたしは情報部を守るためにここにいます。それが仕事なので」バニーはわたしが何も言わなかったかのように続ける。「一方、あなたは私人としてここにいます。たしかに元部員で、かなりまえに平和裡に引退していますが、わたしとしては、あなたの利益とわれわれの利益があらゆる場面で一致するとは保証しかねます」すっと細くなる眼。わずかに唇が開いた笑み。「つまり何が言いたいかというと、ピーター、あなたが昔、情報部のためになさったためざましい仕事には絶大なる敬意を払うものの、部は部、あなたはあなたということです。そしてわたしは最終兵器の弁護士。カトリーヌはどうしてます？」

「元気だよ、おかげさまで。なぜ訊く？」

わたしの口から話していないからだろう。わたしを怖がらせたいのだ。手加減はしないぞと伝えるため。そして情報部にどれほど大きな眼がついているか知らせるためだ。

「あなたの〝重要な他者《シグニフィカント・アザーズ》〟の長いリストに加えるべき人かどうか迷ったもので」バニー

が説明する。「部の規定やら何やらがありますから」

「カトリーヌはわたしの借地人だ。彼女の親も、その親も借地人だった。わたしはわたしで自分の所有地に住むことにした。そしてきみが職務上知りたいというのなら、わたしは彼女と寝たことはないし、今後もそうするつもりはない。これでいいかな？」

「お見事」

わたしの最初の嘘だ。言ってやった。すぐさま話をそらす。「どうやらわたしも弁護士を呼んだほうがよさそうだね」と提案する。

「まだ早いと思う。第一いまどきの値段では、とうていあなたには雇えません。こちらの記録によると、あなたがたは一度結婚して、離婚している。これは正しい？」

「正しい」

「しかも同じ一年のうちに。感心しました」

「ありがとう」

冗談を交わしているのだろうか。それとも挑発し合っている？　後者ではないかと思う。

「若気《わかげ》の至りということですか？」バニーが相変わらず慇懃《いんぎん》な問いかけの口調で言う。

「誤解があった」わたしは答える。「ほかに質問は？」

しかしバニーはなかなか引き下がらず、それをわたしに知らせようとする。「すると子供は——誰の子です？　父親は？」——相変わらず耳に心地よい声で。

わたしは考えるふりをする。「教えようか？　わたしは一度も彼女に尋ねようと思ったことがない」そしてバニーが答えを受け止めかねているあいだに、「誰が、誰に、何をしているかという話になったから訊くが、ローラがここで何をしているのか教えてもらえないかな？」

「ローラは〝歴史〟です、ピーター」バニーは朗々と答える。

〝歴史〟の主はショートヘア、茶色の眼、ノーメイクで表情のない女性だ。もう誰も微笑んでいない――わたしを除いて。

「で、犯罪者名簿には何が書かれている、バニー？」近接戦になったところでわたしは陽気に尋ねる。「女王の造船所に放火したとか？」

「いやいや、犯罪者名簿は言いすぎですよ、ピーター！」バニーも同じくらい陽気に反論する。「解決したいことがある、それだけです。残りの話を始めるまえに、まずひとつだけうかがえますか？」――また眼を細めて。「〈ウィンドフォール〉作戦について。どういうふうに始まったのか。誰が指揮したのか。どうしてあれほど無様に失敗したのか。そして、あの作戦でのあなたの役割は何だったのか」

最悪の予想が的中したとき、人の魂は安らぐものだろうか。わたしの場合には、ちがった。

「〈ウィンドフォール〉と言ったのかな？　バニー」

「〈ウィンドフォール〉です」――補聴器が拾っていないときのために、もっと大きな声で。

あわてるな。老いていることを思い出せ。いまや記憶力は自分の長所ではない。時間をかけろ。

「〈ウィンドフォール〉というのは、具体的に何だったかな、バニー。ヒントをもらえないだろうか。いつごろの話だった？」

「一九六〇年代初め。そして今日」

「作戦と言ったかな？」

「隠密作戦です、〈ウィンドフォール〉と呼ばれた」

「ターゲットは？」

　ローラが死角から進み出る。「ソヴィエトおよびその衛星国。東ドイツの情報部に直接向けられたものでした。別名シュタージに」――わたしのために大声で。

　シュタージ？　シュタージ？　ちょっと待った。ああ、あのシュタージか。

「どういう目的で？　ローラ」わたしは冷静さを取り戻して訊く。

「欺騙《ぎへん》工作で敵をまちがった方向に誘導し、きわめて重要な情報源を守る。サーカス内にいることがわかった、ひとりまたは複数の二重スパイを特定するために、モスクワ・センターへの浸透を図る」そこでいきなりギアを変え、物悲しい口調になって、「ところが、これに関するファイルがまったく見当たらないのです。存在するのは、それを参照せよという多数の記録だけで、ファイル自体は煙のように消えている。行方不明、おそらくは盗まれた」

「〈ウィンドフォール〉、〈ウィンドフォール〉」わたしは首を振り、老人がよくやるように微笑みながらくり返す。「すまないね、ローラ。どうも思い出せないようだ」

「ぼんやりとでも？」とバニー。

「さっぱりだ、悲しいことに。記憶から完全に抜け落ちている」若い自分がピザ配達人の恰好で仮免許のオートバイにまたがって背を丸め、サーカス本部からロンドンのあの場所へ夜中の特別注文のファイルを届けようとかっとばしているイメージを、頭のなかから懸命に締め出す。

「先ほど言い忘れたかもしれませんし、あなたに聞こえなかった可能性もありますから、念のため」バニーがこれっぽっちも感情のこもらない声で言っている。「われわれの理解では、この〈ウィンドフォール〉作戦には、あなたの友人で同僚だったアレック・リーマスがかかわっていた。思い出したかもしれませんね。彼はベルリンの壁でガールフレンドのエリザベス・ゴールドを急いで助けようとしていたときに撃ち殺された。彼女はすでにそこで撃ち殺されていたんですがね。それも忘れてました？」

「忘れるものか」わたしはぴしりと言い返し、ようやく説明する。「きみは〈ウィンドフォール〉について訊いていただろう、アレックのことではなく。だから答えはノーだ。憶えていない。聞いたこともない。申しわけないが」

★

いかなる尋問でも否定が転機となる。それまでどれほど礼儀正しく接していようと関係ない。否定したとたんに事態は後戻りできなくなる。秘密警察なら、否定はただちに報復行為を呼ぶことが多い。秘密警察官は通常、尋問相手より愚かだからなおさらだ。一方、腕の立つ尋問官になると、目のまえでドアをバタンと閉められても、ただちに蹴り開けようとはしない。気を取り直して別の角度からターゲットに迫る手法を選ぶ。バニーの満足げな笑みから判断すると、どうやらその機会をうかがっているようだ。

「では、ピーター」わたしに聞こえているのはわかっているのに、バニーの声は難聴者向けだ。「〈ウィンドフォール〉作戦の件はしばらくおくとして、ローラとわたしから、もう少し一般的な問題についていくつか背景となる質問をしてもかまいませんか？」

「というと？」

「個人の責任についてです。上部の命令にしたがうことがどこで終わり、個々の行動に対するその人の責任がどこから発生するかという、昔ながらの問題。言っていることがわかります？」

「なんとか」

「あなたは現場にいる。本部から青信号は出ているが、すべて計画どおりにはいかない。罪のない人の血が流れる。そこであなた、またはあなたの近くにいた同僚が越権行為をしたと見なされる。そういう状況について考えたことは？」

「ないね」

バニーはわたしの難聴を忘れたのか、もう聞こえることにすると決めたのか。「個人的に、純粋に観念的な話として、そうした緊張を強《し》いられる状況が生じうることを想像できませんか？　作戦行動にたずさわった長い経歴のなかで、あなた自身が遭遇したにちがいない数多くの厳しい場面を振り返って」

「いや、想像できない。申しわけないが」

「本部の命令を越えてしまった、いったん始めた何かを止められなかったと感じたことは一度もなかった？　たとえば、たんなる職務の履行《りこう》を越えて、あなた自身の感情や要望や、ことによると欲求まで投入してしまったとか？　そのことが意図も予想もしていなかった悲惨な結果を招いたとか？」

「そんなことになったら、本部から叱りつけられるだろう。ちがうかな？　あるいは、即刻ロンドンに呼び戻されるか。本当にひどい場合には、出口を指さされる」わたしはしかつめらしく眉を寄せてほのめかす。

「もう少し広く考えてみましょう、ピーター。つまり、第三者が苦しんでいるかもしれない。外の世界の一般人が、何かあなたのしたことによって――まあ、ちょっとした手ちがいとか、時の勢いとか、少々体が弱っていたというようなことで――巻き添え被害を受けた。そういう人たちが、ずっとあと、たとえば一世代ほど経たあとで、情報部を相手どって訴訟を起こせばひと儲《もう》けできそうだと思うかもしれない。損害賠償を請求するか、それで不首尾なら、殺人ないしそれ以上の罪で私人訴追（検察官による公訴ではなく、私人による刑事事件の起訴）するのです。情報部全体、または」――両眉を上げて驚いたふりをしつつ――「元情報部員を名指しで訴える。そういう可能性について、ちらっとでも考えたことはありませんか？」バニーの口調は弁護士というより、患者に本当に悪い告知をするまえに心の準備をさせる医師のようだ。

時間を稼《かせ》げ。老いた頭を掻《か》く。役に立たない。

「おそらく、敵を困らせるのに忙しすぎたんだな」達人の疲れた笑みを浮かべる。「目のまえに敵がいて、うしろに情報部がいる状況では、哲学的な思考にまわす時間はあまりない」

「彼らのいちばん手軽なやり方は、まず議会手続きを経たあと、訴訟前通知を送りつけて法的手続きに進むというものです。けれども、総力戦はしない」

悪いがまだ考えている、バニー。

「そして当然、法的手続きが始まれば、国会での喚問は控えられる。裁判所の自由裁量をうながすためです」バニーは待つが、わたしが何も言わないので、詰問調になる。

「依然として〈ウィンドフォール〉は思い出せませんか？　二年にわたる隠密作戦で、あなたは重要な――英雄的な、と言う声もある――役割を果たした。それなのに、何ひとつ思い出せない？」

ローラもまばたきをしない尼僧の茶色の眼で、同じことをわたしに問うている。わたしはまたしても老人が記憶をたどるふりをして――ああくそ、やはり何も思い出せないが、寄る年波には勝てないね――悲しげに白髪《しらが》頭を振り、苛立ちを表わす。

「訓練か何かだったのかな？」と勇気を出して尋ねる。

「ローラが説明したとおりです」バニーがすぐに応じ、わたしは「ああ、そうだった」と言って、困惑顔を作ろうとする。

★

わたしたちは〈ウィンドフォール〉から離れ、代わりにまた、元情報部員をまず議会で名指しして追及し、次に法廷で二度目の攻撃を加える、外の世界の亡霊のような一般人について考えている。とはいえ、話題になっているその人物の名前も、元情報部員の名前もまだ出ていない。〝わたしたち〟と言ったのは、一度でも尋問をしたことのある者がみずからその対象になると、尋問者と共謀する関係ができあがるからだ。尋問者と自分が机の同じ側につき、向かい側にある問題を徹底的に議論することになる。

「あなたの個人ファイル、というか、その残り物だけを見てもわかることですが、ピーター」ローラが不満げに言う。「部分的に抜き取られているどころか、ばっさり削られている。たしかに、一般資料室には置いておけないような機密の添付書類はあるでしょう。それが現実だから、文句を言っても始まらない。機密の添付書類とはそういうものだから。でも、それならばと機密資料室に行ったら、何があったか——とても大きな空白しかなかった」

「くそひとつない《ファック・オール》」さらに明確にするためにバニーが言った。「あなたの職歴全体は、ファイルを見るかぎり、破棄証明書のくそ分厚い束でしかない」

「どう見ても」バニーの弁護士らしからぬ卑語にたじろぐ気配も見せず、ローラが言う。

「ああ、ただ公平を期して言えば、ローラ」バニーはいま四人の味方という偽りのマントを着ている。「われわれがここで見ているものは、思い出すのも有害なビル・ヘイドンの手仕事という可能性が充分にある。だろう？」そしてわたしに向かって、「ですが、あなたはおそらくヘイドンが誰かも忘れていますよね？」

ヘイドン？　ビル・ヘイドン。憶えているとも。ソヴィエトに仕えた二重スパイで、サーカスの全能の共同運営委員会、通称〈委員会〉の長として、三十年にわたり、そこの機密事項をせっせとモスクワ・センターに流しつづけていた男だ。日中のほとんどの時間、その名が頭から離れない男でもあるが、わたしはいきなり跳び上がって「あんちくしょう、あいつの首をへし折ってやる」などと叫んだりはしない――それはどのみち知人の誰かがやって、ホームチームのみなを満足させた。

　ローラはその間、バニーとの会話を続けている。

「あら、そんなことはないわ、バニー。あの機密資料室は、そこらじゅうビル・ヘイドンの手垢《てあか》だらけ。そしてここにいるピーターは、ごく早い段階で彼が怪しいと睨《にら》んでいた。でしょう、ピート？　ジョージ・スマイリーの個人助手として。あなたは彼の門番で、信頼の厚い弟子だった。そうでしょう？」

　バニーは畏敬の念をこめて首を振る。「ジョージ・スマイリー。歴代最高の作戦指揮官。サーカスの良心。サーカスのハムレットと呼ぶ者もいる、フェアな評価とは言えないかもしれないけれど。なんという男だ。しかしそれでも、〈ウィンドフォール〉作戦については、こう思わないかな？」まるでわたしが部屋にいないかのように、ローラに語りかけている。

「機密資料室からファイルを略奪していたのは、ビル・ヘイドンではなく、ジョージ・スマイリーだったと？　理由はともかく。破棄証明書には、いくつかかなり奇妙な署名がある。きみもわたしも聞いたことがないような名前だ。スマイリー本人のことを言っているのではないよ。代わりにやってくれる人間を使ったのだろう、もちろん。法的に正しいかどうかは別として、とにかく自分の命令におとなしくしたがう人間を。われらがジョージは、決して自分の手は汚さない。あれほど立派な人物ではあるけれど」

「思いあたることはある？　ピート」ローラが尋ねる。

思いあたるどころではない。まざまざと目に浮かぶ。〝ピート〟という呼ばれ方には我慢がならない。この会話は手に負えなくなってきた。

「どういうことだろう、ローラ。人もあろうに、あのジョージ・スマイリーがサーカスのファイルを盗まなければならないとは。ビル・ヘイドンならわかる。ビルだったら、どこかの未亡人のなけなしのへそくりを盗んで、思いきり高笑いすることだろう」

わたしは笑いをもらし、老いた頭を振って、きみらいまどきの若者には、あの時代が実際にどうだったかなどわかるまいと伝える。

「まあ、ジョージにはたしかに盗む理由があったと思いますよ」バニーがローラに代わって答える。「冷戦のもっとも冷たい十年間に、彼は〈隠密〉活動グループの長だった。〈委員会〉とは、互いにエージェントを引き抜き合ったり、相手の金庫に手を出したり、なりふりかまわぬ縄張り争いをくり広げていた。情報部が手がけたもっともうしろ暗い作戦を陰で操り、大義のためには己《おのれ》の良心をも欺《あざむ》いた。それもどうやらかなり頻繁《ひんぱん》に。あなたのジョージがカーペットの下にいくつかファイルを掃《は》きこむところは、簡単に想像できる気がする」いまやわたしに面と向かって、「あなたが彼を助けているところも想像できる。いともたやすく。あのおかしな署名のいくつかは、あなたの筆跡にそっくりだ。あなたとしては、盗む必要すらなかった。別人の名前でサインして持ち出せば、それでおしまい。ベルリンの壁であまりにも悲劇的な死を迎えて、大いに悲しまれたアレック・リーマス――彼のファイルは、削られるなどという生やさしいことではすまず、完全に無断離隊者《AWOL》です。全体の索引にも、耳の折れたカード一枚ない。あなたは不思議と動揺していませんね」

「ショックを受けているよ、もし知りたいなら。動揺もしている。心の底から」

「なぜ？　機密資料室からリーマスのファイルを盗み、木の洞《うろ》に隠したのだろうとほのめかされたから？　あなたは現役時代、ジョージおじさんのためにいくつかファイルを盗んだ。そこにリーマスのものが含まれていない理由がありますか？　彼がああして刈り取られたあと、その生涯の記念となるものです。ガールフレンドの名前は何でしたっけ？」

「ゴールドだ。エリザベス・ゴールド」

「ほう、思い出しましたね。短く呼べば、リズ。彼女のファイルも消えている。アレック・リーマスとリズ・ゴールドのファイルが手に手を取って彼方へ消えていくという、ロマンティックな夢想に浸ってもいいかもしれない。ところで、どうしてあなたとアレック・リーマスはあれほど固い友情を結ぶことになったのですか。誰から聞いても、最後までかけがえのない戦友同士だったそうですけれど」

「いっしょに仕事をした」

「仕事？」

「アレックのほうが歳上だった。それに賢かった。彼が作戦に従事して、助手が必要になると、わたしに声をかけてきた。そして人事とジョージの同意が得られれば、ペアを組んだ」

ローラが会話に戻ってくる。「そのペアを組んだ事例をいくつか挙げてもらえます？」明らかにペアに反対している口調だが、わたしは喜んで脇道にそれる。

「そうだな、アレックとわたしは、たしか五〇年代なかばにアフガニスタンで作戦にたずさわった。最初の共同任務は、いくつかの小集団をコーカサス経由でソ連に潜入させることだった。きみたちには少々時代がかって聞こえるかもしれないね」また笑いをもらし、頭を振る。「大成功とはいかなかった。それは認めなければな。九カ月後、〝部〟はアレックをバルト三国に移し、エストニア、ラトヴィア、リトアニアで要員《ジョー》の出し入れにたずさわらせた。アレックからまた要請があったので、わたしも現地に行って支援した」そして、ローラの教育のために、「当時、バルト三国はソ連領だったのだよ、ローラ。もちろん知っていると思うが」

「要員《ジョー》というのは、エージェントのことですね。最近では資産《アセット》と言うけれど。リーマスは、公式にはドイツ北部のトラーヴェミュンデに赴任していた。そういう理解でよろしいですか？」

「そのとおりだ、ローラ。国際海洋調査団の一員という名目で。日中は水産資源保護、夜間は高速艇による上陸作戦」

ふたりだけの話《テタテット》にバニーが割りこむ。「その夜の上陸作戦に呼び名はありました？」

「〈ジャックナイフ〉だ、わたしの記憶にまちがいがなければ」

「〈ウィンドフォール〉ではなかった？」

無視しろ。

「〈ジャックナイフ〉だ。数年間運用して、取りやめになった」

「運用とは、具体的に？」

「まず志願者をかき集め、スコットランドや、黒い森《シュヴァルツヴァルト》や、とにかくどこかで訓練する。エストニア人や、ラトヴィア人をね。そのあと彼らを出身地に戻しはじめる。月のない夜を待ち、船外機つきゴムボートで、ごく慎重に。暗視ゴーグルを使って。浜辺にいる受け入れ側から、安全の合図。そして上陸。上陸するのは要員《ジョー》たちだ」

「要員《ジョー》たちが潜入したあと、あなたとリーマスは何をするのですか？　むろん祝杯をあげることのほかに。リーマスの場合には、それが定例だったと聞いています」

「坐ってぼうっとしているわけがないだろう？」わたしは答える。あくまで挑発には乗らない。「ただちに現場から引きあげ、あとは彼らにまかせる。どうしていちいちこういうことを訊くのかな？」

「ひとつには、あなたがどういう人か知るため、もうひとつには、〈ジャックナイフ〉のことはこれほど鮮明に憶えているのに、なぜ〈ウィンドフォール〉は何ひとつ憶えていないのか、気になるからです」

またローラ。「あとはまかせるとは、エージェントを運命の手にゆだねるということ？」

「そう言いたければね、ローラ」

「つまり、どうなりました？　彼らの運命は。それも忘れたとか？」

「われわれの目のまえで死んだ」

「文字どおり死んだ？」

「上陸直後に捕まった者もいれば、数日後にそうなった者もいる。何人かは敵に寝返って、こちらを欺《あざむ》き、しまいにあっけなく処刑された」言い返す声に怒りがあふれてくるのがわかる。とくに抑えようとは思わない。

「それは誰の責任ですか、ピート」ローラが続ける。

「何に対する責任だね？」

「彼らの死に対する」

多少感情を爆発させてもいいだろう。「忌々《いまいま》しいビル・ヘイドン、部内にいたあの裏切り者の責任に決まってる。ほかに誰がいる？　哀れなあの連中は、ドイツの海岸を出発するまえに吹き飛ばされたも同然だった。そもそもあの作戦を立てた〈委員会〉の、われらが親愛なるリーダーの手によってな！」

バニーがうつむき、胸壁のように積まれた資料の向こうにある何かを読む。ローラはまずわたしを、次に自分の両手を見て、そちらのほうが気に入る。少年のように短い爪をきれいに磨いている。

「ピーター」今度はバニーの番だ。単発ではなく一斉射撃にかかる。「わたしは心配なのです。くり返しますが、あなたの弁護士ではなく、情報部の主任弁護士として、あなたの過去のいくつかの側面が気がかりです。つまり、もし議会が脇にどいて、すべてが法廷に持ちこまれた場合——そうならないことを切に望みますが——腕のいい法廷弁護士なら、あなたが仕事を続けるうちに途方もない数の死に遭遇して無感覚になってしまったという印象を作り出せるかもしれないから。そうしてあなたは——完全無欠のジョージ・スマイリーの指示で、としておきましょうか——無辜《むこ》の人々の死が受け入れられるばかりか、むしろ必要であり、いっそ望ましいとさえ言える隠密作戦にたずさわっていた、と」

「望ましい？　死が？　いったいなんの話をしている？」

「〈ウィンドフォール〉の話です」バニーが辛抱強く言う。

3

「ピーター？」バニーが言う。

「バニー」わたしが応じる。

ローラは咎《とが》めるように口を閉じている。

「しばらく一九五九年に戻ってかまいませんか。たしか〈ジャックナイフ〉が中止された年でしたか？」

「日付の記憶には自信がなくてね、申しわけないが、バニー」

「作戦として非生産的で、国費と人命を無駄に消耗しているとの判断で、本部が中止した。一方、あなたとアレック・リーマスは、本部内に裏切りがあるのではないかと疑った」

「〈委員会〉は作戦の失敗を言いたて、アレックは陰謀だと言いたてた。どの海岸に上陸しても、かならず敵が先まわりしていた。無線は遮断され、すべてがうまくいかなかった。内部に誰かがいるに決まっている。アレックはそう考え、わたしも現実的に見てその考えに傾いていた」

「そこであなたたちふたりは、スマイリーに事情を訴えることにした。スマイリー自身は隠れた裏切り者ではない、と判断してのことでしょうね」

「〈ジャックナイフ〉は、ビル・ヘイドン率いる共同運営委員会の作戦だったのだ。ヘイドンの下にアレリン、ブランド、エスタヘイスがいた。〝ビルの子分たち〟とわれわれは呼んでいたがね。ジョージは彼らからはっきりと距離を置いていた」

「〈委員会〉と〈隠密〉は犬猿の仲だった？」

「〈委員会〉はつねに〈隠密〉を傘下に収めようと画策していた。ジョージはそれを権力争いととらえ、抵抗した。かなり激しく」

「高潔なるわれらが情報部チーフ、部内ではコントロールと呼ぶことになっていた彼はどこにいたのですか」

「〈隠密〉と〈委員会〉を互いにぶつけていた。昔からある分割統治というやつだ」

「スマイリーとヘイドンのあいだには、個人的な確執があったと考えてよろしいですか？」

「あったかもしれない。一部の噂では、ビルがジョージの奥さんのアンと関係を持っているということだった。それでジョージの矛先《ほこさき》は鈍った。いかにもビルがやりそうなことだ。悪知恵が働く男だったから」

「スマイリーは私生活についてあなたに話しました？」

「考えてもみなかっただろうよ。部下と話すようなことではない」

バニーはその答えについて考え、信じられないのでさらに追及したい構えだったが、気が変わった。

「で、〈ジャックナイフ〉作戦が中止されたあと、あなたとリーマスはスマイリーに問題を報告した。直談判。三人だけで。あなたの地位は下だったにもかかわらず」

「いっしょに来てくれとアレックに言われたのだ。自分に自信が持てないからと」

「なぜ？」

「すぐにカッとなる性質《たち》だったから」

「三者会合がおこなわれたのはどこでした？」

「そんなことがどうして重要なのだ？」

「安全な避難場所だろうと想像するからです。まだわたしに話していないけれど、いずれ話すことになる場所。だから、いま訊いておこうと」

くだらないおしゃべりを続けていれば、そのうち危険水域から抜け出せる、とわたしはすでに自分に信じこませていた。

「サーカスの隠れ家《セーフハウス》を使うこともできたが、セーフハウスは盗聴されているおそれがあった。〈委員会〉によってね。バイウォーター・ストリートのジョージの家でもよかった。だが、そこにはアンも住んでいた。彼女の手に余る事柄にはかかわらせるべきではないという、一種の共通理解があった」

「ヘイドンのところに駆けこむから？」

「そんなことは言っていない。そういうふうに感じられたという、それだけのことだ。続きが聞きたいのか、聞きたくないのか？」

「ぜひ聞かせてください、差し支えなければ」

「われわれはバイウォーター・ストリートの家でジョージをつかまえて、健康のためにサウス・バンクを散歩しようと誘った。夏の夜だった。ジョージはつねづね運動が足りないとこぼしていたから」

「そしてその川沿いの夜の散歩で〈ウィンドフォール〉作戦が生まれた？」

「何を言う！　少しは大人になりたまえ！」

「大人ですからご心配なく。それにひきかえ、あなたはどんどん若くなっている。それで、そのときの会話はどうでした？　真剣に聞いています」

「裏切り者がいるという話をした。大まかに。細かいことを話しても意味がない。当然ながら、〈委員会〉の現行または近年のメンバーが被疑者になった。五、六十人の人間すべてに内なる背信者の可能性があるということだ。誰が〈ジャックナイフ〉を吹き飛ばすだけの情報にアクセスできたのか、話し合った。ただ、ビルが〈委員会〉を率い、パーシー・アレリンが彼の言いなりで、ブランドとエスタヘイスも精いっぱい協力している状況だったから、裏切り者はたんに参加自由の計画会議に出席するか、幹部御用達《ごようたし》のバーでパーシー・アレリンが好き放題しゃべるのを聞いていれば事足りるということもわかっていた。ビルはいつも、情報の区分けなどくだらない、みんながすべてを知るべきだと言っていた。それで充分、彼自身を隠蔽《いんぺい》できたのだ」

「あなたたちの訴えにスマイリーはどう応えました？」

「よく考えて、また知らせる、と。誰だろうとジョージから引き出せるのはそれだけだ。ところで、最初に言われたコーヒーをもらってもいいかな。ブラックで。砂糖はいらない」

わたしは背筋を伸ばし、首を振り、あくびをした。なんといっても老人だ。しかしバニーはそう思っていないし、ローラはとっくの昔にわたしに見切りをつけていた。ふたりとも、もうこいつの世話はたくさんだというような眼で見ていて、コーヒーはメニューになかった。

★

バニーは弁護士の顔になっていた。もう眼を細めない。頭の回転が悪くて耳も遠い老人に、大声を出すこともない。

「ここに入ってきたときの話題に戻りたいのですが、よろしいですか？　あなたと法律。情報部と法律。しっかり聞いてます？」

「たぶん」

「わたしは昔の犯罪に対する英国民の飽くなき関心について話した。わが国の高潔なる国会議員のあいだで、それが失われることは決してない、と」

「そうだったかな？　きっと話したんだろうな」

「あるいは、法廷において。昔の犯罪の責任のなすり合いが、いま大流行です。新しい国民的スポーツと言ってもいい。清廉潔白な今日《こんにち》の世代対あなたがた罪深い世代。われわれの父親たちの罪を贖《あがな》うのは誰か。たとえ当時は罪ではなかったとしても。だが、あなたは父親ではない。でしょう？　もっとも、あなたのファイルを見ると、孫がぞろぞろいてもおかしくなさそうですが」

「わたしのファイルは削られていると言ったじゃないか。勘ちがいだったということかね？」

「あなたの気持ちを読み取ろうとしているのです。でも読めない。感情がまったくないのか、多すぎるのか。あなたはリズ・ゴールドの死をあまり気にかけていない。なぜです？　アレック・リーマスの死も。そして〈ウィンドフォール〉に関しては、完全に記憶喪失になったふりをしている。ところがこちらには、あなたが〈ウィンドフォール〉の情報を入手できたことは完全にわかっている。ここで大事なのは、亡くなったあなたの友人、アレック・リーマスがあなたほどその情報に近づけなかったという点です。つまり彼は、みずから知りえなかった作戦の遂行中に死んだ。いまはあなたの意見を訊いていませんから、どうか割りこまないで。しかしながら」バニーはわたしの無作法を赦《ゆる》して、続けた。「われわれのあいだで成り立ちうる取り決めが、おぼろげながら見えてきました。あなたは〈ウィンドフォール〉にどことなく記憶があることを認めた。訓練か何かだったのかな、と親切にも、そして愚かしくも言ったでしょう。だから、こういうことでどうです？　こちらの事情をもう少し明かすのと引き替えに、あなたの記憶ももう少しはっきりするというのは？」

わたしは考え、首を振って、遠い記憶を探ろうとする。消耗戦になった感覚がある。最後に残ったひとりはわたしだ。

「かすかに憶えているように思うのは、バニー」わたしは譲歩して、わずかながら彼の望む方向へ進むことを示す。「もし〈ウィンドフォール〉について心あたりがあるとすれば、あれは作戦ではなく、情報源を指していたのではなかったかな。しかも役立たずの。だからお互い話が嚙《か》み合わなかったのだと思う」机の向こうの態度が多少なりとも和らぐことを期待したが、さっぱり効果はない。「潜在的な情報源だったのだが、いきなり最初の障害で転倒した。よってただちに、思慮深く、放棄された。ファイルして忘れよ」そこで思いきったひと言。「情報源〈ウィンドフォール〉はジョージの忘れ形見だ。これもまた歴史のひとつと言ってもいい」ローラにうなずいて、敬意を表する。「ワイマール大学でバロック文学を教えていた東ドイツの教授《プロフェッサー》だ。戦時中からジョージの友だちで、われわれのためにあれこれしてくれた。スウェーデンの学者か誰かを介して、ジョージに接触してきた、たしか五九年ごろだったな」すらすらと、まちがいを織り交ぜながら話しつづけるのがこつだ。「われわれは〝プロフ〟と呼んでいたが、その彼が、とびきりの最新ニュースがある、東西ドイツとクレムリンのあいだで極秘協定が結ばれる、と言ってきてね。意を同じくする東ドイツの政府関係の友人から何もかも聞いた、と」口をついて出てくるようになった。まるで往年のように。「東西ドイツが中立非武装という条件のもと再統合される。言い換えれば、まさに西側が望んでいないかたちで、つまり、ヨーロッパのまんなかに権力の真空地帯ができるということだ。サーカスがプロフを西側に亡命させるなら、残りの詳細を伝えるという申し出だった」

悲しげに微笑み、白髪《しらが》頭を振る。大いなる断絶の向こうからは何も返ってこない。

「結局、プロフはオクスフォード大学教授の椅子が欲しかっただけだった。終身雇用資格つきで。それから、ナイトの称号と、女王とのお茶会も」含み笑い。「むろんすべて彼のでっち上げだった。純粋なでたらめ。以上」と締めくくった。むずかしかったが、うまくやりとげた気がした。スマイリーも、どこにいるにせよ、静かに称讃していることだろう。

だが、バニーは称讃していない。ローラもだ。バニーはわざとらしく困惑し、ローラはたんに信じられないという顔つきだった。

「いいですか、ピーター、問題はですね」ややあってバニーが説明した。「いまの話は、古い中央資料室にあった〈ウィンドフォール〉のダミーのファイルの退屈でくだらない中身とまったく同じだということですよ。だろう？　ローラ」

そのようだ。ローラはすぐに同意する。

「ええ、まさに一言一句たがわず、バニー。詮索《せんさく》好きな調査者を外庭の小径《こみち》に導くためだけに作られたあの資料と。そんな教授は端《はな》から存在しないし、話は徹頭徹尾、完全な捏造《ねつぞう》。ただ、公平を期して言うなら、それには正当な理由もある。この世界にいるヘイドンたちののぞき見から〈ウィンドフォール〉を守ろうと思ったら、中央資料室に目くらましのファイルを置いておくのも筋が通っているから」

「一方で、筋が通らないのは、ピーター、あなたがそれほどの老齢でここに坐り、ジョージ・スマイリーとあなたと〈隠密〉の残りのメンバーが前世代にこしらえた糞山《くそやま》みたいな偽情報を、まるごと売りこもうとしていることだ」バニーが言い、眼を細めてどうにか親しみを表現した。

「コントロール在任中の古い財務報告書が見つかったの。わかるでしょう、ピート」返答を考えているわたしに、ローラが助け船を出した。「彼の機密費のね。コントロールにポケットマネーとして与えられる一定の秘密資金だけど、それでも最後の一ペニーまで報告しなければならない。いいわね？　ピーター」――子供に言い聞かせるように。「コントロールみずから、信頼する大蔵省の同盟者に手渡した報告書。その相手の名は、オリヴァー・レイコン、のちのサー・オリヴァー、そしていまは亡きアスコット・ウェストのレイコン卿――」

「そういう話がどうわたしに関係するのか、よければ教えてもらえないかね？」

「あらゆる点で関係します」ローラが穏やかに言う。「レイコン宛、親展で提出された大蔵省への財務報告書で、コントロールはサーカス部員の名前をふたり挙げている。要求があれば、〈ウィンドフォール〉作戦なるものに関する経費を、そのふたりがひとつ残らず説明すると。つまり、万一のちの世代がその追加支出に異議を唱えた場合、ということ。コントロールはそういう点において非常に高潔な人物だった、ほかの点ではいざ知らず。そのふたりの名前は、ひとりめがジョージ・スマイリー、そしてふたりめがピーター・ギラム。あなたです」

バニーはいっとき、このやりとりを聞いていないかのようだった。またうつむいて、胸壁の向こうの手元に眼を落とす。何を読んでいるにしろ、最大限の注意を要するもののようだ。

ようやく眼を上げた。

「きみが見つけた〈ウィンドフォール〉の隠れ家《セーフハウス》について話してあげるといいよ、ローラ。ピーターが盗んだファイルをすべてためこんでいた〈隠密〉のひそかな根城について」自分はほかのことで忙しいので、という口調で提案した。

「ええ、そうね。バニーがいま言ったように、財務報告書にそのセーフハウスが記載されていた」ローラは丁寧《ていねい》に説明した。「加えて、セーフハウスの管理人も。さらに」——これは憤然と——「謎めいたメンデルという名の男性も。情報部の職員録に載ってもいないのに、〈ウィンドフォール〉の一エージェントとして〈隠密〉専任で雇われている。給与として週に二百ポンドが彼のサリー州ウェイブリッジの郵便貯金口座に振りこまれ、別途報告により二百ポンドまでの旅費および必要経費も認められている。支払いは、しゃれたシティの法律事務所が運用する無記名の顧客口座から。その運用の実権を完全に握っていたのは、ほかならぬジョージ・スマイリー」

「メンデルとは誰です？」バニーが訊いた。

「引退したロンドン警視庁特別保安部《スペシャル・ブランチ》の警部だよ」すでに自動操縦になっているわたしが答えた。「ファーストネームはオリヴァー。オリヴァー・レイコンと混同しないように」

「どこでどうやって雇ったのですか？」

「ジョージとメンデルは長いつき合いだ。初期の事件でいっしょに働いたことがあってね。ジョージはメンデルのあの風貌が気に入っていた。サーカスの部員でないことも。メンデルのことを〝わが新鮮な空気〟と言っていたよ」

バニーは急にこれまでの議論に疲れ果てた。長時間のフライトのあとで体を休めるように、椅子の背にくたりともたれ、両手首をひらひらと振った。

「たまには現実に立ち返ろうじゃありませんか、え？」あくびを嚙《か》み殺して言った。「コントロールの機密費は、いまこの時点において、信頼に足る唯一無二の証拠です。それによってわれわれは、（a）〈ウィンドフォール〉作戦の内容と目的を知り、（b）情報部とピーター・ギラム、あなた個人に対するくだらない民事訴訟や私人訴追から身を守ることができる。あちらの当事者は、クリストフ・リーマス、故アレックの唯一の相続人と、カレン・ゴールド、故エリザベスまたはリズの未婚のひとり娘です。これに関して何か聞いたことは？あるでしょう。やっと本気で驚いたなんて言わないでくださいよ」

椅子に沈みこんだままで、バニーは「まったく《ジーザス》」と低くつぶやき、わたしの反応を待った。おそらくそれには長い時間がかかったのだろう。バニーがわたしに聞こえよがしの大声で、「どうなんです《ウェル》？」と言ったのを憶えているからだ。

★

「リズ・ゴールドに子供がいた？」そう訊く自分の声が聞こえる。

「見たところ、リズを血気盛んにしたような人物です。十五歳になったばかりのころ、リズは地元のグラマースクールの不良に妊娠させられた。両親の強い主張で、生まれた赤ん坊は里子に出され、誰かからカレンという洗礼名をもらった。いや、洗礼はなかったのかもしれない。ユダヤ人だから。そして大人の女性になったカレンは、法的権利を行使して実母の身元を知り、無理からぬことだけれど、母親の死んだ場所と経緯に関心を抱いた」

バニーはそこで間を置き、わたしの質問を待った。遅まきながらわたしは尋ねた――クリストフとカレンはわれわれの名前をいったいどこから手に入れたのだろう。バニーはそれを無視した。

「真実と法的解決を求めるカレンは、アレックの息子クリストフから大いに励まされた。カレンは知りませんでしたが、クリストフ自身も、ベルリンの壁が崩壊してからこのかた、父親がなぜ、どんなふうに死んだかを突き止めようと手を尽くしてきたからです。情報部はそんな彼を熱心に支援したとは言いがたく、それどころか、ふたりの進路に思いつくかぎりの障害と困難をくそみたいにまき散らした。あいにく、ふたりの説得にこれ努めるわれわれの奮闘は完全に裏目に出ています。ドイツ警察に記録されているクリストフ・リーマスの前科記録はあなたの腕くらい長いんですがね」

また間ができた。わたしから質問はない。

「いまや原告ふたりは結託している。おのおのの親が、どうやらイギリス情報部の五つ星級の大失策の結果として死んだ、そしてそこにあなたとジョージ・スマイリーが個人的にかかわった、と堅く信じている。それもゆえなきことではない。彼らは関係者の名前を含む完全な情報開示と、懲罰的賠償と、公《おおやけ》の謝罪を求めていて、あなたもそこに含まれている。アレック・リーマスに息子がいたことは知っていました？」

「知っていた。スマイリーはどこにいる？　どうしてわたしの代わりに彼がここにいないんだ？」

「すると幸運な母親が誰か、知っているのですね？」

「戦時中、アレックが銃後の作戦活動をしていたときに出会ったドイツ人女性だ。彼女はのちにデュッセルドルフのエバーハートという弁護士と結婚し、エバーハートは少年を養子にした。だから息子の名前はリーマスではない。エバーハートだ。ジョージはどこにいると訊いたんだがね」

「それはあとで。めざましい記憶力を披露していただき光栄です。息子がいたことはほかの人たちも知っていたのですか？　あなたの友人リーマスのほかの同僚たちも？　調べればわかるけれど、なにぶん資料が盗まれてしまったもので」すでにわたしの答えを待つのに飽き飽きしているので、続ける。「アレック・リーマスにクリストフというドイツ人の婚外子《こんがいし》がいて、デュッセルドルフに住んでいることを、この情報部では誰もが知っていたのですか？それとも知らなかった？　イエスかノーで」

「ノーだ」

「いったいどうして？」

「アレックは自分のことをあまりしゃべらなかった」

「あなた以外の人にはね。会ったことはあります？」

「誰に？」

「クリストフに。アレックではなく、クリストフに。どうやらまた意図的にぼんやりしてきたようだ」

「わたしはそんなことはしない。そして答えはノーだ。クリストフ・リーマスに会ったことはない」と鋭く言い返した。なぜ真実を告げて甘やかさなければならない？ 考えているバニーに追い討ちをかけた。「だから、スマイリーはどこにいると訊いたんだがな」

「その質問は無視しました、すでにお気づきかもしれませんが」

双方気持ちを落ち着けるための沈黙。ローラは物憂げに窓の外を見ている。

「クリストフ――こう呼ぶことにしますが」バニーが気だるい口調でまた話しはじめた。「彼には才能がある。犯罪の才能、あるいはなかば犯罪的な才能かもしれませんが。遺伝の影響もあるんでしょう。実父がベルリンの壁の東側で死んだことを確認するや、どうやったのか知りませんがとにかく見上げた技術で、封印されていたはずの国家保安省《シュタージ》の資料庫にもぐりこみ、三人の関係者の名前を調べ上げた。あなたと、故エリザベス・ゴールドと、ジョージ・スマイリーです。そして数週間のうちに、エリザベスという手がかりから公文書をたどって、彼女の娘を見つけた。会合が持たれ、予想外の絆が生まれた――どこまでの絆かは勘ぐらないことにします。そしてふたりは、称讃すべき清廉な精神の持ち主である公民権専門の弁護士たちに相談した。われわれにとっては鬼門です。こちらの対処として、原告に巨額の公金を支払う代わりに沈黙を守るよう提案することも考えていますが、逆にこれは勝ち目のある闘いだと思われるおそれもある。すると彼らはいまよりいっそうしつこく食い下がる。〝金など知るか、この悪党どもめ。歴史に語らせ、潰瘍《かいよう》を切除し、首を刎《は》ねて転がすしかない〟とね。そのうちのひとつは、あなたの首だ」

「ジョージの首も、だろうね」

「かくしてわれわれは、悪魔のごとき作戦の犠牲になったふたりの亡霊がその子の体を借りて現われ、情報部の責任を問うという、滑稽《こっけい》なシェイクスピア的状況に直面している。ここまではどうにかメディアを納得させています。議会が手を引いて訴訟手続きが開始された場合には、静かに隔離された秘密法廷とし、傍聴人はわれわれが一方的に決めるという線で。多少不誠実だが、誰が気にします？　しかし、例によって迷惑きわまりない弁護士に焚《た》きつけられた原告側は、〝やだね、公判がいい。完全公開希望〟と言っている。あなたは先ほど、なんだか無邪気な感じで、シュタージがどこからあなたたちの名前を手に入れたのだろうと訊いた。もちろん、モスクワ・センターからですよ。彼らが然るべき手順でシュタージに伝えた。モスクワ・センターはどこから名前を得たか？　もちろん、わが情報部からです。またしても、当時ほとんど野放しだった精励恪勤《せいれいかっきん》なビル・ヘイドンの働きによって。白馬にまたがった聖ジョージ（イングランドの守護聖人とスマイリーをかけている）が彼をいぶし出すまで、それがさらに六年間続いたわけだ。いまも連絡をとり合っていますか？」

「ジョージと？」

「ジョージと」

「いや。彼はどこにいる？」

「ここ数年、連絡がない？」

「ない」

「最後にやりとりがあったのはいつです？」

「八年前、いや、十年かな」

「説明を」

「わたしがロンドンに来たときだった。彼を訪ねたのだ」

「どこに？」

「バイウォーター・ストリート」

「彼はどうしてました？」

「元気だったよ、おかげさまで」

「われわれも、あちこち探しているんですがね。気まぐれなレディ・アンは？　彼女とも触れ合っていませんか？　厳密な比喩《ひゆ》としての〝触れ合い〟ですが、当然ながら」

「それもない。当てこすりもやめてもらおう」

「パスポートを見せてください」

「なんのために？」

「階下《した》の受付で見せたのと同じものをお願いします。あなたのイギリスのパスポートを」――

――胸壁の向こうから手を伸ばして。

「いったいなぜ？」

ともかくパスポートを渡す。ほかにどうすればいい？　断固渡さないと抵抗するのか？

「これだけですか？」ページをめくりながら考えこんで、「現役時代には山のように持っていたでしょう、さまざまな人物になりすまして。いまどこにあります？」

「提出した。シュレッダー行きだ」

「あなたは二重国籍だ。フランスのパスポートはどこに？」

「父親はイギリス人で、わたしは一イギリス人として奉仕し、イギリスはわたしに親切だった。さあ、パスポートを返してもらおう」

だが、それはすでに胸壁の向こうに消えている。

「さて、ローラ、またきみの出番だ」バニーは彼女を再発見して言った。「〈ウィンドフォール〉のセーフハウスについて、もう少しくわしく話してもらえるかな。よろしく」

終わりだ。わたしは嘘を言い尽くした。もう死に体で、攻撃手段もない。

★

ローラがまたわたしの視線より下の資料を確認し、わたしは脇腹を流れ落ちる汗をできるだけ無視しようと努める。

「ええ、そうね、バニー、セーフハウスとその使われ方」ローラは愉《たの》しげに顔を上げる。

「〈ウィンドフォール〉のためだけに設けられたセーフハウス。職務記述書にはほとんどそれしか書かれていない。インナー・ロンドン近郊に設置すべし。それから説明には、隠蔽《いんぺい》のためにそこを〈ステイブルズ〉と呼び、スマイリーの裁量で常駐の管理人を置くとある。わかっているのはそのくらい」

「思いあたることはあります？」バニーが訊く。

ふたりは待つ。わたしも待つ。ローラがバニーとの私的な会話を再開する。

「その場所がどこで、誰が管理するのか、コントロールはレイコンにすら知らせたくなかったみたい、バニー。大蔵省でのレイコンの地位の高さと、サーカスのほかの分野に彼の知識が広く及んでいたことを考えると、コントロールの杞憂《きゆう》という気もしなくはないけれど、わたしたちに彼を批判する資格はないでしょう？」

「誰にもないね。家畜小屋《ステイブルズ》というのは、ヘラクレスが十二の試練のひとつで掃除させられたという話から？」バニーが興味津々《しんしん》で尋ねる。

「おそらく」とローラ。

「スマイリーが選んだ？」

「ピートに訊いて」彼女が前向きな提案をする。

だがピートは——そう呼ばれるのが嫌でたまらない——それまで装っていた難聴以上に耳が遠くなっている。

「明るい面もあるよ」またバニーからローラへ。「〈ウィンドフォール〉のセーフハウスがいまも存在することだ！　意図的にか、たんにうっかりしているだけなのか、まあ後者だろうと思うが、〈スティブルズ〉は、四人もの後任のコントロールが機密費で前払いして維持している。そしていまもそこにあるのだ。情報部の最上階ですらその存在を知らないし、まして場所などわかるわけがない。さらにおかしなことに、この緊縮財政の時代に、古き良き大蔵省がその存在を一度も疑問視することがなかった。来る年も来る年も、うなずいて認めてきたのだ、ありがたくも」そこで同性愛者を蔑《さげす》むように、舌足らずな話しぶりをまねる。「あまりにも機密すぎて質問もできないのよ、ダーリン。点線のところにサインして、ママにはぜったい内緒にね。そこは賃借物件で、いつリース切れになるかは神のみぞ知る。誰が所有していて、どんなまぬけな慈善家が請求書を払っているのかも」そして同じ乱暴な口調でわたしに、「ピーター。ピエール。ピート。ずいぶん静かですね。われわれの蒙《もう》を啓《ひら》いてくれませんか、どうか。そのまぬけな慈善家とは誰なんです？」

　追いつめられ、しまいこんでいた技をすべて試してそれでもうまくいかなかったとき、切り抜けるためにできることはそう多くない。話のなかに話を作る手もある。それもやってみたが、うまくいかなかった。部分的に自供して、そこで終わることを祈ってもいい。それもやったが、終わらなかった。もう行き止まりにぶつかったことを認めるしかない。残る選択肢は、勇気を出して真実を告げるか、解放されるために最小限のことを話して、よい子の得点を多少稼《かせ》ぐか——どれもすんなりといきそうにはないが、少なくともそれでパスポートは返ってくるかもしれない。

★

「ジョージは従順な弁護士を使っていた」告白したことによるうしろ暗い安堵《あんど》感が、思いがけずこみ上げてきた。「きみの言う〝しゃれた〟弁護士だ。アンの遠い親戚だった。その彼だか彼女だかが安全器《カット・アウト》を務めることに同意した。そのセーフハウスはアパートメントではなく三階建ての一軒家で、オランダ領アンティルに登記されたオフショア信託会社から借りていた」

「話してくださるとはさすがだ」バニーの褒《ほ》めことば。「で、管理人は？」

「ミリー・マクレイグ。ジョージが昔使っていた職員だ。まえにもジョージに頼まれて管理人をしたことがあり、すっかりやり方は心得ていた。〈ウィンドフォール〉が始まったときには、〈委員会〉の委託でニュー・フォレストにあるサーカスのセーフハウスを管理していた。第四施設と呼ばれる場所だ。ジョージは、そこを辞《や》めて〈隠密〉に再申しこみするよう指示した。そして彼女を機密費でまかなうことにして、〈ステイブルズ〉に置いた」

「その場所はどこか、もう教えてもらえますか？」まだバニーが話している。

わたしは教えてやった。ついでに〈ステイブルズ〉の電話番号も。それはいままで出番を待ちかねていたかのように、すらすらと口をついて出てきた。するとバニーとローラが合図し合って、わたしたちのあいだにある机の資料の山をふたつに分け、できた溝にバニーが底の広い電話機をどんと置いた。それはわたしの理解を超えた複雑な装置で、バニーは電光石火のスピードでキーを操作し、わたしに受話器を持たせた。

わたしがバニーの十倍の時間をかけて〈スティブルズ〉の番号を押すと、部屋じゅうに呼び出し音が響き渡って、ぎょっとした。わが罪深い耳にとってきわめて危険なだけでなく、本当はちゃんと聞こえていることを見事に暴いた出来事だった。これひとつで見破られ、捕らえられ、寝返らされたようなものだ。電話機は大音量で呼び出し音を鳴らしつづけた。われわれは待った。まだ応答はない。ミリーは教会に行っているのだろうか――昔はしょっちゅう行っていた――それとも自転車で出かけたのだろうか。いや、彼女もまえほど活発ではなくなっているはずだ、残りのわれわれがみなそうなったように。だが、もっとありそうなのは、死んで埋葬されたということだ。いかに美しい高嶺《たかね》の花でも、わたしより優に五歳は歳上だったのだから。

呼び出し音がやんだ。すこし雑音がしたので、留守番電話につながるのだと思った。すると、驚き呆れたことにミリーの声が聞こえた。まさにあのスコットランドの厳格で非難がましい、ざらついた声。ジョージが落ちこんでいるときに、わたしがまねして笑わせた同じ声だった。

「はい、もしもし」――わたしがためらっていると――「どなたです？」――これは、午後七時ではなく真夜中であるかのように憤然と。

「わたしだ、ピーター・ウェストンだ、ミリー」わたしは言った。さらにスマイリーの暗号名もつけ足して、「ミスター・バラクラフの友人だ。憶えているかな？」

ミリー・マクレイグの人生でこれがたった一度、落ち着きを取り戻すのに時間がかかる出来事であることを期待し、願ってさえいたのだが、ミリーはにべもなく切り返し、落ち着きを失っているのは彼女ではなくわたしであることを思い知らせた。

「ミスター・ウェストン？」

「そう、本人だ、ミリー。亡霊じゃなくて」

「本人であることを証明してもらえますか、ミスター・ウェストン」

証明する？　暗号名をふたつも言ったではないか。しかし、そこで思い出した。ミリーはわたしの〝ピンポイント〟を要求しているのだ。ロンドンというよりモスクワの電話網でよく使われた、さほど厳密でない暗号の通信方法だが、われわれの暗黒時代にスマイリーが執着していたものだ。わたしは目のまえの机に置いてあった茶色の鉛筆を手に取り、まったくばかばかしいと思いながら、バニーの超高性能電話に覆《おお》いかぶさるようにして、千年前の自分のピンポイント暗号の回数だけスピーカーを叩いた――。送話口を叩くのと同じ効果が得られることを願いながら、三回、休止、一回、休止、二回。効果はあったらしく、その証拠に、叩き終わるやいなやミリーが戻ってきて、この上なくやさしく、親切に、本当に久しぶりに声が聞けてうれしいわ、ミスター・ウェストン、と言った。今日はまた、どんなお手伝いができる？

それにわたしはこう答えてもよかった――ああ、ミリー、訊かれたから言うけれど、ここで起きているのが現実世界のことなのか確認してもらえないか？　昔日《せきじつ》の眠らぬスパイのためにある中間世界の、どこか暗い隅で起きていることではないね?

4

前日の朝、ブルターニュから到着したときに、わたしはチャリング・クロス駅近くの陰気なホテルを予約し、霊柩車《れいきゅうしゃ》ほどの大きさの部屋にしかたなく九十ポンドを前払いしていた。ホテルに向かう途中、旧友でかつて要員《ジョー》として使っていたバーニー・ラヴェンダーを訪ねてもいた。彼の店〈外交団向け紳士服店〉の仕立て室は、サヴィル・ロウの狭苦しい半地下にあるが、バーニーにとって、広さは重要だったためしがない。彼――そしてサーカス――にとって重要なのは、外交官が集まるケンジントン・パレス・ガーデンズやセント・ジョンズ・ウッドの客間に入りこんで、ささやかな非課税の副収入を得ながらイギリスのために本分を尽くすことだ。

抱擁《ほうよう》のあと、バーニーはブラインドをおろし、ドアに鍵をかけた。昔を懐かしんで、わたしはまだ彼の顧客が取りにきていない服を試してみた。理由はわからないが、外国の外交官が受け取りそこねているジャケットやスーツを。そして最後に、やはり懐旧の思いに浸りつつ、バーニーに封をした封筒を預け、わたしが帰るまで金庫に保管しておいてもらうことにした。そこにはわたしのフランスのパスポートが入っていたが、たとえD‐デイの上陸計画書が入っていたとしても、バーニーはこれほど丁重には扱わなかっただろう。

いまわたしはそれを回収しにきた。

「ミスター・スマイリーはどうされています？」バーニーは敬意をこめてか、それとも保安に気を配りすぎているのか、声を落として訊く。「消息は聞こえてきますか、ミスター・G」

聞こえてこない。あんたは？ あいにくバーニーも知らない。そこでわれわれは、なんの断わりもなく長いあいだ姿を消すジョージの癖を振り返って笑う。

だが、わたしは心のなかでは笑っていない。まさかジョージが死んだなどということがありうるだろうか。バーニーがそれを知っていて黙っているなどということが？ しかし、さすがのジョージも秘密裡に死ぬことはできまい。それに、相も変わらず不実な彼の妻、アンはどうしている？ 少しまえに、数々の冒険に倦《う》み疲れていまは流行《はや》りの慈善事業に熱中しているという話を聞いた。ただ、その愛着が過去の例より長続きするかどうかは誰にもわからない。

フランスのパスポートをポケットに入れて、わたしはトッテナム・コート・ロードの電気街に行き、一機につき十ポンド分話せる使い捨て携帯電話を二機買った。ふと思いついて、レンヌ空港では見ぬふりをしていたスコッチもひと壜買った。ありがたくもその夜どうすごしたか記憶にないのは、それで説明がつくかもしれない。

夜明けと同時に起き、霧雨のなかを一時間歩いて、サンドイッチ・バーでまずい朝食をとった。そこでようやく、あきらめといまだに信じられない思いとともに、ブラックキャブを呼び止めて、行き先を告げる勇気が湧いた。そこは二年にわたって、わが人生でほかのどんな場所より多くの喜びと、ストレスと、人としての苦悩をもたらした場所だった。

★

記憶にあったディズレーリ・ストリート十三番地、別名〈スティブルズ〉は、ブルームズベリーの脇道の端に立つ、修理の跡もないヴィクトリア様式の陋屋《ろうおく》だった。驚いたことに、それがいまもそのまま目のまえにあり、まったく変わらず、悔いも抱かず、きらびやかに飾りたてた近所の家並みを非難している。時刻は午前九時。約束の時間だが、玄関前の階段には、ジーンズ、スニーカーに革ジャケットという恰好の痩《や》せた女性が陣取り、携帯電話に悪《あく》罵《ば》を浴びせている。しかたがないから近所をもう一周してこようと思いかけたとき、それが現代の服を着た〝歴史〟のローラだということに気づく。

「よく眠れた？　ピート」

「天使のように」

「どのベルを押せば皮膚病にならずにすむ？」

「〝倫理学《エシクス》〟を試すといい」

〝エシクス〟は、スマイリーが考えついたもっとも魅力のない呼び鈴の表示だ。玄関のドアが開き、薄暗がりのなかにミリー・マクレイグの亡霊が立っていた。かつて真っ黒だった髪はわたしと同じくらい白くなり、アスリートの体は加齢で曲がっているが、うるんだ青い眼には相変わらず情熱の火が燃え、わたしがその慎《つつ》ましいケルト人の両頬に音だけのキスをすることを認めた。

ローラがわたしたちの横を通りすぎて、廊下へ進んだ。ふたりの女性はこれから闘うボクサー同士のように正面から睨《にら》み合ったが、わたしはといえば、懐かしさと自責の念が胸のなかで入り乱れて、いっそ外に出てドアを閉め、ここに来たことなど一度もないと白《しら》を切りたくなるほどだった。まわりにあるのは、もっとも要求の激しい考古学者も夢見たことがないような、几帳面《きちょうめん》に保存されて封印が解かれていない埋葬室だ。〈ウィンドフォール〉作戦と、それを推進する全員のためだけのこの場所には、フックにかかったわたしのピザ配達人の制服から、ミリー・マクレイグの婦人用自転車まで、あらゆる装備がそろっている。籐籠《とうかご》と、チリンチリン鳴るベル、模造革《レキシン》のサイドバッグがついた、当時ですら年代物だった自転車は、廊下のスタンドに置かれている。

「見てまわりたいの?」ミリーがローラに訊いている。買い手の候補者と話しているかのように無関心に。

「勝手口があるでしょう」ローラが建物の見取り図を取り出して、ミリーに言う。いったいどこからそんなものを手に入れたのか。

台所のガラス張りのドアのまえに立つ。眼下にはごく小さな庭と、その中央にミリーの菜園がある。そこを初めて耕したのはオリヴァー・メンデルとわたしだ。洗濯紐《ひも》には何もかかっていないが、ミリーはわれわれが来ることを知っていた。鳥の巣箱も昔のまま。ある真夜中、メンデルとわたしで廃材を使って作った。わたしのほろ酔いの指示のもと、メンデルが〝来る鳥は拒まず〟と書いた焼き絵の札を飾ったその巣箱は、誕生を祝った日となんら変わらず、誇らしげにまっすぐ立っていた。野菜の苗床のあいだを敷石の小径《こみち》が通り、キッシングゲート（人だけを通して家畜を通さないゲート）から専用駐車場につながり、その先に脇道がある。裏口のないセーフハウスなど、ジョージは認めなかった。

「あそこから入ってくる人はいました？」ローラが尋ねる。

「コントロールだ」わたしは答え、ミリーの手間を省いてやった。「何があっても正面から入ろうとしなかった」

「残りの人たちは？」

「正面のドアを使った。コントロールが裏口を使うと決めてからは、そちらは彼専用になった」

　小さなものは惜しみなく与えよ、とわたしは自分に言い聞かせる。そして残りを記憶に封じこめ、鍵を捨ててしまえ。ローラが次に訪ねるのは、曲がりくねった木の階段、サーカスの本部じゅうにある薄汚い階段の小型のレプリカだ。そこをわれわれがのぼろうとしたとき、チリンと小さな鈴の音がして、猫が一匹現われる。顔つきの悪い大きな長毛の黒猫で、赤い首輪をつけている。階段に坐り、あくびをして、われわれを睨みつけた。ローラが睨み返し、ミリーのほうを向く。

「彼女も経費でまかなっているの？」

「彼女ではなく、彼ですけどね。わたしが自分のお金で飼っています、あいにくと」

「名前はあるの？」

「ええ」

「しかし秘密？」

「そう」

ローラが先頭を進み、猫が慎重な足取りでそのあとに続いて、われわれは階段の向きが変わる踊り場までのぼり、緑のフェルトが張られてコンビネーション錠がついたドアのまえで止まる。その向こうは暗号室だ。ジョージが初めてここを確保したとき、ドアはガラス張りだったが、暗号係のベンが指の動きを見られては困ると言いたてたので、フェルトが張られた。

「いいわ。コンビネーションがわかるのはどなた？」とガールスカウトの隊長モードのローラ。

ミリーがまた何も言わないので、わたしはしぶしぶ数字を告げる——二一、一〇、〇五。トラファルガーの海戦の日付だ。

「ベンが王立海軍だったから」と説明したが、ローラは理解したとしても表情には出さない。回転椅子に坐って、ローラはずらりと並んだダイヤルやスイッチを睨《ね》めつける。スイッチを入れる。何も起きない。ダイヤルをまわす。何もなし。

「ずっと電源が入っていないの」ミリーがローラではなくわたしに向かってつぶやく。

ベンの椅子をくるりとまわして、ローラは〈チャブ〉社の緑の壁金庫を指さす。

「いいわ。あれの鍵はある？」

〝いいわ〟が神経に障りはじめる。〝ピート〟と同じだ。ミリーが体の横にさげていた鍵束から、鍵を一本選ぶ。錠がまわり、金庫の扉が開くと、ローラはなかをのぞきこみ、大鎌で刈るように腕を動かして、中身をシュロの敷物の上に落とす――〝機密・極秘〟と大書された暗号帳、鉛筆、厚手の封筒、色褪《いろあ》せたワンタイムパッド（一回かぎりで使う暗号表）が十二枚ずつ入ったセロファン袋。

「すべて昔のままね？」ローラはわれわれに向き直って宣言する。「誰も、どこにも触《さわ》っていない。そうね？　ピート？　ミリー？」

階段をまたのぼりはじめたローラに、ミリーが「ちょっと待って！」と声をかけて止まらせる。

「わたしの私室に入ろうというの？」

「だとしたら？」

「わたし個人の部屋と所有物を調べるのは大いにけっこうだけれど、その条件として、本部の然るべき人が署名した書面通知を、充分な時間的余裕とともにまえもって提出してもらいます」すらすらと一文で告げる。事前に練習していたのではなかろうか。「と同時に、わたしの年齢と地位にふさわしいプライバシーの尊重を求めます」

これに対してローラは、調子がいい日のオリヴァー・メンデルでさえあえて避けるような物言いで反論する。

「それはなぜ？　ミル。階上《うえ》に人でも隠してるの？」

★

名前が秘密の猫はいなくなった。われわれは、メンデルとわたしが古いハードボードの仕切りを取り払ってから〝中央室《ミドル・ルーム》〟と呼んでいた部屋に立っている。外の通りから見れば、これもただ一階の窓にレースのカーテンがかかった陰気な部屋だが、なかに入ると、窓はない。大雪が降った二月の土曜の午後に、内側から煉瓦《れんが》でふさいだからだ。部屋は永遠の闇に包まれ、ソーホーで買ってきたカジノ向けの緑の笠のライトをつけたときにだけ明るくなる。

ヴィクトリア時代の重厚な机二台が部屋のまんなかを占めている。ひとつはスマイリー用、もうひとつは、ときどきではあったがコントロール用だ。どこから持ってきたのかは長らく謎だったが、スマイリーがある夜、アンのいとこのひとりが相続税対策でデヴォンの田舎《いなか》の邸宅を売り払った際に出てきたものだ、とスコッチを飲みながらわれわれに明かした。

「いったいあの不愉快なものは何？　わかるように教えてもらえます？」

ローラの眼が輝いている。無理もない。視線の先にあるのは、コントロールの机のうしろの壁にかかった横一メートル縦六十センチのけばけばしい図だ。不愉快？　わたしはそうは思わない。ただ、命を脅《おびや》かすのは確かだ。自分でも気づかぬうちに、わたしはコントロールの椅子のうしろにかかっていたトネリコの杖をつかみ、知識を与えるというよりローラの注意をそらすために、説明しはじめた。

「この部分は、ローラ」ロンドンのごちゃごちゃの地下鉄路線図にも似た、色つきの線と暗号名の迷路に杖を振って、「サーカスの東欧ネットワークを自分たちで図にまとめたものだ。暗号名は〈メイフラワー〉。〈ウィンドフォール〉作戦が発案されるまえのことだ。これがネットワークの活力のもとであり創設者、連絡員、要《かなめ》の偉大な男である情報源〈メイフラワー〉、そしてこれが彼の下部情報源、さらに下には、彼らの下部情報源が、本人の意図かどうかは別として続く。そのそれぞれについて、成果の概要と、ホワイトホールでの市場価値、そしてサーカス内部での情報源および下部情報源としての信頼性のレベルが、十段階評価でついている」

そう言ってわたしは杖を椅子に戻した。しかし、ローラはわたしが期待したほど注意をそらさず、混乱もしていないようだった。図の暗号名をひとつずつ確かめ、チェックずみの印をつけていった。わたしのうしろでは、ミリーがひそかに部屋から出ていこうとしていた。

「まあ、〈メイフラワー〉作戦についても、たまたまいくつかわかっていることがありますけどね」ローラが上位者の口調で言った。「一般資料室にあなたがたが親切に残しておいてくれた半端なファイルがあるので。それと、われわれ独自の情報源もいくつかあるし」それがわたしの頭に入るのを待って、「ところで、どうして暗号名がみな庭の植物なの？」

「ああ、つまり、あのころはテーマを用いていたのだよ、ローラ」できるだけ高慢な口調を保ちながら答えた。「メイフラワー、そう、船ではなく花のほうだ」

　だが、ローラはまたほかのことを考えていた。

「この星はなんのため？」

「火花だ、ローラ。星ではなく。比喩《ひゆ》としての火花。現場諜報員が無線装置を支給されている場合だ。赤は活動中、黄色はキャッシュ」

「キャッシュ？」

「埋めているということだ。たいていオイルスキンに包んで」

「何かを隠すときには、隠すと言って。いい？」ローラは相変わらず暗号名を調べながら、わたしに知らせる。「キャッシュするとは言わない。ちなみに、わたしはスパイ用語を使わないし、男性社交クラブにも入っていない。このプラス記号は？」ある下部情報源を囲むふきだしに指を突きつけ、そこに置いたままにする。

「それはプラス記号ではないのだ、じつは、ローラ。十字架《クロス》だ」

「二重スパイということ？　裏切られた《ダブル・クロスト》ということで？」

「もう存在しないということだ」

「どういう事情で？」

「爆破されたり、自分からやめたり、ありとあらゆる理由で」

「この人はどうなった？」

「暗号名〈スミレ〉？」

「ええ。〈スミレ〉に何が起きたの？」

徐々に迫ってきているのだろうか。そんな気がしてきた。

「行方不明だ。尋問されたと考えられている。東ベルリンで一九五六年から六一年まで働いた。鉄道ファンのチームを率いていた。すべてふきだしのなかに書かれている。要するに、自分で読んでくれ」

「この人《フェロー》は？　〈チューリップ〉？」

「〈チューリップ〉は女性だ」

「井桁《ハッシュタグ》のようなものもついてるけど？」

指をいまの場所に置くときを、ずっと待っていたのだろうか。

「きみの言うハッシュタグは〝象徴〟だ」

「それはわかります。なんの〝象徴〟？」

「〈チューリップ〉はロシア正教への転向者だった。だからロシア正教の十字架をつけたのだろう」わたしの声は落ち着いているが、ローラは続ける。

「誰がつけたの？」

「女性たち。ここで働いていた年配の秘書ふたりだ」

「宗教を信じているエージェントにはみな十字架がついた？」

「〈チューリップ〉のロシア正教は、われわれのために働く動機のひとつだった。十字架はその印だ」

「彼女はどうなった?」

「画面から消えてしまった、悲しいことに」

「当時、画面なんてなかったでしょう」

「やめることにした、というのがわれわれの推測だった。そういう要員《ジョー》もいる。契約を破棄して姿を消してしまうのだ」

「本名はガンプ、でしょう？　大きな傘という意味の。ドリス・ガンプ？」

わたしが感じているのは断じて吐き気ではない。胃がよじれる感じはなかった。

「そうだったかな。ガンプ。そう、たしかそうだ。知っているとは驚きだな」

「あなたが盗み忘れたファイルがあったのかも。大きな損失だった？」

「なんだって？」

「彼女がやめようと決めたこと」

「やめると宣言はしていないと思う。たんに活動しなくなったのだ。それでも、そう、長い目で見れば、たしかに損失だった。〈チューリップ〉は主要な情報源だったから。そうだな、重要だった」

多すぎたか？　少なすぎた？　軽すぎた？　ローラは考えている。その時間が長すぎる。

「きみたちが関心を持っているのは〈ウィンドフォール〉だと思ったが」わたしは念を押す。

「あら、すべてに関心を持っていますよ。〈ウィンドフォール〉はただの口実で。ミリーはどうしたの？」

、、、ミリー？　ああ、ミリーか。〈チューリップ〉ではなく。ミリー。

「いつの話だね？」わたしは馬鹿なことを訊く。

「いまよ。彼女はどこに行ったの？」

「階上《うえ》の自分の部屋じゃないかな、たぶん」

「口笛で呼んでもらえます？　わたしは嫌われたようなので」

しかし、わたしがドアを開けると、ミリーが鍵束を持って待っている。ローラは彼女を押しのけ、見取り図を手に廊下を進んでいく。わたしは居残る。

「ジョージはどこだ？」とミリーにささやく。

彼女は首を振る。知らない？　それとも、訊くなということか。

「鍵をお願い、ミリー」

ミリーはしたがい、書斎につながる両開きのドアの鍵を開ける。ローラは一歩踏みこんだあと、どたばた喜劇《スラップスティック・コメディ》のように二歩下がり、必然的に「なんなのこれは《ホーリー・シット》！」と叫んだ——大英博物館のミイラも目覚めさせるほどの金切り声で。信じられないという表情で、床から天井までの書架にぎっしり詰まったぼろぼろの学術書のほうに進み出て、腫《は》れ物に触《さわ》るように最初の本に手を伸ばす。一八七八年発行のブリタニカ百科事典、不揃いの三十巻セットの第十八巻だ。それを開き、呆れ顔で数ページめくって、サイドテーブルにどさりと落とすと、次に一九〇八年発行の『アラビアとその先への旅』、これも不揃いのセットの一冊を手に取る。価格はメンデルが値切って一巻五シリング六ペンス、セットで一ポンドだった、とわたしはなぜか思い出す。

「こんなものを誰が読むのか教えてもらえます？　あるいは、誰が読んだのか」――またわたしに向かって。

「〈ウィンドフォール〉にアクセスできて、読む理由がある者なら誰でも」

「い、い、どういう意味？」

「つまりだ」わたしはできるだけ威厳を帯びて答える。「テムズ河畔のあの武装要塞はまだなかったから、ジョージ・スマイリーの意見では、物理的に保護するより自然に隠すほうがよかろうということだったのだ。鉄格子の入った窓や鋼鉄製の金庫があれば、地元のこそ泥にどうぞお入りくださいというようなものだが、古本の山を漁《あさ》るのが最高の盗みだという泥棒はまだ生まれて――」

「いいから見せて。何を盗んだにしろ、ここにあるものを」

わたしはミリーのドライフラワーが積まれた暖炉のまえに、書架用の踏み台を置き、いちばん上の棚からヘンリー・J・ラムケン（ケンブリッジ大学文学修士）著の『初心者にもわかる骨相学』を取り出して、できた隙間から薄茶色のフォルダーを抜き取る。ローラにフォルダーを渡して、ラムケン博士を棚に戻し、硬い床の上におりると、ローラは椅子の肘《ひじ》かけに腰をおろして、もらった褒美《ほうび》を精査している。ミリーはまたどこかに消えた。

「ここにポールという人がいる」ローラが咎《とが》めるように言う。「ポールというのは、じつのところ誰のこと？」

今回は答える声音《こわね》をうまく制御できない。

「彼は〝ホーム〟にはいない、ローラ。死んだのだ。ドイツ語ふうに発音する〝パウル〟は、アレック・リーマスがベルリンで下働きの要員《ジョー》たちに対して使っていた暗号名のひとつだった」いまさらながら、わたしは何気《なにげ》なさをどうにか装う。「名前を取っかえ引っかえ使っていた。あまり世界を信じていなかったんだな。まあ、共同運営委員会を、と言ってもいいが」

ローラは興味を示したが、そのことをわたしに知らせたくない。「これですべて、ということね？ まるごと全部。盗んだものはすべてここにあり、古本のなかに隠されている。そういうこと？」

ローラに何か教えてやることに勝る喜びはない。「まさか、すべてではないよ、ローラ、残念だが。ジョージの方針は、保存はできるだけ少なく、だったから。廃棄できるものはみなシュレッダーにかけた。そのうえで燃やした。ジョージの不文律だ」

「シュレッダーはどこに？」

「あそこの隅にある」

見逃していたようだ。

「どこで燃やしたの？」

「暖炉で」

「破棄証明書は残っている？」

「だとしたら、破棄証明書も破棄しなければならない。だろう？」

わたしが小さな勝利に酔っているあいだ、ローラの視線は部屋のいちばん暗く遠い隅に移った。立ち姿の男の縦長の写真が二枚、並んで飾られている。今度はローラも「なんなのこれは！」と叫ばないし、ほかの感嘆の声もあげず、ゆっくりと写真に近づいていく。まるでそれらが飛んで逃げるのを怖れるかのように。

「この美男子ふたりは？」

「ヨーゼフ・フィードラーと、ハンス＝ディーター・ムントだ。それぞれシュタージの対諜報課課長と、副長官」

「わたしは左のほうが好み」

「フィードラーだ」

「どういう人？」

「ドイツ系ユダヤ人で、両親は教育者だったが収容所で死に、息子の彼ひとりが生き残った。モスクワとライプツィヒで人文科学を学び、歳をとってからシュタージに入った。そこからは見る見る出世。頭がよく、隣に立っている男の性根を嫌っている」

「ムントね」

「消去法でいけば、そう、ムントだ」わたしは同意する。「ファーストネームはハンス＝ディーター」

ダブルのスーツで上着のボタンをきっちりかけているハンス＝ディーター・ムント。殺人者の両腕を体の横にぴたりとつけ、親指を下に向け、蔑《さげす》むようにカメラを見つめているハンス＝ディーター・ムント。処刑に立ち会っているところだ。自分の処刑に。ほかの誰かの処刑に。いずれにせよ表情は変わらない。顔の横にあるナイフの傷跡は決して消えない。

「彼はターゲットだった。でしょう？　あなたの友人アレック・リーマスは、彼を除去するために送りこまれた。いい？　ところが、代わりにムントがリーマスを除去した。いい？」

ローラはフィードラーに戻る。「そして、フィードラーがあなたたちのスーパー情報源だった？　いい？　究極の秘密志願者。飛び入りの客と見せかけて、飛び入りなんかじゃなかった。こちらの玄関先に熱々の情報を落として、呼び鈴を鳴らし、名前を残さず走って逃げた。何度も、何度も。それでもあなたたちは彼がこちら側の要員《ジョー》だという確信が持てなかった。そういうこと？」

わたしは大きく息を吸う。「勝手に向こうから送ってきた〈ウィンドフォール〉関連情報は、すべてフィードラーの方向を指し示していた」と慎重にことばを選んで答える。「フィードラーはいずれ亡命するつもりなのだろうか、それに先立つ準備として、いわば無償の善行を積んでいるのだろうか。そんな議論までした」

「なぜなら、ムントが憎くてたまらないから？　ちっとも改心しない元ナチスのムントが？」

「それも動機のひとつだろうね。と同時に、ドイツ民主共和国、GDRがおこなっている民主政治に、あるいはそもそも政治が民主的でないことに幻滅したということもあるだろう、と想定した。コミュニストの神に裏切られたと感じたことが、確信に変わったのだろうと。ハンガリーでは反革命が失敗していた。ソヴィエトから暴力的に弾圧されて」

「ご丁寧《ていねい》にどうも。すでに知っていたけど」

もちろんそうだろう。彼女は〝歴史〟だ。

だらしない恰好の若者がふたり、部屋の入口に立っていた。ひとりは男、ひとりは女。わたしが最初に思ったのは、勝手口から入ってきたな、ということだった。勝手口には呼び鈴がない。次に思ったのは——少々突飛《とっぴ》であったことは認める——エリザベスの娘のカレンと、アレックの息子でもうひとりの原告であるクリストフが市民逮捕にやってきたということだ。

ローラがさらに権威を高めようと、踏み台の上に立つ。

「ネルソン。ペプシ。ピートに挨拶《あいさつ》しなさい」彼女が命じる。

こんにちは、ピート。

こんにちは、ピート。

こんにちは。

「オーケイ。みんな聞いて。あなたたちがいるこの場所は今後、犯罪現場として扱われる。ここはサーカスの地所でもある。庭も含めて。あらゆる書類、ファイル、その他残っているものは、壁に貼られた図だろうと、穴あきボードに引っかけられていようと、抽斗《ひきだし》や本棚のなかにあろうと、すべてサーカスの所有物であり、法廷で証拠として使われる可能性がある。したがって、そういうつもりで複写し、写真に撮り、リスト化するように。いい？」

よくないとは誰も言わない。

「ここにいるピートは、わたしたちが招いた読む人。ピートは読むためにこの書斎にこもる。ピートはこれから読んで、法務課長とわたしから状況説明《ブリーフィング》と事後報告の聴取《デブリーフィング》を受ける。ただし」と、だらしない恰好の若者たちに向き直って、「あなたたちとピートとの会話は社交上のものにかぎられる。礼儀正しく話すにすぎない。どの時点でも、彼が読んでいる資料や、なぜ読んでいるのかという理由にはいっさい触れてはならない。あなたたちは承知しているけれど、一応ピートのためにくり返しておくわ。万一ピートまたはミリーが、誤ってであれ、故意にであれ、サーカスの地所から書類または証拠物件を取り除こうとしていると、あなたたちのどちらかが推察した場合には、ただちに法務に知らせること。ミリー」

返答はないが、ミリーはまだドアロにいる。

「あなたのエリア、つまりあなたの部屋が、情報部のなんらかの仕事に使われた——あるいはいまも使われている——ことがある？」

「わたしが知るかぎり、ないわ」

「あなたの部屋に情報部の機器は置かれていない？　カメラとか、盗聴器とか、機密用の文具とか。ファイル、書類、公用郵便の類《たぐい》も？」

「ないわ」

「タイプライターは？」

「わたしのものよ。わたしが自分のお金で買った」

「電動タイプライター？」

「レミントンの手動式」

「ラジオは？」

「携帯ラジオ。わたし自身のお金で買った」

「テープレコーダーは？」

「これも携帯用を、わたし自身のお金で買った」

「コンピュータ、iPad、スマートフォンは？」

「ふつうの電話だけよ。あいにく」

「ミリー、あなたはいま事前通知を受けた。書面はポストのなか。ペプシ、ミリーを彼女の部屋に連れていって、いますぐ、いい？　ミリー、ペプシが要求することに支援をお願い。部屋をばらばらにほぐしてほしいの。それからピート」

「ローラ」

「棚のなかで生きている本をどう見つければいい？」

「いちばん上の段の四つ折り版で、著者の姓がAからRまでのものに書類が含まれている、もし捨てられていなければだが」

「ネルソン、チームが到着するまでこの書斎に残って。ミリー」

「今度は何？」

「廊下の自転車だけど、移動してもらえる？　邪魔だから」

★

ミドル・ルームで、ローラとわたしは初めてふたりきりになって坐っている。コントロールの椅子を勧められたが、スマイリーの椅子がいいと言うと、ローラはみずからコントロールの椅子に坐り、くつろぎたくなったのか、わたしのためを思ってか、横向きにゆったりと体を伸ばす。

「わたしは弁護士。いい？　それもめちゃくちゃ優秀な。最初は個人のクライアント、次いで法人に移ったけれど、腹が立つことがあって、あなたたちの組織に申しこんだ。若くて美人だったから、〝歴史〟の仕事をもらった。以来ずっと〝歴史〟を担当している。過去が情報部の尻に嚙《か》みつきそうになったときには、かならず〝ローラを呼べ〟。そして〈ウィンドフォール〉は、そうとうひどい嚙みつき方に見える」

「願ってもない出番というわけだ」

わたしの声に皮肉を感じ取ったとしても、ローラは無視する。

「わたしたちがあなたに望むのは、陳腐に聞こえるかもしれないけれど、真実のすべて。それだけよ。スマイリーや、ほかの人に対する忠誠心などどうにでもなれ。いい？」

よくはないが、口にしてもしかたがない。

「真実がわかれば、どう治療すべきかがわかる。われわれの利益になるのであれば、あなたにとっても好都合な対処になるかもしれない。わたしの仕事は、くそが扇風機の羽根に当たるまえに食い止めること。あなたもそうしたい。でしょう？　どれほど昔のことであれ、スキャンダルはなし。スキャンダルは脱線を意味する。いまの時代との不愉快な比較をうながす。情報部は高い評判ときちんとした外見を保って前進したい。容疑者の違法な移送だとか、拷問だとか、人殺しの人格破綻者との密約だとか、そういうのは聞こえが悪いし、仕事にも悪影響がある。だからわたしたちは同じ側に立っている。いい？」

またしてもわたしはどうにか口を閉じている。

「悪い知らせがあるの。わたしたちの血を求めているのは、〈ウィンドフォール〉の犠牲者の子供だけじゃない。バニーは親切心からあまり強硬な態度はとらなかったけれど。注目に飢えた国会議員たちも、監視社会の暴走を許した事例として〈ウィンドフォール〉を使いたがっている。現在進行中の事件には手を出せないから、歴史をよこせということよ」相変わらずわたしが黙っていることに苛立ってきて、「だから言ってるの、ピート。あなたの全面的な協力が得られなければ、今回のことは、最悪――」

ローラはわたしがその文を完成させるのを待つ。わたしは応じず、彼女に待たせておく。一瞬ののち、わたしは彼の椅子に坐っていることに気づく。

「彼から本当に連絡はないのね。そう？」ローラはようやく言う。

「そうだ、ローラ」くり返すが、「ジョージ・スマイリーから連絡はない」

ローラは背をそらし、うしろのポケットから封筒を一通取り出す。わたしは一瞬頭が混乱して、それはジョージからの手紙にちがいないと思う。プリンターで印刷され、便箋《びんせん》に透かしはなく、手書きの文字はない。

〝本日付で、ロンドンSW、ドルフィン・スクウェア、フード・ハウス一一〇B号室に、貴殿の一時滞在先を確保してある。条件は以下のとおり〟。

ペットを飼ってはならない。権限のない第三者を建物に入れてはならない。毎日午後十時から朝七時までは、かならず部屋にいるか、外出する場合には法務課から事前の許可を得ること。現在の地位（具体的には記されていない）に鑑《かんが》み、一泊につき特別優待賃料の五十ポンドを年金額から差し引く。光熱費は無料とするが、什器《じゅうき》の紛失ないし損壊があった場合には賠償せよ。

ネルソンと呼ばれただらしない若者がドアから首をのぞかせる。

「車が来ました、ローラ」

〈スティブルズ〉の破壊と略奪が始まろうとしている。

5

黄昏《たそがれ》がおりてきた。秋の夕暮れだが、イギリスの基準でいくと夏並みに暑い。〈スティブルズ〉での一日がどうにか終わった。わたしはしばらく歩き、耳を聾《ろう》する大音声《だいおんじょう》で騒ぎたてる若者だらけのパブでスコッチを一杯やり、ピムリコ行きのバスに乗り、いくつかまえの停留所でおりて、また歩いた。ほどなく靄《もや》のなかから、ドルフィン・スクウェアの大きな光が立ち現われた。秘密の旗のもとに加わってからずっと、この場所に来ると身震いがした。わたしが働いていた時代のドルフィン・スクウェアは、この惑星のどの場所より単位面積あたりの隠れ家《セーフハウス》の比率が高く、しかも自分が状況説明《ブリーフィング》を受けたり、不運な配下のスパイの事後報告《デブリーフィング》の聴取をおこなったりしていないセーフハウスはひとつもなかった。ドルフィン・スクウェアは、アレック・リーマスが死出の旅に出るまえ、モスクワのリクルーターの客として、イギリスで最後の夜をすごした場所でもあった。

フード・ハウスの一一〇B号室も、彼の亡霊を消し去りはしなかった。サーカスのセーフハウスはつねに、あえて人を不快にさせる部屋の模範だった。これもその典型で、業務用サイズの赤い消火器、バネが利《き》かなくなってごつごつする肘《ひじ》かけ椅子二脚、ウィンダミア湖の水彩画の複製、鍵のかかったミニバー、〝たとえ窓を開けても〟煙草《たばこ》は吸わないようにという印刷文字の警告文が備わっていた。巨大画面のテレビは双方向通信だろう、とわたしは即座に見当をつけた。骨董品《こっとうひん》のような黒電話には数字が書かれておらず、見たところ、たんなる目くらましだ。狭苦しい寝室には、色欲を抑えるために鉄のように硬い学校用のシングルベッドが置かれていた。

テレビが見えなくなるように寝室のドアを閉め、旅行カバンを開けて、どこかにフランスのパスポートを隠す場所はないかときょろきょろした。バスルームのドアに額入りの〝火災の際の手順〟が取りつけられ、ネジがゆるんでいた。それをはずして、パスポートを隙間に入れ、ネジを締め直し、階下《した》におりてハンバーガーを貪《むさぼ》り食った。フラットに戻ると、自分への褒美《ほうび》にグラスにたっぷりとスコッチを注《そそ》ぎ、堅苦しい肘かけ椅子でくつろごうとした。が、うとうとしたかと思うとすぐに目覚め、完全に素面《しらふ》のまま、今度は西暦一九五七年の西ベルリンに意識が飛んだ。

★

とある金曜日。一日の終わりだ。

わたしは分断された街に一週間いて、ダグマーという名のスウェーデン人ジャーナリストと肉欲に明け暮れるこれからの数日を愉《たの》しみにしている。われらが高等弁務官主催のカクテルパーティで出会って、たったの三分で激しい恋に落ちたのだ。高等弁務官は、永遠に暫定《ざんてい》的《てき》なボンの西ドイツ政府に対するイギリス大使も兼ねている。数時間後にダグマーと会う予定だが、そのまえに情報部のベルリン支局に立ち寄って、旧友のアレックに別れの挨拶《あいさつ》をしておこうと決めている。

ヒトラーの栄光のために建てられた、音の反響する赤煉瓦《れんが》の兵舎、かつて〈ドイツスポーツ会館《ハウス・デス・ドイチエン・シュポルッ》〉として知られた〈ベルリン・オリンピアシュタディオン〉の一画で、支局は週末に向けた店じまいをしている。アレックは記録保管室の鉄格子の窓のまえに並び、機密書類でいっぱいのトレイを提出する順番を待っている。わたしが現われるとは思っていなかったが、もはや彼が驚くようなことはあまりなく、わたしが、やあ、アレック、会えてよかったと言うと、ああ、ピーター、きみか、こんなところで何してると応じる。そして珍しくためらって、週末は予定が入っているかと尋ねる。ああ、じつは入ってるんだ。それに対してアレックは、そうか、残念だ、いっしょにデュッセルドルフに来てくれるかと思ったのにと言う。

またどうしてデュッセルドルフに？　アレックはさらにためらう。

「たまにはうっとうしいベルリンの外に出ないとやってられない」アレックは、たいしたことではないというふうに肩をすくめるが、説得力がない。そして、彼が気ままに旅行をしているところなど天地がひっくり返っても想像できないわたしの気持ちを察してか、「犬のことで人と会わなきゃならなくてな」と説明する。持ち駒の要員《ジョー》の世話をしなければならないということだろう。その場合、わたしがついていけば、引き立て役であれ、後方支援者であれ、いろいろ手伝いができる。だが、ダグマーを放っておく理由にはならない。

「無理だ。悪いな、アレック。スカンジナビアのレディがおれの集中的な接待を求めていてね。おれのほうも求めている」

アレックはその点についてしばらく考えるが、いつもの彼らしくない。なんだか傷ついているか、困惑しているようだ。記録保管室の係員が格子の向こうで苛立たしげに手を振っている。アレックが書類を差し出し、係員は記帳して引き取る。

「女とはうらやましいな」彼はわたしのほうを見ずに言う。

「おれのことを、ドイツの科学者をスカウトしにきた労働省の職員だと思っていてもか？冗談はよせよ」

「彼女も連れてこいよ。愉しめるぞ」彼は言う。

わたしほどアレックを知っている人間なら、それが彼にとって、ほとんど助けを求める叫びだということがわかる。ともに狩りをしてきた山あり谷ありの長い年月のあいだで、アレックが途方に暮れているのを見たことは一度もなかった――いまこのときまで。ダグマーは喜んで行くと言い、同じ日の夕方、われわれ三人は空廊（第二次世界大戦後、ベルリン占領国の航空機が西ベルリンと西ドイツの間で航行できた限定的な空域）をヘルムシュテットまで飛び、空港で車を受け取って、デュッセルドルフへと走り、アレックの知っているホテルに投宿する。夕食中、アレックはほとんどしゃべらないが、ダグマーが思いのほか座持ちのいいところを見せ、大活躍したところで、われわれは早めにベッドにもぐりこみ、肉欲の夜をすごして双方完全に相手が気に入る。土曜の朝、遅めの朝食の席で会うと、アレックがサッカーの試合のチケットを手に入れたと言う。わたしはそれまでの人生で、アレックがごくわずかでもサッカーに関心を示すところなど一度も見聞きしたことがなかった。しかも、チケットは四枚あった。

「四枚目は誰に？」わたしは、アレックに土曜だけつき合える秘密の恋人がいるのではないかと想像をたくましくして尋ねる。

「おれが知っている子だ」彼は言う。

わたしたちは車に乗って出発する。ダグマーとわたしが後部座席。アレックが通りの角に車を停めると、コカ・コーラの看板の下に、背が高く険しい表情のティーンエイジの少年が立って待っている。アレックが助手席側のドアを押し開け、少年が飛びこんでくる。「クリストフだ」とアレックが言うので、わたしたちは「ハロー、クリストフ」と挨拶し、四人でスタジアムに向かう。アレックは英語と同じくらい、ことによるとそれ以上にドイツ語がうまく、隣の少年に低い声で話しかける。少年は不満げにうなり、うなずき、首を振る。何歳だろうか。十四歳？　十八歳？　いくつだろうと、彼はどこまでもドイツのエリート層の若者だ――むっつりしたそばかす顔で、従順だが不満げ。髪はブロンドで色白、肩は厳《いか》つく、子供のくせにあまり微笑まない。タッチラインから離れた観客席の傾斜の途中にアレックと並んで立ち、ときおりことばを交わしているが、わたしには聞こえない。少年は声援を送らず、ただ試合を見つめている。ハーフタイムになるとふたりは消え、トイレかホットドッグだろうとわたしは思ったが、アレックだけが戻ってくる。

「クリストフは？」わたしは訊く。

「家に帰らなきゃならなかった」アレックはぶっきらぼうに答える。「ママの命令だ」

週末はそれで終わりだった。ダグマーとわたしはベッドでさらに愉《たの》しいときをすごし、その間アレックが何をしていたかはわからなかった。わたしの読みは、クリストフは誰か下請け要員の息子で、行楽に連れていってやる必要があったというものだった。配下の要員に関するかぎり、福利が第一、ほかすべては二の次だからだ。ダグマーが無事ストックホルムの夫のもとに戻り、わたしもロンドンに帰ることになって、アレックとベルリンの彼の行きつけの酒場で別れの酒を飲んだときに初めて、わたしはさりげなく「クリストフはどうしてる?」と訊いてみた。ふと、あの少年が少しひねくれて気むずかしくなっているように思えたのだ。それも口にしたかもしれない。

最初は、また気詰まりな沈黙が流れるのだろうと思った。アレックはわたしから顔が見えないようにそっぽを向いていた。

「おれはあいつの不出来な父親なのさ、まったく」彼は言った。

そして短く、ためらいながらも勢いよく、動詞を極力使わず、わたしだけの胸にしまっておくようにとわざわざ言いもせず――言わなくてもそうするとわかっているからだが――打ち明け話を始めた。というより、彼が聞かせたいだけの話を。ベルンにいたときに使っていたドイツ人女性の伝書使。デュッセルドルフ在住で、気立てがよく、信頼できる仲間。いっしょにはめをはずした。結婚したがったが、おれが拒むと地元の弁護士と結婚。弁護士は少年を養子に。彼がとった唯一の品位ある行動だ。彼女はときどき少年と会わせてくれる。腐った夫には内緒だ。知られれば殴られる。

そしていま、堅苦しい肘《ひじ》かけ椅子から立ち上がりながら、わたしの頭に浮かぶ最後のイメージは、アレックとクリストフ少年が肩を並べて立ち、深刻な顔つきで試合を見ている姿だ。ふたりの顔には同じ表情が貼りつき、同じアイルランド人の顎《あご》がついている。

★

夜のどこかで眠ったにちがいないが、眠った記憶がない。ドルフィン・スクウェアは午前六時。ブルターニュは七時。カトリーヌはもう起きて活動を始めている。わたしももし家にいれば、起きて活動しているだろう。雄鶏《おんどり》の若頭のシュヴァリエが鳴きはじめるとすぐに、イザベルも歌いはじめるからだ。イザベルの歌声はカトリーヌの離れの家から中庭をまっすぐ横切ってくる。どんな天気の日でもかならず寝室の窓を開けているのだ。ふたりはまずヤギたちに朝の餌をやり、そのあとカトリーヌがイザベルに朝食を食べさせる。追いかけっこのように、イザベルが中庭を走りまわって逃げ、カトリーヌがヨーグルトの入ったスプーンを持ってあとを追っていることだろう。そして鶏《にわとり》たちは、シュヴァリエの役にも立たない命令一下、そろって世界が終わるかというような騒ぎを起こしている。

そんな場面を思い描いているうちに、ふと母屋《おもや》に電話をかけてみようかと思った。カトリーヌがたまたまそこを通りかかって、鍵を持っていたら、呼び出し音に気づいて受話器を取るかもしれない。見込み薄ではあるが、それに期待して、バニーに盗み聞きされないように、使い捨て携帯電話の一機でかけてみた。農場の電話に留守番機能はついていないから、数分間鳴らしてあきらめかけたとき、カトリーヌの声が聞こえた。ブルトン語で、ときに本人が意図しているより多少厳しく聞こえることがある。

「元気なの、ピエール？」

「元気だよ。きみも？　カトリーヌ」

「亡くなった友だちとお別れした？」

「あと数日先だ」

「長い弔辞《ちょうじ》を送るの？」

「それはもう」

「緊張してる？」

「震え上がるほどだよ。イザベルは？」

「イザベルは元気。あなたがいなくても変わらないわ」すでにわたしは彼女の声に苛立ちを聞き取っている。あるいは、もっと強い感情を。「昨日、あなたの友だちが訪ねてきたけど。来ることになってた？　ピエール」

「いや、どういう友だちだい？」

しかし、タフな尋問官がみなそうであるように、カトリーヌにも彼女なりの答え方がある。

「わたしは彼に、いないと言った。ピエールはここにはいない、ピエールはロンドンにいる、善《よ》きサマリア人を演じてるところ、誰かが死んで、悲しんでる人を慰めに行ったって」

「だから、その彼とは誰だったんだ？　カトリーヌ」

「にこりともしない人。無礼だった。しつこいの」

「きみを口説《くど》こうとしたということか？」

「誰が死んだって訊くの。わたしは知らないと答えた。どうして知らない？　だって、ピエールは何もかも話すわけじゃないからと答えると、彼は笑った。たぶんピエールくらいの歳だと友だちはみんな死んでいくころだなって。そして訊いた。突然の知らせだったのか？　死んだのは女か、男か？　ロンドンのホテルに泊まっているのか？　どのホテル？　住所は？　名前は？　わたしは知らないと答えた。わたしは忙しい、子供もいるし、農場もあるし」

「彼はフランス人だった？」

「たぶんドイツ人。それかアメリカ人」

「車で来た？」

「タクシーよ。駅から。ガスコンと。まず料金をいただきますってガスコンは彼に言った。でなきゃ乗せられませんよって」

「見た目はどんな男だった？」

「感じのいい人じゃなかった、ピエール。人好きのしない《ファルーシュ》。ボクサーみたいに大柄で。手の指には指輪がたくさん」

「歳は？」

「たぶん五十。六十。歯の数は数えなかった。たぶんもっと上」

「名乗らなかった？」

「その必要はない、あなたは古い友人で、サッカーをいっしょに見たことがあると言った」

わたしは身じろぎもせず横たわっている。息すらできない。ベッドから出るべきだとわかっているが、気力が萎えた《フュイット・ドゥ・クラージュ》。クリストフ、アレックの息子、訴訟当事者、シュタージの機密ファイルの窃盗者、わたしの腕くらい長い前科記録を持つ犯罪者、おまえはいったいぜんたい何の用事があって、ブルターニュまで出かけた？

レ・ドゥ・ゼグリーズの農場はわたしの母方から引き継いだ土地だ。登記にはまだ母の旧姓が使われている。ピエール・ギラムは地元の電話帳にも載っていない。バニーが彼にしかわからない理由でクリストフにわたしの住所を知らせたのか？ そもそもどんな目的があって？

そのとき、一九八九年の真っ暗な冬の日、豪雨に打たれるベルリンの墓地にオートバイを走らせたことを思い出して、すべてが腑《ふ》に落ちた。

★

ベルリンの壁が崩壊して一カ月。ドイツは喜びにわれを忘れているが、ブルターニュのわが村はそれほどでもない。わたしはどうやらその中間にいて、あるときには一種の平和が実現したことを喜んだかと思うと、別のときには、壁が未来永劫《えいごう》あると思っていた長いあいだに自分たちのしたことや、そのために払った犠牲、なかんずく他者の命について考えて、知らないうちに物思いに沈んでいる。

そんな不安定な気持ちを抱えて、レ・ドゥ・ゼグリーズの農場の会計室で年に一度の確定申告と格闘していると、まだ敬称のムシューがついておらず、まして〝将軍《ル・ジェネラル》〟などとは呼ばれていない新任郵便配達人のドニが、黄色のバンではなく自転車に乗ってきて、わたしではなくアントワーヌ老人に一通の手紙を渡した。片脚を失った退役軍人のアントワーヌは、この日もいつものように、何をするでもなく農具のピッチフォークを持って中庭をうろついていた。

封筒の裏表を確かめ、わたし宛だろうと判断すると、アントワーヌはよろよろと家の入口までやってきて差し出し、わたしが中身を読むあいだ、うしろに下がってこちらをじろじろ見ていた。

ミューレン
スイス

親愛なるピーター
きみも知りたいだろうと思う。先日、われわれの友人アレックの遺骨がベルリンの墓地に納められた。亡くなった場所の近くだ。壁で殺された者の遺体はひそかに焼却され、その後散骨されるのが通例のようだが、シュタージの詳細な記録が残っていたおかげで、アレックには特例の手続きがとられたらしい。遺骨が出てきて、遅きに失したとはいえ、きちんとした葬儀が営まれた。

敬具
ジョージ

そしてもう一枚の便箋《びんせん》に――習慣というのはなかなか消えないものだ――戦争と専制国家の犠牲者を公式に慰霊するベルリン、フリードリヒスハイン区の小さな墓地の住所が書かれていた。

当時、わたしはディアンヌとつき合っていた。これも一時の気まぐれで、別れが近づいていたが、彼女には友人が病気だと説明したように思う。あるいは、友人が死んだ、だったか。とにかくオートバイに飛び乗り――まだそういう時代だった――それまでの人生で最悪と言っていい天候のなか、ノンストップでベルリンに駆けつけて、まっすぐ墓地に向かい、入口でアレックの場所を訊いた。ノンストップの激しい雨だった。教会の聖具保管担当者のような老人が傘と地図を渡してくれ、長い灰色の並木道の向こうを指さした。わたしは探しまわって、ようやく見つけた。〝アレック・ヨハネス・リーマス〟の文字が刻まれた真新しい大理石の墓石が、雨に洗われて不気味に白光りしていた。日付も、職業も書かれておらず、灰と骨しか入っていないのに、盛り土はまるごとひとりの遺体分だった。偽装のために？　あれほど長いつき合いだったのに、〝ヨハネス〟のことは何も話してくれなかったな。いかにもきみらしい。花は持ってこなかった。そんなことをしたらアレックに笑われると思ったのだ。だから傘をさしたままその場に立ち、心のなかで彼と会話めいたことをした。

オートバイに戻る途中、例の老人が弔問名簿に名前を書いていきませんかと尋ねた。弔問名簿？　わたし個人の義務として名簿の管理をまかされておりまして、と彼は説明した。義務というより、亡くなられたかたがたへの奉仕ですが。そこでわたしは、いいともと答えた。最初の署名者は〝GS〟、住所は〝ロンドン〟、献辞の欄には〝友人〟とだけ。つまり、ジョージだ。あるいは、本人が外に見せようと思う範囲の彼。ジョージの下には、〝忘れない〟といったことばを捧げるドイツ人の名前が並んでいて、どれもピンと来なかったが、ずっと下に〝クリストフ〟だけで姓のない署名があり、献辞欄に〝息子《ゾーン》〟と書かれていた。住所の欄には〝デュッセルドルフ〟と。

壁が崩壊し、世界がふたたび自由になったこと――わたし自身はそれに対してきわめて懐疑的だったが――への多幸感からか、もう秘密はたくさんだと胸の奥底で思っていたからか、あるいはたんに、土砂降《どしゃぶ》りの雨のなかに立ち、自分もアレックの〝友人〟と見なされたいと切実に願ったからかはわからないが、ともかくわたしはやりすぎた――本名と、ブルターニュの本物の住所を書き、献辞欄には、ほかにいいことばを思いつかなかったので〝ピエロ〟と書いた。アレックがいつになくやさしい気持ちになったときに、わたしをそう呼んでいたのだ（ピエロとピエールをかけている）。

そしてクリストフ、人好きのしない《ファルーシュ》わが墓参仲間にしてアレックの息子よ、きみは何をした？　あとでまた父親の墓を訪ねたときに――調査目的のためだけにもあと数回墓参りをしたとわたしは勝手に想像しているのだが――たまたま弔問名簿を見返して、何を見つけた？　偽名ではない〝ピーター・ギラム〟、そして偽の住所でもセーフハウスでもない〝レ・ドゥ・ゼグリーズ〟が、暗号ならぬふつうの文字《アン・クレール》で書かれていただろう。丸裸のわたしの名前と住所が。だからきみはデュッセルドルフからはるばるブルターニュまで来た。

次はどうする？　アレックの息子クリストフよ。前日のバニーのなよなよした法律家の声が聞こえてくる。

〝彼には才能がある、ピーター。遺伝の影響もあるんでしょう〟

6

「ここにいるピートは、わたしたちが招いた読む人」ローラは彼女を称《たた》える聴衆にそう宣言したのだった。「ピートは読むためにこの書斎にこもる」それから数日のわたしは〝読む人〟というより、五十年前に受けるべきだった試験をいま無理に受けさせられている大学四年生のようだ。ときおり、その発達の遅れた困り者は試験室から連れ出され、複数の試験官による口頭試問を強制される。彼に関する試験官の知識にはなぜかむらがあるが、だからといって試問の手を抜くわけではない。ときおり彼は昔の自分の愚行に愕然《がくぜん》とするあまり、思わずそれらを否定しそうになるが、自分の口からこぼれ出た証拠が有罪を宣告する。毎朝到着するたびに、わたしのまえには資料の束が置かれる。一部には見憶えがあり、一部にはない。みずから盗んだファイルだからといって、読んでいるとはかぎらない。

二日目の朝、書斎は立入禁止になっていた。なかから聞こえる、ものをドサッと落とすような音や、わたしには紹介されなかったスポーツウェア姿の男女があわただしく行き交っていたことからすると、夜を徹して現場調査がおこなわれたのだろう。それが午後には不吉に静まり返った。わたしの机は机ではなく、書斎のまんなかに絞首台のように置かれた架台式テーブルだった。本棚は取り払われ、〈アナグリプタ〉の壁紙に刑務所の鉄格子のような跡がぼんやりと残っているだけだ。

「ロゼットまで読んだら止まって」ローラがわたしに命じて出ていく。

い、い、ロゼット？　フォルダーのところどころに挟んである、頭がピンクのペーパークリップのことか？　ネルソンが黙って試験監督の椅子に坐り、分厚いペーパーバックを読みはじめる。アンリ・トロワイヤの『トルストイ伝』だ。

「トイレに行きたくなったら、ひと声かけてください、いいですね？　うちの親父なんか十分おきにおしっこだから」

「お気の毒に」

「何もかも責任を負わないで」

★

ある夜、きわめて珍しいことに、ローラがなんの説明もなくネルソンから試験監督の椅子を引き継ぎ、不機嫌な顔でわたしを三十分以上観察したあと、言う。

「もういい。無料《ただ》の食事に連れていってくれない？　ピート《ファック・イット》」

「いますぐ？」

「いますぐよ。今晩。どう？」

誰にとって無料なのだ？　わたしは肩をすくめ、慎重に命令にしたがいながら考える。彼女にとって無料？　わたしにとって？　それともサーカスの接待でふたりとも無料？　わたしたちは通りの先のギリシャ料理店に移動する。彼女はテーブルを予約していて、スカートをはいている。店の隅のテーブルで、赤い籠《かご》に入った蠟燭《ろうそく》に火はついていない。なぜ火のついていない蠟燭のイメージが頭から離れないのか、理由はわからないが、とにかく離れない。そこへ店主が屈んで火をつけ、わたしは店でいちばんの眺めを愉《たの》しんでいると言う。ローラのことだ。

　わたしたちはウーゾを飲み、お代わりをする。ストレートで氷なし、が彼女の提案だ。大酒飲みなのか？　わたしを落とそうとしているのか？　よりによって、こんな年寄りを？　あるいは、アルコールでこの老いぼれの口が軽くなると思っている？　それに、隣のテーブルにいて断固われわれを見ようとしない、ごくふつうの中年カップルにどう対応しろというのだ。

　彼女は蠟燭の光にきらめく袖《そで》なしのホルタートップを着ている。ネックラインがずいぶん下だ。わたしたちはふつうの前菜を注文する――タラマ（タラの卵のペースト）、フムス（ヒヨコマメ、ニンニク、ごま、レモン汁などを加えてすりつぶしたペースト）、シラス。ムサカ（ナス、マッシュポテト、ラムの挽肉、ホワイトソースを重ねて焼いたグラタン）が大好きだと彼女が言うので、ムサカをふたつ頼むことにする。彼女はそれまでとちがう種類の、男の気を惹《ひ》くような尋問に取りかかる。それで、ピート、カトリーヌとはただの仲のいい友だちだとバニーに言っていたけど、本当なの？

「なぜって、率直なところ、ピート」と親密な感じになるまで声を落とす。「あなたの記録を見るかぎり、超魅力的なフランスの若い女性といっしょに住んでセックスもしないなんてことがどうしてありうる？　もちろん隠れゲイだったら別だけど。バニーはそう考えている。でも、バニーは誰も彼もゲイだと思ってるわ。つまり、本人もたぶんゲイで、認めようとしないだけ」

わたしの半分は彼女に失せろと言いたいが、もう半分はいったい何が目当てなのだろうと知りたがっている。だから、話させておく。

「でもとにかく、正直言って、ピート、ありえないでしょう！」彼女はあくまで食い下がる。「まさか、騎兵隊の突撃を中止したなんて言わないわよね、わたしのパパが昔言ってたみたいに。あなたのような往年のプレイボーイにかぎって、それはない！」

訊かないほうがいいと本能は告げていたが、わたしは、どうしてカトリーヌがそれほど魅力的だとわかるのかと訊く。彼女は、あら、小鳥に聞いたのよと答える。わたしたちはギリシャ産の赤ワインを飲んでいる。インクのように黒くて、味もインクのようだ。彼女はテーブルに身を乗り出し、わたしにネックラインの谷間を思う存分見せつけている。

「だから、ピート、本当のことを話して。嘘はなし、いい？　これまでに相手した女性全員のなかで、いちばんの枠《スロット》に入るのは誰？」あいにく〝あばずれ《スラット》〟に近いことばを選んでしまったことで、突然発作が起きたように笑いだす。

「まずそちらの答えを聞こうか」わたしが言い返して、冗談は終わる。

わたしは会計を頼み、隣のカップルもそうする。彼女は地下鉄で帰ると言う。わたしは少し歩くと言う。結局、今日に至るまで、ローラが職務としてわたしを連れ出したのかどうかはわからない。あるいは彼女も、少しばかり人間的な温かみを求める孤独な魂の持ち主だったのか。

★

わたしは〝読む人〟だ。読んでいるフォルダーの薄茶色のカバーには、手書きの参照番号のほかに何も書かれていない。その文字に見憶えはないが、おそらくわたしの字だ。最初の資料には〝極秘・厳重管理〟の印がついている。アメリカ人から遠ざけておけという意味だ。その報告書――〝弁明〟というほうが適切だろうが――の作成者は、スタヴロス・デ・ヨングなる人物。身長一メートル九十センチ、二十五歳の不器用なサーカスの訓練生だ。略称〝スタス〟はケンブリッジ卒業生で、正式雇用までまだ六カ月ある。ベルリン支局の〈隠密〉に配属され、チームを率いるのは不成功続きの作戦におけるわが戦友、ベテランの現場諜報員であるアレック・リーマスだ。

人事上の決まりとして、地域司令官であるリーマスは、ベルリン支局の副支局長《デピュテイ・ヘッド》でもある。したがって、スタスの報告書はまず副支局長のリーマスに提出され、そこから彼の上司、ロンドンの〈隠密〉のチーフであるジョージ・スマイリーにまわる。

S・デ・ヨングからDH／ベルリン支局［リーマス］への報告書、写し：JS［共同運

営委員会」。

以下の報告書を提出するよう指示された。

新年一月一日は寒いが晴天で、祭日だったので、私と妻のピッパは、子供たち(バーニー三歳、ルーシー五歳)とジャック・ラッセル・テリア(ロフタス)を連れて、東ベルリンのケーペニックに出かけることにした。暖かい服を着て湖畔でピクニックをし、近くの森を散歩するつもりだった。

自宅の車はボルボの青いステーションワゴンで、前後にイギリス軍のナンバープレートがつき、ベルリン市内の地区から地区へ自由に行き来できる。東ベルリンのケーペニックはよく私たちがピクニックをする場所で、子供たちも大好きだ。

私はいつものように、廃棄された古い醸造所の外塀の横に車を駐《と》めた。ほかの車は見当たらず、水際に坐った何人かの釣り人はこちらを無視していた。われわれは車からピクニック・バスケットを取り出し、森のなかを通って、緑の岸辺が湖に突き出したいつもの場所に行った。そのあと、うるさく吠えるロフタスとかくれんぼをしたところ、釣り人のひとりが苛立って振り返り、ロフタスのせいで魚が逃げたとわれわれに罵声《ばせい》を浴びせた。

その男は五十代で、ひどく痩《や》せ、白髪《しらが》まじりだった。もう一度見れば、識別できると思う。黒い野球帽をかぶり、紋章をはぎ取ったドイツ国防軍《ヴェアマハト》の古いコートを着ていた。

三時半ごろになり、そろそろバーニーを休ませなければならなかったので、われわれはピクニックの道具を片づけた。子供ふたりが左右からバスケットを持って車へと走り、ロフタスが吠えながらそのあとを追った。

ところが、車に着くなり子供たちはバスケットを落とし、怯《おび》えてこちらに駆け戻ってきた。ロフタスも吠えながらついてきた。「泥棒が運転席のドアをこじ開けて、パパのカメラを盗んでいっちゃった」とルーシーが言った。

たしかに運転席側のドアがこじ開けられ、把手《とって》が壊れていたが、グラブコンパートメントにうっかり私が置き忘れていた旧型のコダックのカメラは、盗まれていなかった。私のコートも、東ドイツに入るまえに〈ナーフィ〉で買ったさまざまな食料品も無事だった。驚いたことに、新年でも店が開いていたのだ。

何も盗んでいないどころか、闖入者《ちんにゅうしゃ》は私のカメラの横に〈メンフィス〉煙草《たばこ》の缶を残していた。なかには小さなニッケルのカートリッジが入っており、見るなり〈ミノックス〉（光学機器メーカー）の標準的な超小型フィルム容器だとわかった。

その日は祭日だったし、私も写真運用技術講座を受けたばかりだった。支局の当直をこの段階で呼び出すには根拠不充分に思えたので、家に帰ると、ただちに窓のないバスルームに入り、情報部支給の道具で写真を現像した。

午後九時には、百枚ほどの写真のネガを拡大鏡で確認したあと、副支局長「リーマス」に報告していた。副支局長は、そのネガを本部に提出し、報告書を書くよう私に指示し、私はそれにしたがった。
あとから思えば、未現像のフィルムを直接ベルリン支局に持ちこみ、写真担当部署で現像してもらうべきだった。私のような試用期間の者が自宅で現像すれば、安全でないばかりか、壊滅的な損害をもたらした可能性もあった。それは完全に認める。情状酌量の理由としては、一月一日が祭日だったこと、偽情報かもしれないもので支局を煩《わずら》わせるのはためらわれたこと、加えて、サラットの研修所で受けた写真運用技術講座でオールAの成績をとっていたことをつけ加えておきたい。とはいうものの、今回の勝手な行動を心から反省し、以後の教訓とすることを誓う。

S・デ・J

この手紙のいちばん下に、アレックが〈隠密〉のチーフ、スマイリーに宛てた怒りの手書きの文字がある。

ジョージ——この抜け作の新米野郎は、誰からも許可を得ずにこの写しを〈委員会〉に送った。あんたにとっても教訓だな。P・アレリン、B・ヘイドン、T・エスタ〈ヘイス、ロイ・あほブランドと仲間たちをうまく丸めこんで、ガセネタだと信じこませてくれ。つまり、対処の必要はない見かけ倒しの情報だと。

アレック

だがアレックは、問題があるときに手をこまねいているような男ではない。自分の将来のキャリアがかかっているときにはとくに。彼とサーカスの契約更改時期が来ていて、アレックは現場諜報員の年齢の上限をとうにすぎているし、本部での快適な事務仕事が得られる見込みもないに等しい。だから、そのあと彼がとった行動について、スマイリーが次のように不信感を抱いたことも理解できる。

H／〈隠密〉メリルボーン［スマイリー］からコントロールへ。親展、直渡し。
AL、H／〈隠密〉ベルリンについて。

そしてジョージの整った手書きの文字が続く――

C、昨夜十時、ALがなんの事前連絡もなく、私のチェルシーの自宅の玄関に現われたことを知って、あなたも私と同じくらい驚くと思う。アンは加療のため留守で、家にいるのは私ひとりだった。アレックは酒のにおいをさせていたが、珍しいことではなく、酔ってもいなかった。話すまえに客間の電話のプラグを抜くことを求め、非常に寒い天気だったにもかかわらず、庭を見渡す温室の端に坐りたい、〝ガラスに盗聴器は仕掛けられないから〞と言って譲らなかった。そのうえで彼は、昨日午後に、イギリス空軍の飛行記録に残らないよう民間機でベルリンから飛んできたと話した。共同運営委員会が定期的に飛行記録を監視しているからだという。同じ理由から、彼はサーカスの伝書使も信用していない。

アレックはまず、ケーペニックの情報から〈委員会〉の目をそらしているかと、このとおりのことばで私に尋ねた。私は、それには成功していると思う、ベルリン支局が日頃無価値な偽情報に悩まされていることは周知の事実だからと答えた。

すると彼はポケットから折りたたんだ紙を取り出し（添付資料）、ケーペニックのフィルムカセットの情報を自分ひとりでまとめたものだ、ただし公式、非公式のほかの情報源からの裏づけはないと説明した。

わたしには二種類の映像が見えた。ひとつは、バイウォーター・ストリートの寒い温室で、ジョージとアレックが顔を寄せて話しているところ、もうひとつは、アレックが前夜ひとりで西ベルリンの〈オリンピアシュタディオン〉の地下事務所にいるところ。紫煙もうもうたる部屋で、スコッチのボトルを脇に置き、古くさい〈オリベッティ〉のタイプライターを懸命に打っている。その労働の成果が私のまえにあった。タイプ文字の薄汚れた紙一枚、ところどころに修正液《ティペックス》の跡があり、セロファンの袋に入っていて、次のような内容だ――

1　KGB主催の東欧情報部会議議事録、一九五七年十二月二十一日、プラハ。
2　国家保安省《シュタージ》出向中のKGB本部将校の名前および階級、一九五六年七月五日時点。
3　現在サハラ以南アフリカにいるシュタージ支局長クラス諜報員の身元。
4　ソ連KGB本部にて訓練中のシュタージ将校全員の名前、階級および活動名。
5　一九五六年七月五日の時点で、ドイツ民主共和国《GDR》およびポーランドにあるソ連の新しい秘密無線傍受基地六カ所の位置。

ページをめくると、またスマイリーからコントロール宛の手書きの報告書に戻る。文字を消した跡はひとつもない。

アレックの話の残りは次のとおり。デ・ヨングの大収穫——だとすればだが——のあと、彼はデ・ヨング家のボルボと犬を奪い、グラブコンパートメントに五百ドルと、ベルリン支局の直通番号を書きこんだ子供の塗り絵の本を入れ、うしろには釣り道具を放りこんで（私はアレックが釣りをするとは知らなかったし、いまも怪しいと思っている）、ケーペニックに行った。デ・ヨングと同じ場所、同じ時間に車を駐めると、犬を連れて釣りをしに行き、待った。そして三度目で運をつかんだ。五百ドルが消え、代わりにカセットが二個入っていた。電話番号を書いた塗り絵の本もなくなっていた。その二日後の夜、西ベルリンに戻った彼のところに直通回線で電話がかかってきた。その男は名乗らなかったが、ケーペニックで釣りをすると言った。アレックは相手にクアフュルステンダム通りのある家の番地を告げ、翌日の午後七時二十分、左手に前週の《デア・シュピーゲル》誌を持って玄関先で待つよう指示した。

その結果、デ・ヨングが運転するフォルクスワーゲンのワンボックスカーのなかでトレフ（ベルリンの部員が使うドイツの諜報用語で〝秘密会合〟の意）が持たれ、それが十八分間続いた。アレック自身が名づけた〈メイフラワー〉は最初、名前を明かそうとせず、フィルムカセットは自分ではなく〝シュタージ内の友人〟から来るもので、その友人を守らなければならないと主張した。彼自身はたんに仲介役を買って出たにすぎず、動機は金銭ではなくイデオロギーである、と。

だが、アレックは納得しなかった。匿名《とくめい》の仲介者がもたらす出所不明の情報は、店《たな》ざらしの商品である、取引できないと告げた。最終的に――アレックの真剣な要求があったからこそということらしい――〈メイフラワー〉はポケットから名刺を取り出した。片面に医学博士カール・リーメックという名前と、東ベルリンのシャリテ病院の住所、裏面には手書きのケーペニックの住所があった。

リーメックは正体を明かすまえに相手を見きわめる機会を狙っていて、十分後にすべて打ち明けようと決めた、とアレックは確信しているが、彼に情の厚いアイルランドの血が流れていることを忘れてはならない。

当然の疑問：

リーメック博士が本人の申告どおりの人物だとしても、彼の魔法のごとき下部情報源は誰か？

これもまたシュタージの精妙な罠なのか？

あるいは、こう示唆するのはつらいが、今回のこれはどちらかと言うと、アレックが自家醸造した事件なのではないか？

結論：

アレックは、通常の探索や身元調査をいっさいおこなわずに〈メイフラワー〉を次段階に進める許可を、かなり熱心に求めていると言わざるをえない。そうした調査は共同運営委員会の協力なしにはできず、かならず彼らの知るところとなるからだ。アレックのこの懸念についてはわれわれも充分理解し、慎重な態度で共有している。

アレックはしかし、なんの遠慮もなく疑いを口にする。昨晩もスコッチ三杯のあとで、サーカス内にいるモスクワ・センターの二重スパイはコニー・サックスであり、同じくらい怪しいのはトビー・エスタヘイスだと主張した。ウイスキーの力を借りた直感でしかないが、彼の持論では、このふたりがセックスを誘因とする感応性妄想性障害《フォリ・ア・ドゥ》に罹《かか》り、ロシア人がそれを発見して脅迫に用いているらしい。夜中の二時ごろ、ようやく就寝させることができたが、朝の六時には台所にいて、ベーコンと卵を料理していた。

問題は、どうするかだ。バランスを考慮し、もう一度だけアレックの裁量にまかせて〈メイフラワー〉から（すなわち、シュタージ内にいるという彼の謎めいた下部情報源から）情報を得させてはどうかと考えている。あなたも私も知っているとおり、彼の現場での活動はこの先長くなく、本人がそれを引き延ばしたいと思うのは至極当然と言える。しかし、この仕事でもっともむずかしいのが、人を信頼することであるのも確かだ。アレックは、直感以外にさして根拠もなく〈メイフラワー〉の誠実《ボナ・ファイディ》性は揺るぎないと確約する。これはベテランのすぐれた勘とも、年を経てキャリアが自然に終わろうとしている現場諜報員の特別な請願とも考えられる。

それを念頭に置いたうえで、彼の行動を許可するよう謹んで具申する。

GS

ところが、コントロールはそうたやすく説得されなかった。次のやりとりのように。

コントロールよりGS：リーマスが勝手に自分のカヌーを漕いでいるのではないかと真剣に憂慮する。裏づけになる事実は？　リーマスの目から見て汚染されていない機関に尋ねて、情報の真偽を確かめられるのでは？

GSよりコントロール：別途口実を設けて、外務省《FO》と国防省に照会ずみ。どちらも高評価で、偽情報とは考えられないとのこと。ただ、大きな欺騙《ぎへん》作戦のまえの小出しの情報という可能性はつねにあり。
コントロールよりGS：なぜリーマスがベルリン支局長に相談しなかったのか疑問。この種の裏工作は情報部のためにならない。
GSよりコントロール：残念ながら、アレックは支局長を反〈隠密〉で親〈委員会〉と見ているため。
コントロールよりGS：最高幹部のひとりが腐ったリンゴであるという不確かな推測にもとづいて、私自身が最高幹部の苦役《ギャレール》を放棄するわけにはいかない。
GSよりコントロール：あいにくアレックは〈委員会〉を腐った果樹園と見なしている。
コントロールよりGS：ならば、摘果《てきか》されるべきは彼自身であろう。

アレックの次の提案書は、がらりと様相が変わっている。完璧にタイプされ、文体も彼自身のそれよりはるかにすぐれている。わたしはすぐに、現代英語で優等学位を取ったスタス・デ・ヨングが代筆を務めたのではないかと思う。身長一メートル九十センチのスタスが、〈オリンピアシュタディオン〉の煙たい地下室で〈オリベッティ〉をまえに背を丸めているところが見える。その間アレックは、部屋のなかを歩きながら、ひどいにおいのするロシア煙草《たばこ》を吸い、アイルランドの汚い表現を交えて口述しているが、そこはデ・ヨングが気を利かせて省略する。

接触記録、一九五九年二月二日。場所：ベルリンのセーフハウスK2。出席者：DH／ベルリン支局アレック・リーマス（パウル）およびカール・リーメック（メイフラワー）。

情報源〈メイフラワー〉。第二回トレフ。極秘、ALからH／〈隠密〉メリルボーン宛、親展。

情報源〈メイフラワー〉は、ドイツ民主共和国《GDR》エリート層においては、劇作家カール・ツックマイヤーの類似のタイトルの戯曲にちなんで〝ケーペニックの医師〟として知《プロミネンツ》られ、SED（ドイツ社会主義［すなわち共産主義］統一党）幹部とシュタージ高官、彼らの家族からなる選《よ》り抜きの集団が重用する医師である。彼らの一部はケーペニックの湖畔の邸宅やアパートメントに住んでいる。〈メイフラワー〉の左派としての経歴は申し分ない。父親のマンフレッドは三〇年代初期からの共産主義者で、スペイン内戦時に国際義勇軍テールマン大隊に所属して戦った。一九三九年から四五年の世界大戦では、その父親のために〈メイフラワー〉がひそかに伝令役を務めたが、一九四四年、マンフレッドはブーヘンヴァルト強制収容所でゲシュタポによって銃殺刑に処された。したがって、東ドイツに革命が起きるのを見ずじまいだったが、息子のカールは、父を愛していたがゆえに、同志となって身も心も捧げようと決意した。高校を優等で卒業後、イェーナとプラハで医学を学び、最優秀の成績を収めるも、東ベルリンのティーチング・ホ

スピタル（専門分野の研修医が研修・研究をおこなう総合病院や大学病院）での長時間労働に満足できず、老いた母親ヘルガと暮らすケーペニックの自宅を使って、選り抜きの患者向けに非公式の外科医として働きはじめた。

生まれもってのGDRエリートのひとりとして、〈メイフラワー〉は繊細な扱いを要する医療業務にもたずさわっている。SED幹部が遠隔地を訪ねた折に性病に感染し、上の人間に知られたくないときには、〈メイフラワー〉が偽の診断書を出す。シュタージの囚人が尋問中に心臓発作で死に、死亡証明書で別の話を語らなければならないときにも。あるいは、価値の高いシュタージの囚人に手荒い措置をすることになったら、〈メイフラワー〉が対象者の精神的、身体的状態の確認を依頼され、その耐性を査定する。

こうした任務に鑑《かんが》み、〈メイフラワー〉は〝秘密協力者《ゲハイメ・ミタルバイター》〟、略してGMの地位を与えられ、毎月、ウルス・アルブレヒトなるシュタージの管理官に報告書を提出しなければならない。〝想像力に欠ける役人〟アルブレヒトに対して、〈メイフラワー〉は〝都合よく選別した、大部分が捏造《ねつぞう》で無益な〟報告をする。一方、アルブレヒトからは、〝医師としては優秀だが、スパイとしては無能〟と言われている。

〈メイフラワー〉はまた、GDRのエリートが多数住む東ベルリンの〝リトル・シティ〟、別名マヤコフスキーリンクへの立ち入りを例外的に認められている。エリートたちは一般社会から隔離され、特別に訓練された部隊、ジェルジンスキー旅団によって厳重に警備されている。〝リトル・シティ〟には、特権ショップや幼稚園は言うに及ばず、地域限定の医療センターもあり、〈メイフラワー〉は傑出した〝個人〟患者を診察するために、この神聖なる場所に入ることも許されている。彼の報告によれば、警戒線からなかに入ると、分別の箍《たが》もゆるみ、ゴシップや悪巧みがあふれ、舌がまわりはじめるという。

動機：

本人が主張する動機は、GDR体制への嫌悪感と、父親の共産主義の夢が踏みにじられたように感じることである。

提案する活動内容：

女性患者でシュタージ職員である下部情報源〈チューリップ〉が、今回の〈メイフラワー〉の自己推薦をうながしただけでなく、最初の超小型フィルムカセットの作成者でもある。〈メイフラワー〉は彼女の代わりにそれをデ・ヨングのボルボに入れた。彼によると、〈チューリップ〉は神経症で極度に抑制されており、きわめて不安定である。あくまで彼が診察している患者のひとりで、それを超えるものではないと主張する。彼も〈チューリップ〉も経済的な報酬を求めてはいないとくり返す。

交渉がまとまった際の西側での再定住については、まだ議論していない。以下参照。

だが、以下は参照しない。翌日、スマイリー自身がこのリーメックという人物をひと目見るためにベルリンに飛び、わたしに同行を命じる。もっとも、われわれの旅行の主たる理由は、情報源〈メイフラワー〉ではない。スマイリーがより大きな関心を抱いたのは、神経症で極度に抑制された女性情報源〈チューリップ〉の身元と連絡方法と動機だ。

★

みぞれと雪まじりの凍《こご》えそうな風が吹き荒れる、眠らない西ベルリンの真夜中。アレック・リーマスとジョージ・スマイリーが、協力候補者のカール・リーメック、暗号名〈メイフラワー〉と部屋にこもり、アレックの好きなスコッチ〈タリスカー〉を飲んでいる。リーメックには初めての酒だ。わたしはスマイリーの右うしろに坐っている。ベルリンのセーフハウスK2はファザーネン通り二十八番地にあって、奇《く》しくも連合軍の爆撃を生き延びた堂々たる建物だ。十九世紀前半のビーダーマイヤー様式で、柱つきの玄関、出窓があり、裏口はうまい具合にウーラント通りにつながっている。ここを誰が選んだのであれ、その人物は帝国時代へのノスタルジーと作戦遂行上の眼識を持ち合わせていた。

どれほど努力しても善良な心を隠しきれない顔というのがある。リーメックの顔がそれだ。髪が薄く、眼鏡《めがね》をかけていて、性格がいい。こればかりは否定できない。医者らしくきまじめに眉をひそめていようと、人のよさがにじみ出ている。

あの最初の出会いを振り返るとき、一九五九年当時、東ベルリンの医師が西ベルリンに行くことはさほどの事件でもなかったことを忘れてはならない。多くの医師がそうして、そのまま帰らなかった。だから壁が築かれたのだ。

ファイルにはシリアル番号がタイプされていて、署名はない。正式な報告書ではなく、書いたのはスマイリーだと推測するほかない。しかも宛先が付されていないから、ファイルするために書いたのだ——言い換えれば、自分自身に宛てて。

GDRの体制に反対する〝過渡期《さなぎ》〟の段階にどのようにして入ったのかと訊かれて、〈メイフラワー〉は、シュタージからある女性を〝調査監禁〟しろと命令されたことを挙げる。その女性はGDRの市民で五十代、CIAのスパイだと告発されていた。重度の閉所恐怖症を患《わずら》っており、それまでひとりで閉じこめられて、なかば正気を失っていた。「箱に入れられ、釘で封じられたときの彼女の悲鳴がいまも耳に残っている」——〈メイフラワー〉。

この経験のあと、生来軽はずみな決断はしないほうだという〈メイフラワー〉は〝己《おのれ》の置かれた状況をあらゆる角度から再確認した〟。すでに党の嘘をじかに耳にし、その腐敗、偽善、権利濫用《らんよう》を目にして、〝全体主義国家でありながら、その対極を装っている国の病状を診断〟していた。父親が夢見ていた民主主義からほど遠い東ドイツは、〝警察国家として統治される、ソ連の臣下〟だった。そうとわかると、マンフレッドの息子に残された道はひとつだった、と本人は言う――抵抗だ。

まず考えたのは、地下組織を作ることだった。体制への不満を折に触れてほのめかしていたエリートの患者をひとりふたり選んで誘ってみるのだ。ただ、その目的は？　活動期間は？　〈メイフラワー〉の父親のマンフレッドは同志に裏切られた。その点だけからも、息子は父親の轍《てつ》を踏んではならない。ならば、いかなる場合や状況においても信頼できるのは誰か。答え――筋金入りの共産主義者を自任する母親のヘルガさえ信頼できない。

いいだろう、と彼は考えた。自分はすでにそうなっている〝単独テロ分子〟のままでいよう。父親ではなく、少年時代に憧れた反ナチス活動家のゲオルク・エルザーに倣《なら》うのだ。エルザーは一九三九年、総統が支持者に演説をおこなったミュンヘンのビアホールに爆弾を仕掛け、爆発させた。爆発は総統の演説の数分後だった。「あいつは忌々《いまいま》しい悪運で命拾いしたのだ」――〈メイフラワー〉。

とはいえ、GDRの体制は、ヒトラーの体制と同様、爆弾一発で吹き飛ぶようなものではない、と彼は論理的に考えた。〈メイフラワー〉は徹頭徹尾、医師だった。腐った体制は内側から治療しなければならない。その方法は、時がたてばおのずと明らかになる。それまでは誰にも打ち明けず、誰も信頼しない。ひとりで行動し、足るを知り、己だけに責任を負う。〝ひとりだけの秘密の軍隊〟になるのだ。

本人曰《いわ》く、〝さなぎ〟の背が割れたのは、一九五八年十月十八日の午後十時、面識のない若い娘が取り乱した様子でベルリンの東のはずれのケーペニックまで自転車をこいできて、〈メイフラワー〉の医院に現われ、中絶手術をしてほしいと言ったときだった。

そこでスマイリーの説明は中断し、今度はリーメック医師が直接われわれに語りかける。長い話だが、貴重すぎて要約するに忍びないとジョージは思ったにちがいない。


同志［削除］は明らかに魅力のあるきわめて知的な女性で、外では党公認の有能で隙のない無愛想な態度をとるものの、診察室に入ると、いたいけな子供のようになることもある。患者の精神状態について即断は控えたいが、現時点では、統合失調症の選択性注意障害を厳しく自己管理していると考えられる。勇気があって態度も高潔な女性でもあることは、矛盾と見なすべきではない。

私は同志［削除］に、妊娠はしていないから中絶の必要はないと伝える。それは驚きだと彼女は言う。同じくらい不愉快な男ふたりと同じ周期で寝ていたのに、と。酒はあるか、と彼女は尋ねる。依存症ではないが、つき合っているふたりの男がどちらも大酒飲みなので、自分も飲むようになった。私はフランスのコニャックをグラスについで彼女に渡す。私の医療サービスに感謝したコンゴの農業大臣からもらった酒だ。彼女はそれをひと息で飲み干すと、私に訊く。

「あなたは礼儀正しくて用心深いと友だちから聞いたんだけど、それは本当？」

「どういう友だちから聞いた？」

「秘密の友だち」

「どうして秘密にしなければならない？」

「機関の人たちだから」

「どの機関かな？」

私は彼女を困らせている。彼女がぴしりと言い返す。「シュタージよ、同志ドクトル。ほかに何があるの？」

私は彼女に注意をうながす。たしかに私は医師かもしれないが、国家に対する責任がある、と。彼女は聞こえないことにしたようだ。わたしには選ぶ権利がある、と言う。同志全員が平等な民主制のもとでは、わたしを殴って自分がゲイであることを断じて認めないサディストのくそ夫か、上級将校専用車の〈ヴォルガ〉の後部座席で好きなときにわたしを犯す立派な権利があると思っている太った五十歳の豚上司のどちらかを選ぶことができる。

この会話のなかで、彼女は二度、ドクトル・エマヌエル・ラップという名前を口にし、彼のことを〝ラップシュヴァイン〟（シュヴァインはドイツ語で〝豚〟）と呼ぶ。そのラップというのは、さまざまな幻覚症状について私の診察を求めている同志ブリギッテ・ラップの親戚か何かだろうか、と私は訊く。ええ、と彼女は応じる。ブリギッテは豚の奥さんの名前。これでつながりができる。私はフラウ・ブリギッテ・ラップから、夫は好き放題ふるまうシュタージの高官だと聞いていた。つまり、目のまえにいるのは、ドクトル・エマヌエル・ラップの非常に憤慨した助手で、曰《いわ》く、秘密の愛人だ。ラップのコーヒーに砒素《ひそ》を入れることまで考えたという。ゲイの夫が次に暴力を振るったときのために、ベッドの下にはナイフを隠している。そういうのは危険な妄想だから忘れたほうがいい、と私は助言する。

夫のまえや職場でもこういう激烈な話し方をしているのかと訊くと、彼女は笑い、するわけないでしょうと請け合う。わたしには三つの顔があるの、その意味で運がいい、GDRの人民のほとんどは五つか六つの顔を持っているから。「職場では身を粉《こ》にしてまじめに働く同志。つねにというか、とりわけ会合のときには、いい服を着て、髪もきちんと整えて、同時に威光まばゆい豚野郎の性の奴隷でもある。家では十歳以上年上のサディスティックでやさしいお兄さん（同性愛者）の憎悪の対象。彼の人生のただひとつの目的は、マヤコフスキーリンクのエリートの仲間入りをして、きれいな若い男たちと寝ること」彼女の第三の顔は、私がいま見ている本人だ――自分の息子は別として、GDRでの生活のあらゆる面を嫌っていて、父なる神と聖人たちにひそかな慰めを見出だしている女性。私以外の誰かにこの第三の自分を明かしたことはあるかと訊くと、ないとの答え。いろいろな声が聞こえないかと尋ねると、ないと思うが聞こえるとしたらそれは神の声だろうと言う。いまの話から想像するのだが、自分をもっと傷つけたいと思っていないかね？　このまえよほど橋から身投げしようかと思ったけど、愛する息子のグスタフのために思いとどまった、と彼女は答える。

ほかにも見せつけや報復のための行動をとりたくなったことはないかと訊くと、ある日の夕方、ドクトル・エマヌエル・ラップがセーターを椅子の背にかけたまま帰ったから、ハサミで切り刻んで機密ゴミの焼却袋に捨ててやったと答える。翌朝ラップがまた現われて、セーターをどこかに置き忘れたと嘆いたときには、いっしょに探した。きっと誰かに盗まれたにちがいないと言うから、これこれの人が怪しいと教えてやった。

その後、ドクトル・ラップ同志に対する復讐心は和らいだのかと尋ねると、すぐに、ますます強くなったと切り返す。ラップより憎いものがあるとすれば、あんな豚を権力の座につかせた体制だけだ。内に秘めた彼女の憎悪はすさまじく、職場の同僚の用心深い眼から隠しおおせているのが奇跡に思えるほどだ。

住まいはどこかと尋ねると、最近まで夫とスターリン大通りのソヴィエト式アパートメントに住んでいたと答える。特別な警備はなく、マグダレーネン通りのシュタージ本部まで自転車でほんの十分の距離だった。しかし最近夫妻は、ホモセクシャルの恩恵か、金銭的な理由かは知らないが――というのも、夫は父親から譲り受けた遺産については何も教えてくれないので――ベルリンの政府高官と上級公務員が住む、警備つきのホーエンシェーンハウゼン地区に引っ越した。そこには彼女の大好きな湖や森があり、息子のグスタフの遊び場や、家族でバーベキューができる小さな庭までついていた。状況さえちがっていたら新居は愉《たの》しい思い出になっただろうが、虫唾《むしず》の走る夫といっしょなので、くだらない場所にしか見えない。彼女は自転車の愛好家だ。いまも職場には自転車でかよい、ドアツードアで三十分かかる。

午前一時。家に帰って夫のローターに何を言うつもりか尋ねると、彼女は何も言わないと答え、次のようにつけ加える。

「わが愛《いと》しのローターは、わたしをレイプするか酔っ払っていないときには、ベッドの端に坐って膝《ひざ》の上にGDR外務省の書類を広げ、妻だけじゃなく全世界を嫌っている男のように、うなりながら書き物をしてるの」

彼女の夫が家に持ち帰るのは機密書類かと尋ねると、極秘の書類だから持ち帰るのは違法、夫がそうするのは、変態に加えて異常なほどの野心家だからと答える。この次ここに来たときには愛し合わないか、と私に訊いてくる。豚でもレイピストでもない男とまだ愛し合ったことがないから、と。冗談を言っているのだと思うけれど、そうでない可能性もある。いずれにせよ、私は患者とは寝ない主義なので断わる。彼女を診《み》る医者でなければ寝たであろうと伝えることで、多少なりとも慰めになったかもしれない。彼女は帰るまえに自転車に乗りながら、人生を私の手にゆだねたと言う。私は一医師としてその信頼に応えたいと返す。次の予約を入れたいと言うので、翌週木曜の午後六時を提案する。

体のなかに嫌悪の波が湧き起こって、わたしは思わず立ち上がる。

「場所はわかる?」ネルソンが本から眼を上げずに訊く。

わたしはトイレに鍵をかけて閉じこもり、できるだけ長居する。もとのテーブルに戻ると、ドリス・ガンプ、またの名を〈チューリップ〉が時間どおり、二回目の診察に現われている。はるばるケーペニックまで息子のグスタフを自転車の籠《かご》に乗せてきたのだ。

ふたたびリーメック。

母親と息子のあいだの雰囲気は和やかで愉《たの》しい。天気もよく、夫のローターは急遽《きゅうきょ》ワルシャワの会議に呼び出されて、二日間戻ってこないので、ふたりとも上機嫌だ。明日、彼女はグスタフと自転車で妹のロッテを訪ねる。「この世でこの子のほかに愛してるのは、彼女だけ」と明るく告げる。子供を私の母に預け――母はこの子があなたの子だったらねと言う――私は同志[削除]を屋根裏の診察室に案内し、蓄音機でバッハをかけて音量を上げる。彼女はひどく礼儀正しく――はにかむようにと言ってもいい――チョコレートの箱を差し出し、エマヌエル・ラップからもらった、一度に全部食べないでと言う。箱を開けてみると、なかにはベルギーチョコの代わりに超小型フィルムのカセットがふたつ入っている。私は彼女の横のスツールに腰かける。彼女の口が私の耳のすぐ近くにある。超小型フィルムに写っているのは何だと尋ねると、シュタージの秘密文書という答え。どうやって手に入れたのか訊くと、今日午後、とりわけ品のない性行為のあとで、エマヌエル・ラップ自身の〈ミノックス〉のカメラで撮ったのだと。ラップシュヴァインは自分が果てるが早いか、すでに遅刻している第二棟での会合にあわてて出ていった。彼女は復讐に燃え、大胆になった。書類が上司の机の上に散らばっており、〈ミノックス〉カメラは昼間の保管場所である抽斗《ひきだし》のなかにあった。

「シュタージの将校は、日頃の習慣においてもつねに保安に気を配るべきである」と彼女はシュタージの共産党政治局員の口調をまねて言う。「ラップシュヴァインは傲慢《ごうまん》になりすぎて、シュタージの規則より自分が上だと信じてるのね」

「それで、カセットはどこから？」私は尋ねる。どう説明するつもりだろう。

ラップシュヴァインは子供じみているから、気まぐれな欲求を即満足させずにはいられない、と彼女は言う。上級将校でさえ盗撮カメラや録音機器を個人の金庫に保管することは禁じられているのに、ラップはほかの人たちと同様に、その決まりを無視している。おまけに、あわてて部屋から出ていったものだから金庫を開けっ放しにしていた。これもまた目に余る保安規則違反で、おかげで彼女はワックス・ロックを気にする必要がなくなった。

ワックス・ロックとは？　シュタージの金庫には精巧な鍵がついている、と彼女は説明する。正当な所有者が金庫の扉を閉めて鍵をかけたときに、シュタージ発行の鍵につけていた印章《ペットシャフト》で柔らかい蠟《ワックス》に独自の型を刻みこむ。所有者はその鍵と印章をつねに身につけている。印章は個別に番号つきで作られ、ふたつとして同じものはない。フィルムカセットに関しては、彼が一ダース入りの紙箱をいくつも持っていた。どうせ個数は数えていないし、〈ミノックス〉も非公式で自堕落な目的のために、おもちゃのように何度も使っている。たとえば、裸でポーズをとってくれと持ちかけることなどしょっちゅうだが、彼女はつねに断わってきた。ラップはまた、金庫のなかにウォッカとスリボビッツ（中欧から東欧で愛飲されるプラムのブランデー）のボトルを常備している。シュタージの大物の例にもれず、彼も大酒飲みだからだ。そして酔うと無分別なことをしゃべる。シュタージ本部からどうやって超小型フィルムをこっそり持ち出せたのかと私が尋ねると、くすっと笑い、あなたみたいなお医者さんならわかるでしょうと答える。

　そう言ったものの彼女は、シュタージは組織内の機密保持に取り憑《つ》かれているが、ちゃんとした許可証を持っている人間は身体検査されないと説明する。たとえば、同志［削除］はシュタージ総合施設のなかで第一棟と第三棟のあいだを自由に往《ゆ》き来する許可証をもらっている。この機密情報のカセットを私にどうしてほしいと尋ねたところ、どうかイギリス情報部に渡してと答える。どうしてアメリカではないのだと訊くと、彼女はショックを受ける。自分はコミュニストであり、帝国主義者のアメリカは敵である、と。私たちは階下におりる。グスタフがわが愛《いと》しの母親とドミノをしている。母は、グスタフはとてもいい子だし、ドミノもとても上手、盗んでうちの子にしたいくらいと言う。

　ここで、つねに饗宴に参加するきっかけを探している〈隠密〉の技術部門がしゃしゃり出てくる。

ベルリン〈隠密〉技術部門からH／〈隠密〉ベルリン［リーマス］へ。
主要諜報員〈メイフラワー〉について：

1　貴君の報告によると、ケーペニックの屋根裏の診察室には旧型のラジオがあるとのこと。技術部門がそれを録音装置に変える？

2　貴君の報告によると、〈メイフラワー〉は、シュタージが行楽用に使用許可している一眼レフカメラ〈エクサクタ〉に加えて、治療用の太陽灯、学生時代から使っている顕微鏡も所有している。基本的な機器がそろっているので、マイクロドットの作成法を伝授すべきでは？

3　ケーペニックは深い森に囲まれた田園地帯である。無線電信装置やその他作戦機器を隠すのには理想的。潜伏チームを送って調査、報告させる？

4　ワックス・ロック。〈チューリップ〉がエマヌエル・ラップと浮ついた行為をしているあいだに、彼個人の鍵と付属の印章《ペットシャフト》の型を取るチャンスはないか。技術部門には多様な塑像用粘土《プラスティシーン》状物質の隠蔽容器《CD》がある。

嫌悪感がまたこみ上げてくる。〝浮ついた行為〟？　それを強要しているのは〈チューリップ〉ではなく、ラップシュヴァインだ！　〈チューリップ〉がやむなく身をゆだねているのは、そうしなければ規律違反をでっち上げられ、追放されるからではないか。彼女の夢見るエリート校にグスタフが行けなくなってしまうからだ。そう、たしかに彼女は情熱的で興奮しやすいが、だからといって、ラップシュヴァインと愉しんでいることにはならない！　夫とも！

だが、ベルリンのアレック・リーマスはそんな心配はしていない。

H／〈隠密〉ベルリン［リーマス］からH／〈隠密〉メリルボーン［スマイリー］へ。
縦《D》深《O》作戦書簡、写しを保管。

親愛なるジョージ

祝宴まちがいなし！

喜ばしくも、下部情報源〈チューリップ〉がひそかに採取したエマヌエル・ラップの印章《ペットシャフト》と鍵の型から、文字と数字が明瞭に表示された複製品ができたことを報告する。技術屋のカウボーイたちのアドバイスとして、安全のために、彼女が蠟《ろう》から印章を引き抜くときには、わずかにひねるべきとのこと。全面的な大成功だ！

敬具

アレック

追伸　添付書類は本部《HO》規則にもとづく〈チューリップ〉のPP。〈隠密〉のみ回覧！

AL

〃PP〃は個人詳細情報《パーソナル・パーティキュラーズ》だ。情報部が一時的に関心を抱いたあらゆる人間の人生の簡略版。苦行《ペナンス》のP。苦痛《ペイン》のP。

下部エージェントのフルネーム：ドリス・カルロッタ・ガンプ。
生地・生年月日：ライプツィヒ、一九二九年X月二十一日。
学歴：イェーナ大学およびドレスデン大学卒業。政治学および社会学専攻。
妹一人：ロッテ、ポツダムの小学校教師、未婚。
職歴その他：二十三歳で東ベルリンのシュタージ本部の文書整理係助手に採用される。閲覧可能文書は〃部外秘〃まで。六カ月の試用期間後、アクセスが〃機密〃にまで引き上げられる。J3部に配属され、国外支局からの報告書の処理と評価を担当。就職一年後に、GDR外務省の期待の星と見なされるローター・クインツ四十一歳と交際を始め、妊娠、民事婚と続く。

結婚後半年、クインツ、旧姓ガンプは息子を産み、父親にちなんでグスタフと名づける。夫には黙って、カールスホルストの赤軍兵舎に所属する八十七歳の引退したロシア正教司祭、長老《スターレッツ》（聖なる放浪者）、自称ラスプーチンに息子の洗礼をほどこしてもらう。この改宗とおぼしきものが生じた経緯は、ほかにわかっていない。クインツに気づかれないように、ガンプはポツダムにいる妹を訪ねると言いつくろい、グスタフを自転車の籠《かご》に乗せてラスプーチンのもとへ行った。

シュタージに雇われて五年目の終わりの一九五七年六月十日、彼女はふたたび昇進し、今度はKGBの訓練を受けた対外活動担当部長エマヌエル・ラップの助手となる。

ラップから長く目をかけられるには、性的な好意を示すほかなかった。そのことを夫に訴えると、夫は、ラップほど重要な同志の望みを拒むべきではないと言う。それはシュタージ職員に共通する態度だと彼女は考える。〈チューリップ〉によると、みなこの情事には気づいていて、省の重大な規則違反であることは承知しているが、ラップの権力を考えると、報告すれば自分に被害が及ぶのではないかと怖れている。

今日までの活動経験：

シュタージ入省時に全若手職員向け教化訓練に参加。大多数の同僚とちがって、すぐれたロシア語を書き、話す。選抜されて、共謀、密会、人材調達、欺騙《ぎへん》工作の追加訓練を受ける。秘密筆記（カーボンおよび液体）、盗撮（超小型カメラ、マイクロドットカメラ）、偵察、対偵察、基本的な無線装置操作法も指導される。能力評価は〝良の上から優〟。

エマヌエル・ラップの個人助手および〝ゴールデン・ガール〟（ラップの表現）として、KGB主催による東欧圏諸国の情報会議が開かれたプラハ、ブダペスト、グダニスクへの出張にくり返し同行。そのうち二回の会議で速記者を務める。ラップへの反感はあるものの、同行して夜間に赤の広場を訪ねることを夢見る。

課報員運用者《ケース・オフィサー》による結論：

H／〈隠密〉ベルリンからH／〈隠密〉メリルボーンへ［スタス・デ・ヨングによる明らかな援助の痕跡］。

下部情報源〈チューリップ〉と当情報部との関係は〈メイフラワー〉を介してのみ構築されてきた。〈メイフラワー〉は彼女の医師、運用者、秘密の聞き役、聴罪司祭、親友である（この順番で）。よって、彼女はわれわれの主要課報員に完全に支配された忠実な女性であり、この状態を維持すべきと考える。承知のとおり、最近当部は彼女に、ショルダーバッグの留め具に組みこんだ〈ミノックス〉と、タルカムパウダーの缶の底に入れたカセットを支給した。彼女はいまや、ラップの金庫のワックス・ロックに使える合鍵と印章《ペットシャフト》の誇らしい所有者でもある。

したがって、〈チューリップ〉に不安や緊張の徴候が見られないと〈メイフラワー〉が報告しているのは喜ばしい。それどころか、彼女の意気はこれまでになく上がり、危険を愉《たの》しんでさえいるように見えるという。〈メイフラワー〉の唯一の心配は、彼女が自信過剰になって無用の危険を冒すことだ。治療の名目でふたりが自然にベルリンで会っているあいだは、さほど懸念はない。

しかし、彼女がラップに同行してGDR外の会議に出席する際には、まったく別種の運用上の問題が生じる。秘密文書受け渡し場所《デッド・レター・ボックス》は臨時の要求には応えられないので、ドイツ以外の東欧圏の都市にいる〈チューリップ〉の急な案件に対応するために〈隠密〉から密使を派遣して待機させてもらえないだろうか。

ページをめくる。手は震えていない。ストレスを感じるときにはいつもそうだ。これはたんに通常の活動に関する〈隠密〉指令部とベルリンとのあいだのやりとりだ。

ジョージ・スマイリーから在ベルリンのアレック・リーマスへ、親展、手書きメモ、写しを保管。

アレック。間近に迫ったエマヌエル・ラップのブダペスト出張に関し、下部情報源〈チューリップ〉の密使を務めるピーター・ギラムの写真（添付）を、できるだけ早く彼女に見せる手配をしてほしい。

敬具　G

ジョージ・スマイリーからピーター・ギラムへ、手書きメモ、写しを保管。

ピーター。これがブダペストできみが会うレディだ。よく見ておくように！

よい旅を　G

「何か言った？」ネルソンが本から眼を上げて鋭く訊いた。

「いや、何も。なぜ？」

「なら、外の通りだね」

★

組織の活動のために見知らぬ女性の顔を確認する際には、肉欲がらみの思考は保留になる。相手のチャームポイントを探すわけではない。髪は短いか、長いか、染めているか、帽子をかぶっているか、そういったことを考える。顔については、ほかの人とちがう特徴を探す――額は広いか、頬骨は高いか、眼は小さいか、大きいか、丸いか、自然に細くなっているか。顔の次には体の形と大きさに注目し、平凡なズボン姿の党の制服と不恰好な編み上げ靴より目立つ服装をしていたらどのように見えるか、思い浮かべようとする。性的魅力は、あくまで感受性の強い観察者の眼を惹《ひ》くかどうかという観点で検討されるにすぎない。この段階でわたしの関心事は、暑い夏の日、監視の厳しいブダペストの通りで彼女の顔と体が密使にどう反応するのかという一点である。

それに短く答えるなら、〝完璧〟だった。巧みで、手早く、他人に悟られず、無駄がない。密使であるわたしも負けず劣らずだ。晴れたある日、にぎやかな通りで、ふたりの他人を装うわれわれがぶつかりそうになる。わたしが左、彼女が右によけ、一瞬もつれ合う。わたしは低い声で謝り、彼女はそれを無視して歩き去る。するとわたしはマイクロフィルムのカセットふたつ分だけ豊かになっているという寸法だ。

二度目の接触は四週間後、ワルシャワの旧市街で、よりむずかしい状況だったが問題なくやりとげた。わたしからジョージ宛、写しをアレックにまわした手書きの報告書を読めばわかる。

PGからH／〈隠密〉メリルボーンへ、写し：AL、ベルリン。
下部情報源〈チューリップ〉との秘密会合《トレフ》について。

以前と同じく、われわれは早くから相互に相手を認識した。身体的な接触は検知不可能ですばやく、たとえ近くで監視していたとしても受け渡しは気取《けど》られなかったと思う。〈チューリップ〉が〈メイフラワー〉から周到なブリーフィングを受けていたことは明らかだった。その後、私はワルシャワ支局長に滞《とどこお》りなく物品を引き渡した。

これに対するスマイリーの手書きの返答は――

ＰＧ

またもや手際のいい仕事だ、ピーター！　ブラヴォー！　ＧＳ

だが、スマイリーが思うほど手際はよくなかったかもしれない。あるいは、わたしの手書きのメモが思いこませたがっているほど平穏無事でも。

★

わたしはスイスの団体ツアーに参加しているブルターニュ出身の旅行者。パスポートには会社取締役と書いてあるが、ツアー仲間に訊かれたときには、農業用肥料にかかわるしがない旅行者だと職業を明かす。ワルシャワの見事に保存された旧市街の観光を、団体の仲間たちと愉《たの》しんでいると、体格のいい若い女性が、ゆったりしたジーンズにタータンチェックのチョッキという姿でこちらに歩いてくる。このまえ見たときにはベレー帽のなかに隠れていた髪が、この日はおろされていて、一歩ごとにそれが陽の光のなかで揺れて鳶《とび》色に輝く。首には緑のスカーフを巻いている。スカーフがなければ、受け渡しはなし。わたしは通りの屋台で買った赤い星つきの党の帽子をかぶっている。帽子をポケットに押しこんでいれば、受け渡しはなし。旧市街はほかのツアー客でいっぱいだ。われわれの団体は、ポーランド人のガイドが望むほど整然としていない。三、四人はすでにガイドを無視し、ナチスに爆撃されたあとの街の奇跡的な復興に関する説明を聞く代わりに、内輪でおしゃべりをしている。わたしはある青銅像に眼を惹《ひ》かれる。それは〈チューリップ〉の眼も惹いている。というのも、接触がそういうふうに演出されているからだ。歩調はゆるめない。あくまでもさりげなく。だが、無頓着《むとんちやく》すぎてもいけない。アイコンタクトもないが、互いを無視する仕種《しぐさ》もわざとらしくならないように。ワルシャワはそこらじゅうに盗聴器が仕掛けられている街だ。そして観光名所は監視リストのトップに来る。

だとしたら、彼女はなぜ突然こんなふうに気取って腰を振っている？　大きなアーモンド形の眼に浮かぶあからさまな歓迎の光は何なのか。

ほんの束の間――しかしわたしが想定していた束の間よりは長く――ふたりの右手が絡まり合う。しかし一瞬後に離れるのではなく、彼女の指は小さな物品をわたしに預けたあと、わたしの掌《てのひら》に心地よく収まる。こちらからはずさなければ、もっと長くとどまっていただろう。彼女は頭がおかしいのか？　それともおかしいのはこちら？　ちらっと閃《ひらめ》いた歓迎の笑みはなんだったのだろう。いや、あれは思いちがいか？

わたしたちはそれぞれの道を進む。彼女はワルシャワ条約機構の情報官僚の会議へ、わたしはツアー客と地下の酒場へ。そこには偶然イギリス大使館の文化担当書記官夫妻がいて、隅のテーブルでくつろいでいる。わたしはビールを注文し、男性用トイレに移動する。わたしの別の人生で、サラットの研修所の訓練生としてともに学んだ文化担当書記官がついてくる。受け渡しは無言ですばやい。わたしは仲間たちのところへ戻る。けれども、小鳥の羽ばたきのような〈チューリップ〉の指の感触はまだ消えない。

その感触はいま、〈メイフラワー〉ネットワークの明星である下部情報源〈チューリップ〉にスタス・デ・ヨングが捧げる讃美歌を読んでいるときにも消えていない。

〈チューリップ〉は、自分がイギリス情報部の配下にあって、〈メイフラワー〉がわれわれの非公式の支援者かつ安全器《カット・アウト》であることを充分承知し、イギリスを無条件に愛そうと心に決めている。とりわけ課報活動におけるわれわれのノウハウの質の高さに感銘を受けており、イギリスが最高であることの一例として、ワルシャワでの直近のトレフを挙げる。

期日は未定ながら、〈チューリップ〉が仕事を終えた折の再定住の条件は、任務遂行のひと月あたり千ポンドに加えて、一時報奨金一万ポンドということで、H／〈隠密〉［GS］の許可を得ている。ただ、本人の最大の望みは、いつであれ然るべきときが来たら、彼女自身と息子のグスタフが英国市民権を得ることである。

〈チューリップ〉自身の諜報活動の技術はそれ以上にすばらしい。職場の廊下の化粧室で、シャワースタンドに超小型カメラを隠すことができたので、ハンドバッグ《ペットシャフト》にカメラを入れて第三棟に出入りするストレスがなくなった。本部作成の印章と鍵によって、安全が確認されたときにはいつでも自由に、ラップの金庫のなかを検《あらた》められるようにもなった。先週土曜には、いつかハンサムなイギリス人と結婚するところを何度となく想像していると〈メイフラワー〉に打ち明けたという。

「何かおかしなことでも？」ネルソンが今度は明確な意図を持って尋ねる。

「ロゼットまで来た」わたしは答える。それはたまたま真実だ。

★

バニーがブリーフケース持参で、ダークスーツを着ている。大蔵省との打ち合わせから直接来たのだ。誰と、どういう理由で話したのかは言わない。ローラはコントロールの椅子にゆったりと坐って脚を組んでいる。バニーがブリーフケースから生温《なまぬる》いサンセール・ワインのボトルを取り出し、みなにグラス一杯ずつつぐ。それから塩を振ったカシューナッツの袋を開け、どうぞつまんでと言う。

「重労働ですか？　ピーター」彼がにこやかに訊く。

「ほかに何がある？」わたしは虐《しいた》げられた者の口調で答えることにする。「思い出の小径《こみち》を歩くのは幸せとはかぎらない。だろう？」

「しかし、役に立ったのでは？　昔の出来事や人の顔を思い出すことに、さほどストレスは感じないでしょう？」

わたしはこれを無視する。尋問は、まずはのんびりと始まる。

「最初にリーメックについてうかがえますか？　エージェントにしては常軌を逸して魅力的な人物のようですが」

うなずき。

「しかも医師だ。腕の立つ」

またうなずき。

「ならばなぜ、当時のホワイトホールの幸運な〝顧客〟に配られた〈メイフラワー〉に関する報告書には、次のような説明がついていたのですか。引用します。〝東ドイツ社会主義統一党で有利な地位にいる中堅幹部で、シュタージの極秘文書に頻繁《ひんぱん》に接している〟」

「攪乱《かくらん》情報だよ」わたしは答える。

「誰による？」

「ジョージ、コントロール、大蔵省のレイコン。三人とも、〈メイフラワー〉の情報が出まわったとたんにひと騒動起きるのがわかっていた。顧客がまず尋ねるのは、情報源は誰かということだ。だから〈メイフラワー〉を同じくらい重要な情報源ということにした」

「では〈チューリップ〉は？」

「〈チューリップ〉がどうした？」

反応が早すぎた。待つべきだった。バニーはわたしをあおっている？　でなければなぜ、わかっているぞと言いたげな、おもしろくもなさそうな薄笑いを浮かべているのだ。見ていると殴ってやりたくなる。それになぜローラまで笑っている？　失敗に終わったギリシャ料理のデートの仕返しのつもりか？

　バニーは膝《ひざ》の上に置いた何かを読んでいる。テーマは引きつづき〈チューリップ〉だ。

「〝下部情報源は内務省の上級秘書で、最上級幹部に接触できる〟。これは少々やりすぎでは？」

「やりすぎとは？」

「彼女を少し、なんというか、実際と比べて尊重しすぎていませんか？　たとえば手始めに〝性的に放埓《ほうらつ》な〟上級秘書でどうです？　現実世界に同等の事例を探すとしたら〝オフィスの淫乱女子〟のほうがいいかもしれない。あるいは、彼女の宗教的な嗜好《しこう》を重んじるなら〝聖なる淫売〟とか？」

　バニーがこちらを見ている。わたしの激高、怒りの爆発、頭ごなしの否定を待っているのだ。わたしはどうにか相手を満足させずにすむ。

「それでもあなたは、あなたの〈チューリップ〉をよく知っていると思いますけどね」バニーは続ける。「じつにまめに世話したのだから」

「世話などしていないし、彼女はわたしの〈チューリップ〉でもない」わたしは沈着冷静に答える。「彼女の全活動期間をつうじて、わたしはひと言もことばを交わしていない」

「ひと言も？」

「すべてのトレフで一語たりとも。すれちがうだけで、いっさい話さなかった」

「それなら、どうして彼女はあなたの名前を知っていたんです？」バニーは最高にチャーミングな、少年のような笑みを浮かべて問う。

「わたしの名前など知っているわけがない！　どうやって知るというのだ、ハロー、とさえ言い合っていないのに」

「あなたの名前のひとつ、と言い換えましょうか」バニーはあくまで食い下がる。

ローラの出番だ。「試しに、ジャン＝フランソワ・ガメイというのはどう？　ピート」と同じようにおどけた口調で提案する。「メスに本社がある電子機器メーカーの共同設立者で、ブルガリアの国営旅行会社の黒海沿岸ツアーを愉《たの》しんでいる人物。ハローよりは、いくらかくわしいわね」

わたしは明るい大笑いの発作を抑えられなくなる。それもそのはず。心から安堵《あんど》して自然に湧いて出た笑いだったからだ。

「いやまったく！」とおどけた雰囲気に加わって叫ぶ。「それはわたしが〈チューリップ〉に言ったことじゃない。グスタフに言ったことだよ！」

★

つまりこういうわけだ、バニー、ローラ。どうかゆっくり坐って、最高機密扱いで入念に立てた計画も子供の無邪気さのまえには形なしとなる訓話として、聞いてくれたまえ。わたしの暗号名はたしかにジャン＝フランソワ・ガメイで、そう、監視の目の行き届いた大きな団体ツアーに参加していた。黒海沿岸のあまり健康によさそうにないブルガリアのビーチリゾートで、低価格の海水浴と太陽を愉しむツアーだ。

湾を挟んで、われわれの陰気なホテルの向こう岸には、ブルータリスト様式（一九五〇年代に現われた、直接的で荒々しい素材の使い方をする建築様式）でソヴィエト式の巨大なコンクリートの塊、〈党労働者簡易宿泊所〉が鎮座し、あちこちに共産党の旗が飾られている。勇ましい音楽が海の向こうから聞こえ、そこにときおり、並んだ拡声器が発する平和と善意の精神発揚のメッセージが混じる。あの塀の内側のどこかで、〈チューリップ〉と五歳の息子グスタフが労働者の集団休暇をとっている。職員が外国の砂の上で跳ねまわることを快く思わないシュタージを、どうしたものか説得した〈チューリップ〉の夫、ろくでなしのロータール同志の有力なコネのおかげだ。ポツダムで学校の教師をしている妹のロッテもいっしょに来ている。

〈チューリップ〉とわたしは、四時から四時十五分のあいだにビーチですれちがうことになっている。今回は彼女の息子のグスタフも連れて。ロッテは労働者会議に出席するので、宿泊所から出てくる心配はない。主導権は現場諜報員、この場合には〈チューリップ〉にある。わたしの任務は彼女の創意あふれる行動に応えることだ。そしていま、彼女が波打ち際をこちらに近づいてくる。ゆったりしたビーチローブをまとい、ロープ編みのショルダーバッグをさげている。歩きながらグスタフに、バケツのなかの貝殻かきれいな石を見るよううながす。ワルシャワの旧市街でわたしが認めるのを拒んだ、あの気取った腰の振り方がくり返される――もちろん、腰のことはバニーとローラに話さないよう注意する。彼らはわたしがすらすらと口にする一言一句を、いかにも胡散《うさん》くさそうな顔つきで聞いている。

さらに近づきながら、彼女はショルダーバッグのなかを手探りする。ほかの海水浴客や子供たちは水を跳ね散らし、日光を浴び、ソーセージ・サンドイッチを食べ、チェスをしている。舞台に上がった〈チューリップ〉は、そんなまわりの同志たちに、にこりともしないし、声もかけない。どんな技を使ってグスタフをわたしに近寄らせたのだろう。どう言いくるめて勇気試しをさせたのかはわからないが、とにかくグスタフは大声で笑い、こちらに走ってきて、青やら白やらピンクのココナッツ・キャラメルをわたしの手に押しつける。

だが、わたしは魅力ある大人を演じなければならない。喜びを表わすのだ。いくつか食べるふりをして、残りをポケットに入れ、すでに手のなかにこっそり隠していた貝殻を波間に見つけ、グスタフにお礼として渡さなければならない。

そのすべてを〈チューリップ〉は愉しそうに笑って見ている――少し愉しすぎるほどだが、それもローラとバニーには言わない――が、グスタフに手を振って、さあ戻ってらっしゃい、いい子だから、すてきな同志をひとりにしてあげて、と言う。

けれども、グスタフはすてきな同志をひとりにしたくない。ここがバニーとローラにする話の肝《きも》だ。誰の眼から見ても元気がよすぎるグスタフ少年は、台本からそれてしまう。すてきな同志と取引してキャラメルと貝殻を交換したいま、この新しい商売相手と親交を深めずにはいられないのだ。

「名前は何？」彼が訊く。

「ジャン＝フランソワだ。きみは？」

「グスタフ。ジャン＝フランソワのあとは？」

「ガメイ」

「何歳？」

「百二十八歳。きみは？」

「五歳。同志はどこから来たの？」

「フランスのメスだ。きみはどこから？」

「ベルリン、民主ドイツの。ぼくの歌、聞きたい？」

「ぜひ聞きたいね」

そこでグスタフは波間に気をつけの姿勢をとり、胸を張って、学校で習った歌を披露してみせる。愛するソ連兵が社会主義ドイツのために血を流したことに感謝する歌だ。その間、うしろに立っている彼の母親は平然とビーチローブのベルトをほどき、わたしをじっと見すえたまま、まぎれもなく輝かしい裸体をあらわにしたあと、のんびりとベルトを結び直して、息子の歌唱に惜しみない拍手を送るわたしに加わる。そしてわたしがグスタフと握手しているあいだ、誇りで胸をいっぱいにした母親の顔でこちらを見ている。わたしはさっと一歩下がり、右手の拳《こぶし》を振り上げて、グスタフの共産主義者の挨拶《あいさつ》に応える。

とはいえ、〈チューリップ〉の裸体の輝きもまた、わたしが胸にしまっておくものだ。そうしながら、いまの愉快な話を語りはじめるまえから自分のなかでくすぶっていた疑問について考える――〈チューリップ〉がわたしの名前を知っていることを、おまえたちはいったいなぜ知っていた？

7

どういう種類の遁走症状《とんそう》（感情的ショックから逃れるために、日常活動の場から突然離れて放浪する疾患）に襲われていたものか、わたしはその日の労苦から早めに解放されると、〈ステイブルズ〉の暗がりから午後のブルームズベリーの喧噪《けんそう》のなかへ足を踏み出し、なんとなく南西のチェルシーのほうに向かった。屈辱感は、もちろんあった。苛立ちも、困惑も、まちがいなく。過去をほじくり返されて顔にぶつけられたことへの怒りもあった。罪悪感、恥ずかしさ、不安は底なしだった。それらすべてに、苦痛と納得できない気持ちも引っくるめて、いっこうに見つからないジョージ・スマイリーにまるごとぶつけたかった。

いや待て。ジョージは本当に見つからないのか？　バニーは嘘をついているのではないか？　わたしが彼に嘘をついているように。じつのところ、ジョージは、主張されているほど見つかりにくくはないのでは？　すでに見つかって、そんなことが可能ならだが、ギリギリと絞られるだけ絞られているとか？　ミリー・マクレイグがその答えを知っていたとしても——知っているような気はするけれど——彼女もまた、ジョージ・スマイリーに関しては、生死も含めて議論してはならないという彼女独自の公職守秘法にしたがって、黙っているほかない。

かつてはさほど裕福でない人たちが住んでいた静かな袋小路、いまやロンドンの百万長者が集まるあまたの地域のひとつであるバイウォーター・ストリートに近づくと、認めたくはないが、郷愁の波が一気に押し寄せる。つい義務的に、駐《と》まっている車を記憶にとどめようとしたり、すばやく眼を走らせて誰が乗っているか確かめたり、さりげなく向かいの家々の窓やドアを見たりしたくなる気持ちを抑える。最後にここに来たのはいつだったか。ジョージが玄関ドアに仕掛けた小さな木の楔《くさび》の罠に引っかからずに入りこみ、彼が帰ってくるのを待ち伏せしたあと、アスコットにあるオリヴァー・レイコンの広大な赤煉瓦《れんが》の城へと連れ去った夜が記憶に甦る。あれは彼の親愛なる旧友、最大級の裏切り者にして彼の妻の愛人でもあったビル・ヘイドンに至る、苦行の旅の最初の行程だった。

だが、物憂げなこの秋の夕方、バイウォーター・ストリート九番地の家はそんなことを何も知らないし、何も見ていなかった。ブラインドがおろされ、前庭は草が伸び放題、住人はここにはいないか、死んでいる。玄関前の四段の階段を上がって呼び鈴を押すが、懐かしい音は聞こえず、軽い足音も重い足音もしない。うれしそうに眼をしばたたかせて、ネクタイの裏地で眼鏡《めがね》を拭いているジョージもいない——「やあ、ピーター。飲み物が必要なようだな、入りたまえ」。化粧の途中でまごついているアンもいない——「ちょうどいま出かけようとしてたところなの、ピーター、ダーリン——両頰に挨拶《あいさつ》のキス——でもどうか入って、かわいそうなジョージといっしょに世界を住みやすくして」。

わたしは軍隊の歩調でキングズ・ロードに引き返し、呼び止めたタクシーでメリルボーン・ハイ・ストリートに行って、〈ドーント書店〉の向かい側でおりる。一九一〇年に設立され、スマイリーの時代には〈フランシス・エドワーズ〉だったこの書店は、彼が幾度となくゆったりと愉《たの》しい昼食時間をすごした場所だ。厩《うまや》つきの建物を改装した小さな家が並ぶ、迷路のような敷石の路地に飛びこむ。ここは昔のサーカスの〈隠密〉活動グループの出張所、部内用語でたんに〈メリルボーン〉と呼ばれた場所だ。

終始単独の作戦のために使われたセーフハウスの〈ステイブルズ〉とちがって、正面のドアが三つある〈メリルボーン〉はそれ自体が情報部だった。固有の事務官がいて、暗号があり、暗号担当も伝書使もいる。ここだけの臨時諜報員の退屈な一団は、互いに知り合いではなく、ふだんはさまざまな職業についていて、声さえかかればいつでも道具を置いて大義のために馳せ参じた。

〈隠密〉がいまもここに存在していると、多少なりとも想像することは可能だったか？　遁走症状に陥っていたわたしは、あえて存在していると信じた。ジョージ・スマイリーはまだあの鎧戸《よろいど》の閉まった窓の向こうにひそんでいるのか？　遁走症状のわたしは、ひそんでいると自分を説得したにちがいない。九つの呼び鈴のうち、音が出るのはひとつだけだった。それがどれなのかは、忠実な職員しか知らない。返事はなかった。ひとつの玄関の残りふたつのボタンも押してみる。隣の玄関に移って、三つすべてを押す。女性の金切り声がわたしに嚙《か》みつく。

「馬鹿娘はもうここにはいないよ、サミー！　ウォリーと子供といっしょに逃げちまった。今度鳴らしたら警察を呼ぶからね、ぜったい！」

その助言でわたしはわれに返る。次に気づくと、デヴォンシャー・ストリートの静かなカフェに坐って、エルダーフラワー・コーディアル（ニワトコの花のシロップのような飲み物）を飲んでいる。店のなかはスーツ姿の医師でいっぱいで、みな顔を寄せてぼそぼそと話している。わたしは呼吸が落ち着くのを待つ。頭の靄《もや》が消えるにつれ、目的意識もはっきりしてくる。ここ数日、昼も夜もさんざん気が散ることがあったにもかかわらず、不良で犯罪者でアレックのずる賢い息子であるクリストフがブルターニュのわたしの家の入口に立ち、わたしのカトリーヌを乱暴なことばで問いつめているイメージが頭から離れなかったのだ。あの朝まで、わたしはカトリーヌの声に恐怖の響きを聞き取ったことは一度もなかった。カトリーヌが心配しているのは彼女自身のことではない。わたしのことだ。〃感じのいい人じゃなかった、ピエール……人好きのしない《ファルーシュ》……ボクサーみたいに大柄で〃……〃ロンドンのホテルに泊まっているのか……住所は？〃

わたしのカトリーヌと言ったのは、彼女の父親が亡くなってからこのかた、彼女の後見人をもって任じているからだ。立場が逆だろうとバニーが当てこすりを言おうが、知ったことではない。わたしは彼女が幼いころからその成長を見守ってきた。彼女はわたしのガールフレンドがやってきては去り、ついには誰もいなくなるのを見てきた。より美しい姉への反抗心から、彼女が村の悪い娘になると決め、手当たり次第に男と寝ていたときにも、わたしは

い喜んだ。わたしは子供が苦手だが、イザベルが生まれたときにはカトリーヌと同じくらい喜んだ。わたしは何で生計を立てているのか、彼女に話したことはない。彼女はイザベルの父親が誰なのか、わたしに話したことがない。父親を知らず、知ろうともしないのは、村じゅうでわたしひとりだった。カトリーヌが望めば、いつか農場は彼女のものになり、イザベルがその横を小走りでついて歩き、カトリーヌにもっと若い男ができて、小さなイザベルも彼の眼なら見ようとするのかもしれない。

われわれは恋人同士でもあるか？　これだけ長い年月をともにすごしているのだから？　徐々にそうなったように思える。わたしたちの関係はイザベルが仲介した。ある夏の夜、自分の寝具を持って中庭を渡ってきて、わたしのほうはちらりとも見ず、階段をのぼったところにある窓の下、わたしの寝室の外の床で寝はじめたのだ。わたしのベッドは大きい。予備の部屋は暗くて寒い。母子《おやこ》が離ればなれではいけない。記憶にあるかぎりでは、カトリーヌとわたしは何もせずに何週間も続けてベッドに並んで寝た。そのあと互いに向かい合って寝たのだが、ことによると、待っていた時間は、わたしが思いたがっているほど長くはなかったのかもしれない。

★

少なくともひとつ、確実に言えることがある——わが追跡者の顔は見ればわかる。アレックの死後、ロンドン北部のホロウェイにあった彼の暗いひとり住まいの部屋を片づけていたときに、わたしはたまたまポケットサイズの写真アルバムを見つけた。表紙のセロファンのカバーの内側に、エーデルワイスの押し花が挟んであった。捨てようと思ったそのとき、自分の手のなかにあるのが、揺りかごから大学入学までのクリストフの人生を写真で綴《つづ》った記録だということに気づいた。それぞれのスナップ写真の下に、白いインクでドイツ語のキャプションがついているのは、おそらく母親の手になるものだろう。印象に残ったのは、デュッセルドルフのサッカー観戦のときの強張《こわば》った表情が、晴れがましい恰好で高校の卒業証書を持った、たくましくて不機嫌そうなアレックの似姿にそのまま保たれていることだった。若者は証書をこちらの顔に押しつけようとしているかのように握りしめていた。

ところで、クリストフのほうはわたしの何を知っているのか。ロンドンで友人の葬儀に出ていること。善《よ》きサマリア人であること。だが世間に知られた住所はないし、クラブにもかよわない。調査能力を称《たた》えられるクリストフほどの者でも、〈トラヴェラーズ・クラブ〉や〈ナショナル・リベラル・クラブ〉の名簿にわたしの名前を見つけることはできない。シュタージの記録にも、ほかのどこにも。イギリスで最後に知られたわたしの住所は、ロンドン西部のアクトンの二部屋のフラットで、そこにピーターソンという名で住んでいた。家主に退去届を出したときにも、郵便の転送先は残さなかった。だとすると、無愛想でしつこくて無礼な犯罪者のクリストフ、ボクサーみたいに強靭《きょうじん》なアレックの息子は、ブルターニュのあと、どこへわたしを探しにくるのだろう。本当に運がよくて、何もかも都合よく運んだ場合に、この地上で唯一、わたしに会える可能性のある場所があるとしたら、それはどこだろうか。答え——納得のいく唯一の答え——は、懐かしの情報部、テムズ川沿いの〝ルビヤンカ（元KGB本部の所在地）〟である。といっても、見つけにくい父親のサーカスのほうではなく、身の毛がよだつその後継者、これからわたしが偵察しようとしている砦のほうだ。

★

ヴォクソール橋は勤務先から帰宅する車で混み合っている。下の川は速く流れ、往《ゆ》き来する船でいっぱいだ。わたしはブルガリアの団体ツアーの参加者ではないが、地球の裏側からやってきてロンドン見物をしている旅行者だ。カウボーイハットに、ポケットがいくつもついたカーキ色のチョッキ。最初に通りすぎたときには、ベレー帽をかぶり、タータンチェックのマフラーを巻いていた。二度目はポンポンのついたアーセナル（ロンドンの人気サッカーチーム）のサポーターのウール帽だった。ウォータールー駅の蚤《のみ》の市で買った衣装は総額十四ポンド。サラットの研修所ではこれを〝シルエット交換〟と呼ぶ。

どんな監視者にも気が散るものがあるので注意が必要だ、とわたしはよく若い訓練生に諭《さと》した。眼が離せなくなるものがある、たとえば、バルコニーで大胆に日光浴をしている可愛《かわい》い娘とか、通りでイエス・キリストの恰好をしている説教者とか。この日の夕方のわたしにとって、それはごく狭い長方形の緑豊かな芝地だ。まわりを忍び返しつきの塀に覆《おお》われていて、眼はそこに吸い寄せられる。これはいったい何だ？　サーカスの不心得者を入れる戸外の懲罰房？　上級職員専用の秘密の庭園？　しかしどうやってなかに入る？　それより、入ったらどうやって出る？

砦の塁壁《るいへき》のたもとにあるささやかな小石の岸辺で、あざやかな色のシルクをまとったアジア人家族がカナダガンに囲まれてピクニックをしている。黄色い水陸両用車が彼らの横の傾斜路をゴトゴトと上がり、急に震えて停まる。誰も出てこない。時刻は五時半になろうというところ。わたしはサーカスの勤務時間を思い出している――聖別された者たちは十時からいつまでも、下層民は九時半から五時半までだ。若手職員の遠慮がちな一斉退庁が始まろうとしている。わたしは建物の出口になりそうなところを数え上げている。目立たないように、あちこちに散らばっているはずだ。この砦に初めていまの部員が入ったときには、秘密のトンネルが川の下を通ってホワイトホールまでずっとつながっているという噂が立った。まあ、往年のサーカスもトンネルをひとつふたつ掘っていて、その大部分は他人の敷地の下を通っていたのだから、自前の土地の下に何本かあったとしても不思議ではない。

最初にバニーのまえに出頭した折には、衝撃対策をほどこしたアールデコ調の鉄製ゲートの横の小さな通用口からなかに入ったが、わたしの読みでは、あそこは訪問客のみを通す。すでに見つけたほかの三つの出口のうち、直感的にいちばんよさそうなのは、川に面した人目につかない石段の上にある両開きの灰色のドアだ。そこから出れば、歩道を歩く人の流れに加わることができる。わたしが角を曲がると、その灰色のドアが開いて、二十五歳から三十歳くらいの男女が五、六人出てくる。これからは匿名《とくめい》の人間になるという決意の表情が、みなの顔に浮かぶ。ドアが閉まる、おそらく自動で。それがまた開く。第二集団がおりてくる。

わたしはクリストフの獲物であり、追跡者でもある。クリストフもこの三十分でわたしがしてきたのと同じことをしているのだろう――目標の建物に親しんでいるのだ。脱出に使えるところを見きわめ、好機の到来を待つ。クリストフは父親と同じ活動上の本能にしたがい、獲物のとりそうな行動を考えたうえで計画を立てている。わたしはそう想定して動いている。カトリーヌが言ったとおり、わたしがもし友人の葬儀のためにロンドンにいるのなら――クリストフがそれを疑う理由があるだろうか――ついでに以前の職場に立ち寄るのは確実だ。昔の事件をめぐって、クリストフと新しい友人のカレン・ゴールドが、情報部と、わたしを含む元部員相手に起こそうとしている煩《わずら》わしい裁判について、検討するために。

また別の男女の集団が階段をおりてくる。わたしは歩道に出た彼らのうしろにつく。白髪《しらが》まじりの女性が礼儀正しく微笑んでくる。どこかで会ったと思っているのだ。公道の歩行者がわれわれに加わる。道路標識は〝バタシー・パークへ〟。アーチ道に近づく。ちらっと眼を上げると、帽子をかぶって七分丈の黒いコートを着た大柄な男が、橋の上に立って下の通行人を見まわしている。偶然か、意図的にか、彼が選んだ地点からは砦の三つの出口がはっきりと見える。わたし自身も同じところから観測して、その戦略的な価値を確かめている。帽子ののった頭を下に向けているので――帽子はクラウンが高くてつばが狭いホンブルグ帽――顔は陰に隠れているが、ボクサーのような体形は見まちがえようがない。がっしりした肩、広い背中、わたしが想像していたアレックの息子より背は七、八センチ高いけれど、母親に会ったことがないから、それはしかたがない。

アーチ道を通り抜けた。黒いコートと黒いホンブルグ帽は橋からおりて、行進に加わっている。体は大きいが、動きはすばやい。アレックもそうだった。いまはわたしの二十メートルうしろにいて、ホンブルグ帽が左右に揺れている。前方の誰か、または何かを見失うまいとしていて、それはおそらくわたしだと思いたくなる。わたしに気づかれることを望んでいるのか？　そう思うのはこちらが監視を意識しすぎているからか？　これもまた、かつてみずからを責める原因となった悪い癖なのだが。

ジョギングをする人、自転車に乗る人や、ボートがすばやく横を通りすぎる。左手にはアパートメント・ハウスが並び、それらの下には歩道に面した派手なレストラン、カフェ、ファストフードの屋台がある。わたしはガラスの反射を利用して相手を見ながら、歩調をゆるめさせる。新入部員に対する自分の尊大な話しぶりを思い出す――歩調を決めるのは追ってくる相手ではなく、きみたちだ。ぶらぶらしろ。優柔不断になれ。のんびり歩けるときに走るな。川はレジャー用ボートやフェリー、小型モーターボート、手漕ぎボート、艀《はしけ》でにぎわっている。岸辺では大道芸人が彫像のまねをし、子供がシャボン玉に手を振り、空を飛ぶ玩具がうなっている。もしきみがクリストフでないなら、情報部の監視者だ。とはいえ情報部の監視者は、われわれの最悪の時代でもこれほど下手《へた》くそではなかった。

セント・ジョージ埠頭《ふとう》で右手に離れ、時刻表を確かめるふりをする。尾行者というのは、選択肢を与えることによって判明する。自分のすぐあとからバスに飛び乗るか、バスなど知るかとばかりに歩きつづけるか。歩きつづけるとしたら、次の尾行者に引き継ぐのかもしれない。だがホンブルグ帽と黒いコートはほかの誰かに引き継いだりしない。自力でわたしを捕まえたいと思っているから、ソーセージの屋台のまえをうろつき、マスタードとケチャップの甕《びん》のうしろにある飾り鏡でこちらをくわしく観察している。

東に向かうフェリーの自動切符販売機のまえに列ができつつある。わたしも並んで順番を待ち、タワーブリッジ行きの切符を一枚買う。わが尾行者はソーセージを買わないことにしたようだ。フェリーが着岸して、埠頭《ふとう》が揺れる。おりる客が先だ。尾行者は歩道を横切って、自動販売機のまえで腰を屈めている。苛立っているようなジェスチャー。誰か教えてくれ。ぶかぶかの帽子をかぶったドレッドヘアの黒人が買い方を教えてやる。現金だよ、クレジットカードじゃなくて。尾行者の顔はまだホンブルグ帽の陰だ。わたしたちは乗船する。上のデッキは観光客で満杯。群衆は味方である。うまく使え。わたしは上のデッキの群衆をうまく使って、手すりのまえに立つ場所を見つけ、わが尾行者が同じことをするのを待つ。彼は正体がばれたことに気づいただろうか。もう互いに認め合っているのか？ サラットの訓練生のことばで言えば、彼はわたしが気づいている《クロッキング》ことに気づいた《クロックト》のか？ だとしたら、中止せよ。

だが、わたしは中止しない。船が向きを変えはじめる。彼に日が差したが、顔は依然として陰っている。ただわたしは視線の左隅で、彼がちらちらとこちらを盗み見ているのをとらえる。まるでわたしが全力で逃げ出すか、船外の水に飛びこもうとしているかのように。

きみは本当にクリストフ、アレックの息子なのか？ それとも裁判所の執行人か何かで、令状を叩きつけるために送りこまれてきたのか？ だとしたら、なぜこそこそしている？ なぜいますぐ近づいてきて、わたしに立ち向かおうとしない？ 船がまた方向を変え、彼にまた日が当たる。上を向いたときに初めてその横顔が見える。わたしは驚き喜ぶべきだと感じるが、結局驚きも喜びもしない。親しみの感情がこみ上げることもない。つけを払うべきときが迫っているという感覚があるだけだ。クリストフ、アレックの息子は、デュッセルドルフのサッカー・スタジアムで会ったときと同じ、まばたきもしない鋭い眼差《まなざ》しと、突き出たアイルランド人の顎《あご》を持っている。

★

クリストフがわたしの意図を読んでいるのだとしても、こちらにも彼の意図はわかる。クリストフが名乗り出ないのは、監視者の例にもれず、わたしの居場所を特定しようともくろんでいるからだ。どこに滞在しているのか突き止めたあとで、自分に都合のいい時間と場所を決めるつもりなのだ。それへのわたしの対応は、相手が求めている作戦上の情報を与えず、こちらの条件にしたがわせること。つまり、何も知らない傍観者がたくさんいる混み合った場所で対峙《たいじ》する。しかし、わたし自身の不安に加え、カトリーヌの警告から考えても、この粗野な男が亡き父親に対する罪を償《つぐな》わせるために攻撃を仕掛けようとしている可能性は否定できない。

そうした不測の事態を想定しているうちに、幼い少年のころ、フランス人の母親に連れられてロンドン塔をぐるりとめぐったことが思い出された。母は何を見ても、わたしが恥ずかしくなるほどの大声で怖がっていた。わけてもタワーブリッジの大きな階段は記憶に残っている。いまその階段が呼びかけてきた。名高い観光名所としてではなく、自衛本能に応える場所として。サラットの幼稚園は自衛を教えなかった。殺人の方法は、静かなものもそうでないものも含めてあれこれ教えるが、自衛はメニューの大きな項目ではなかった。わたしが確実に知っているのは、いざ闘うとなったら、重力を最大限に利用しなければ勝てないということだ。クリストフは刑務所仕込みの乱暴者で、わたしより二十キロよけいに骨と筋肉がある。わたしは彼の体重を彼自身に用いなければならないが、急な階段ほどそれに向いた場所は思いつかない。老いた体で彼の一、二段下に立ち、落下に弾みをつけてやるのだ。すでに無意味な用心はしていた。至近距離のブドウ弾代わりにするつもりで、持っていた小銭を上着の右ポケットに集めたり、即席のナックルダスターにしようと、左手の中指にキーリングを絡めたり。準備をすることで喧嘩《けんか》に負けた人間はいないだろう、ちがうかね、きみ？ ちがいません、先生。

下船の列ができはじめた。クリストフはわたしの三メートルうしろ。ガラスのドアに映った顔は無表情だ。灰色の髪、とカトリーヌは言っていたが、わたしにもその理由がわかった。大量の髪がホンブルグ帽からあらゆる方向にはみ出している。灰色の強《こわ》い髪で、アレックの髪のように手に負えない。まんなかを結わえて黒いコートの背中に垂らしている。なぜカトリーヌはこの髪型のことを言わなかった？　コートの下に入れていたのかもしれない。髪型より気にかかることがあったのかもしれない。ワニかというほどぎこちない動きで、われわれは船着場から傾斜路をのぼった。タワーブリッジはおりていて、青信号がつき、歩行者を招き入れている。また川辺におりる広い階段のまえまで来たとき、わたしは振り返ってクリストフを直視した。話がしたいなら、ここでする、歩行者が大勢いるここで、と目顔《めがお》で伝えた。彼も立ち止まっていたが、その顔と眼からうかがえるのは、サッカー観戦者の容赦のない凝視だけだった。わたしは窮乏者がちらほらいるだけの階段を足早に十数段おりた。なかほどに立つ必要があった。クリストフには充分長い距離を落ちてもらわなければならない。戻ってきてほしくないからだ。

すぐに階段は人でいっぱいになった。手をつないだふたりの娘がくすくす笑いながら走りおりていった。濃い黄色の服を着た修道士ふたりは、物乞いと熱心に哲学的議論を交わしていた。クリストフは階段のてっぺんに立ち、帽子とコートのシルエットになっていた。一段ずつ慎重に階段をおりはじめた。両腕を体から浮かし、足を開き、対戦相手に近づくレスラーのように。遅すぎるぞ、とわたしは心のなかであおった。飛びかかってこい。こっちにはその勢いが必要だ。しかし彼は数段上で止まり、わたしは初めて成人の彼の声を聞いた。ドイツ訛《なま》りのアメリカ英語で、声が高く、わたしはなぜかそのことに衝撃を受けた。

「やあ、ピーター。やあ、ピエール。おれだよ。クリストフだ。アレックの息子の。憶えてるかな。会えてうれしくない？　握手したくないか？」

わたしはポケットのなかで小銭を離し、右手を彼のほうに差し出した。クリストフはそれを握った。力が充分伝わる握手だったが、掌《てのひら》は汗ですべりやすかった。

「どんな用事があるのかな、クリストフ」わたしは尋ねた。返ってきたのは、アレックそっくりの辛辣《しんらつ》な笑い声と、彼が大げさな物言いをするときに混ぜるアイルランド英語だった。

「そうだな、お仲間《ボーヨー》、手始めに一杯おごってもらおうか！」

★

そのレストランは、虫食い模様のある化粧梁《ばり》と、ロンドン塔が斜《なな》めに見える額縁窓のついた、自称〈オールド・タウン・ハウス〉の二階にあった。ボンネットとエプロン姿のウェイトレスがいて、ちゃんとした食事をすることに同意すればテーブル席につくことができる。クリストフは巨体を椅子にどっかりと埋《うず》め、ホンブルグ帽を目深《まぶか》にかぶっていた。注文したビールをウェイトレスが持ってくると、ひと口飲んで、顔をしかめ、グラスを横に置いた。

指の爪が黒く、先が欠けている。左手は親指を除くすべての指に、右手は大事な中指と薬指だけに、指輪がはまっている。アレックと同じ顔だが、苦痛のしわがあるべきところに、不満げなたるみがある。喧嘩《けんか》っ早そうな顎《あご》も同じ。こちらを困らせるときに、茶色の眼に無茶なことをしでかしそうな光が閃《ひらめ》くのも。

「で、最近はどうしているんだね、クリストフ」わたしが訊くと、彼はしばらく考えた。

「最近？」

「そうだ」

「まあ、短く答えれば、〝これ〟かな」彼は答えて、にっこりと笑った。

「〝これ〟とは、具体的に？　どうも話の全体が見えないな」

しかし、彼はそんなことはかまわないというふうに首を振り、ウェイトレスがわれわれのステーキとポテトフライの皿を持ってくると、ただ背筋を伸ばした。

「ブルターニュのあの農場はいいな」と食べながら言った。「何ヘクタールある？」

「五十いくらかだ。どうして？」

「あんたの土地？」

「なんの話をしている、クリストフ。それより、なぜここまでわたしを探しにきた？」

彼はまた食べ物を頬張り、首を傾けて、いい質問だと言わんばかりに微笑んだ。

「なぜ探しにきたか？　ここ三十年、おれは金《かね》になるものを探してきた。世界じゅうを旅した。ダイヤモンドも取引した。金塊も。麻薬も。銃も少し。ムショにも入った。もうたくさんだ。金になったか？　なるもんか。そこで少々古くさいヨーロッパに戻ってきたら、あんたが見つかったというわけだ。おれの金鉱。親父の親友。親父の最高の同志。そのあんたは最高の同志に何をした？　見殺しにしたんだ。これこそ金になる話だろ。本物の金だ」

「わたしはきみの父さんを見殺しにしていない」

「ファイルを読んでみなよ、あんたも。シュタージのファイルを。ダイナマイトだぜ。あんたとジョージ・スマイリーが親父を殺したんだ。スマイリーが首謀者、あんたがいちばんの使い走りだった。あんたらが親父を罠にはめて、殺した。直接的であれ間接的であれ。それがあんたらのしたことだ。そしてミス・エリザベス・ゴールドをゲームに引きずりこんだ。全部くそファイルに書いてある！　あんたらが夢見たろくでもない悪巧みが裏目に出て、みんなが死んだ。あんたらは親父に嘘をついた！　あんたとご立派なジョージがな。ふたりして親父をだまして、死へ送りこんだ。わざと。弁護士に訊いてみな。教えようか。愛国主義は死んだのさ。愛国主義は赤ん坊のおもちゃだ。この事件が国際的になったら、愛国なんてなんの正当化にも使えない。罪の軽減事由としての愛国主義は公式にゴミ扱いだ。エリートでも同じ。あんたらでもな」とつけ加えて、晴れ晴れとビールを飲もうとしたところ、気が変わって、この暑さにもかかわらず着つづけていた黒いコートのポケットを探った。使い古したブリキの箱から、白い粉を手首の上に少し落とすと、もう一方の手で片方の鼻孔をふさぎ、粉を吸いこんだ。その気になれば店じゅうの客が目撃でき、現に見ている人もいた。

「で、きみはここで何をしている？」わたしは言った。

「あんたのくそ人生を救ってやってる」両手を伸ばし、心からの忠誠の仕種《しぐさ》でわたしの手首をつかんだ。

「よく聞けよ。夢のチケットだ。いいな？　おれからの特別な提案。今後の人生でもぜったいお目にかかれない最高のオファー。あんたはおれの友だちだろう？」

「かもしれない」

わたしはすでに彼の手から自分の手を引き抜いていたが、相手はまだ溺愛《できあい》するような視線をこちらに注《そそ》いでいた。

「あんたにほかの友だちはいない。テーブルにほかの取引もない。これは一度きりの提案だ。ほかの権利関係に変更が生じず、交渉の余地のない」ジョッキを取って中身を飲み干し、ウエイトレスにお代わりの合図をした。「百万ユーロ。おれ個人に、直渡《じか》しだ。第三者は介さない。百万ユーロで、その日のうちに弁護団は訴訟をあきらめ、おれからの連絡は二度となくなる。弁護士も、人権も、戯言《たわごと》もいっさいなし。あんたがまるごと買い取るわけだ。どうしてこっちを見てる。何か問題でもあるか？」

「問題はない。値段が安いように思えるだけだ。きみの弁護団はそれ以上の金額をはねつけたと理解していたんだが」

「あんた、聞いてないのか。特別割引を提案してやってるんだよ。そういうことだ。特別割引の一括払い、おれに直接、百万ユーロ」

「それでリズ・ゴールドの娘のカレン——彼女は満足なのか？」

「カレン？　いいか、おれはあいつを知ってる。たんに会いに行って歌ってみせりゃいいだけさ。いつもやってることだ。自分の魂について語って、ちょっと泣いてみせて、もうこんなことは続けられないと言う。親父の記憶が甦ってつらすぎる、死者は眠らせておこうってな。説明はちゃんと用意してある。カレンは繊細なんだ。まかせとけ」

しかしわたしがいっこうに信頼するそぶりを見せないので——

「いいか、あの馬鹿娘はおれの発明なんだ。あいつはおれに恩がある。仕事をしたのも、人に金を払ったのも、ファイルを手に入れたのも、おれだ。おれはあいつのところに行き、朗報を伝え、母親の墓がどこにあるか教えてやった。そしてふたりで弁護士のところへ行った。あいつの弁護士のところへ。無料弁護士《プロ・ボノ》だよ、最低さ。どこからそんな連中を調達してくる？〈アムネスティ〉とかだ。どこぞの公民権運動組織。その無料弁護士たちがおたくの政府に行って説教を聞かせる。政府は責任を全面否定し、その裏で、ここだけの話です、われわれは何も言ってませんよと断わって、ほかの権利関係に変更が生じない百万ポンドの提案をする。百万だぜ！しかもそれが基本料金で、あとは交渉次第。おれ自身はイギリスポンドに手を出したくないが、それはまた別の話。で、カレンの弁護士たちはどうするか？またちがう説教をする。百万ポンドなんて欲しくないだとさ。われわれは高潔な人間であり、あんたらにくそを食わせたい。あんたらがくそを食わないなら、法廷に引きずり出す。必要とあらば、ストラスブールの欧州くそ人権裁判所まで。すると、おたくの政府は二百万を提示する。ところが、彼女の無料弁護士どもは乗らない。カレンと同じだ。聖人なのさ。純粋なわけ」

金属のぶつかる大きな音で、店じゅうの顔が振り向く。指輪だらけのクリストフの汚い左手が、目のまえのテーブルにばしんと叩きつけられたのだ。クリストフは首を突き出している。顔は汗みずくだ。〝スタッフ専用〟と書かれたドアが開き、びくびくした顔がのぞいて、クリストフを見ると引っこむ。

「おれの口座番号が知りたいだろう――え、どうだ？　ほらよ。このことを政府に伝えろ。百万ユーロでこっちは引き下がる。でなきゃ、怖ろしい罰が飛んでくるぞ」

持ち上げた手のなかに、たたんだ罫線《けいせん》入りの紙が入っている。彼はわたしがそれを財布に収めるのを見る。

「〈チューリップ〉って誰だ？」同じ脅しの口調で訊く。

「何？」

「ドリス・ガンプの暗号名だよ。シュタージの女。子供がひとりいた」

別れの挨拶《あいさつ》はなかった。わたしはガンプも〈チューリップ〉も知らない名前だと言いつづけているところだった。勇敢なウェイトレスがあわてて勘定書を持って追いかけたが、クリストフはもう階段を半分おりていた。わたしが通りに出てみると、すでにその巨大な影は走り去るタクシーの後部座席にいて、窓から出した白い手をひらひらさせて別れを告げていた。

そこからドルフィン・スクウェアまで歩いて帰ったのはわかっている。途中のどこかで、彼の口座番号の書かれた罫線入りの紙のことを思い出して、ゴミ箱に捨てたにちがいない。だが、どのゴミ箱だったかと問われれば、答えに窮してしまう。

8

前日の穏やかな天気が横なぐりの雨に追い払われていた。雨はピムリコの通りを機銃掃射しているかのようだった。〈ステイブルズ〉での待ち合わせに遅れて到着すると、玄関口でバニーがひとり傘をさして立っていた。

「逃亡したのかと思いましたよ」バニーは例によって内気な少年のように微笑みながら言った。

「もし逃亡していたら？」

「あまり遠くには行けなかった、ということにしておきましょうか」相変わらず微笑み、わたしに赤い字で〝公用〟と記された茶色の封筒を渡した。「おめでとう。ご主人たちから正式に出頭を命じられましたよ。議会の超党派調査委員会が話したいそうです。日付は別途通知」

「きみとも話したいんだろうな、おそらく」

「わずかながら。しかし、法務組はスターではない。でしょう？」

黒いプジョーが現われて停まる。バニーが後部座席に乗りこみ、プジョーは雨のなか走り去る。

「心の準備はいいですか？　ピート」すでに書斎の王の座についていたペプシが訊く。「たいへんな一日になりそう」

彼女が言っているのは、架台式テーブルの上でわたしを待っている分厚い薄茶色のフォルダーのことだ――発表されなかったわが傑作、四十ページ分である。

★

「事件の公式の報告書を書いてみてくれないか、ピーター」スマイリーがわたしに言っている。

朝三時。わたしたちはニュー・フォレストの公営住宅の通りに面した居間に、差し向かいで坐っている。

「この仕事にはきみが最適だと思う」スマイリーは引きつづき、あえて没個性的な口調で言う。「決定版の報告書を頼む。的はずれな詳細情報がたっぷり盛りこまれた長すぎる作品を書いて、うまくすれば世界できみとわたしとあと四人しか知らないことになる情報を守ってほしい。極度に意地汚い共同運営委員会の食欲も満たし、この先かならず要求される本部の〝死後解剖〟――というのは比喩《ひゆ》だが――で目くらましになるようなものを。下書きを作ってもらって、わたしが単独で許可するから、よろしく。わたしだけが見る。やってくれるか？　できるかね？　当然だが、イルゼが横についている」

イルゼは〈隠密〉で働く一級の言語使いだ。几帳面《きちょうめん》で堅苦しいイルゼは、ドイツ語、チェコ語、セルビア・クロアチア語、ポーランド語を巧みに操る。ハムステッドで母親と同居し、土曜の夜にはフルートを吹く。イルゼがわたしの横につき、ドイツ語の録音を文字に移し替えるわたしの誤りを正す。わたしの凡ミスの数々にふたりで微笑み、単語やフレーズの選び方をいっしょに論じ、ともにサンドイッチの出前を頼む。ふたりそろってテープレコーダーの上に屈んでいると、頭と頭が偶然ぶつかり、同時に謝り合う。そして五時半きっかりに、イルゼは母とフルートが待つハムステッドの家に帰る。

★

下部情報源〈チューリップ〉の亡命および救出活動

P・ギラム、H／〈隠密〉メリルボーンの助手による報告書草稿、H／〈委員会〉ビル・ヘイドンおよび大蔵省オリヴァー・レイコン宛。H／〈隠密〉の承認必要。

第一の示唆として、下部情報源〈チューリップ〉の正体が暴かれるおそれありということが、一月十六日午前七時三十分ごろ、西ベルリン（ファザーネン通り）にあるセーフハウスK2での〈メイフラワー〉と管理官リーマス（パウル）の定例トレフで指摘された。

〈メイフラワー〉は、フリードリヒ・ライバッハと名乗り、東ベルリンの労働者の〝朝の騎兵隊〟とともに自転車で地区の境界を越えて、西ベルリンに通勤していた。[注1] 活動上の必要性と〈メイフラワー〉のプロとしての責任感から不定期におこなわれるこの種のトレフでは、リーマス自身が目玉焼きやベーコン、煮豆などの贅沢《ぜいたく》な〝英国式朝食〟を作ってふるまうのが通例である。ふたりの話し合いは、通常のデブリーフィングと、ネットワークの個別のニュースの確認から始まった。

下部情報源〈スイセン〉は病気が再発したものの、〝稀《き》覯本《こうぼん》、パンフレット、個人郵便物〟の授受にかかわる任務を続けたいと希望している。

チェコ国境のソ連軍増強に関する下部情報源〈スミレ〉の報告は、ホワイトホールの顧客に好評だった。〈スミレ〉が要求している特別手当を与える。

下部情報源〈ペタル（「花びら」の意味）〉に新しいボーイフレンドができた。二十二歳の赤軍の信号担当伍長、白ロシア・ソヴィエト社会主義共和国（現在のベラルーシ共和国）ミンスク出身の暗号の専門家で、最近〈ペタル〉の部署に配属された男だ。非常に熱心な切手の収集家であり、〈ペタル〉は彼に、老いたおば（架空）が革命前のロシアの切手を集めていたが飽きてしまい、対価があれば手放したくなるかもしれないと伝えている。ベッドで交渉するその対価は、軍の暗号帳にする心づもりである。〈メイフラワー〉はリーマスの助言にしたがい、ロンドンが然るべき切手のコレクションを提供すると彼女に請け合っている。

ここでようやく下部情報源〈チューリップ〉が話題にのぼる。以下、会話の逐語記録。

リーマス：それと、ドリスの状況は？　好調なのか、不調なのか。
〈メイフラワー〉：パウル、わが友、それはわからない。診断もできない。ドリスについては、毎日がちがった日なのだ。
リーマス：あんたは彼女の命綱だ、カール。
〈メイフラワー〉：彼女は夫のミスター・クインツに関心を持たれすぎていると考えている。
リーマス：むしろ遅すぎたくらいだな。関心とはどんな？
〈メイフラワー〉：彼女を疑っている。何について疑っているのかはわからない。どこに行くのか、誰と会うのか、そんなことをしょっちゅう訊くらしい。いままでどこにいた、とか。料理をするときにも、服を着るときにも、日常生活のすべてで彼女を観察している。
リーマス：ついにドリスの夫も嫉妬《しっと》深くなったとか？

注1　情報部による〈メイフラワー〉のリクルートののち、彼の西ベルリンへの目立った移動は最小限にすることが決定された。そこでベルリン支局は彼に、東ベルリンのリヒテンベルク在住の建設作業員、フリードリヒ・ライバッハという身元を与え、〈メイフラワー〉は独自の工夫で物置を手に入れて、自転車と作業員の衣類を保管している。

〈メイフラワー〉：それはないと言っている。クインツは自分に関することでしか嫉妬しない。自分の輝かしいキャリアとか、エゴにかかわることでしか。だが、ドリスについて、誰に確実なことがわかる？

リーマス：職場での生活は？

〈メイフラワー〉：ラップは彼女を疑おうともしないそうだ。彼自身が規律違反に問われるからだという。彼女が言うには、もしISに疑われていたら、すでに通りの先にある拘置所の檻《おり》のなかにいるはずだと。

リーマス：IS？

〈メイフラワー〉：シュタージの内務保安《インターナル・セキュリティ》部門だ。毎朝、ラップの続き部屋に出勤するときに、そこのドアのまえを通るらしい。

同日正午、通常業務の一環として、リーマスはデ・ヨングに下部情報源〈チューリップ〉の既存の緊急救出計画を再点検しておくよう指示した。デ・ヨングは、東のプラハ経由で脱出させるための準備資料と資産が最新のものであることを確認した。〈メイフラワー〉は、作業員の夕方の勤務交替を待って、自転車で東ベルリンに帰っていった。

ペプシが妙にそわそわして、わけもなく玉座からおりて部屋のなかを歩きまわったり、わたしのうしろに立って肩越しにのぞきこんだりする。わたしは〈チューリップ〉が同じように落ち着きなくホーエンシェーンハウゼンの家にいるところや、マグダレーネン通りのシュタージ第三棟にあるエマヌエル・ラップの部屋の隣で働いているところを想像している。

第二の示唆は、医師同士の連絡というかたちでもたらされた。西ベルリン警察の協力で緊急連絡体制が整っており、〈メイフラワー〉が東ベルリンのシャリテ病院から西ベルリンの医院《クリニクム》に電話をかけて、架空の同僚であるフライシュマン医師をお願いしたいと言えば、その通話は即座に当情報部のベルリン支局にまわされる。一月二十一日午前九時二十分、通話が転送され、〈メイフラワー〉とリーマスのあいだに次のような会話が発生した。

逐語記録。

〈メイフラワー〉（東ベルリンのシャリテ病院からかけている）：ドクトル・フライシュマン？

リーマス：わたしだが。

〈メイフラワー〉：こちらはドクトル・リーメック。あなたの患者がいる。フラウ・リザ・ゾンマー[注2]だ。

注2　〈チューリップ〉の暗号名。

リーマス：彼女が何か？
〈メイフラワー〉：昨夜、フラウ・ゾンマーがうちの緊急治療室にやってきて、妄想に悩まされていると訴えた。治療室で落ち着かせたが、夜のあいだに出ていった。
リーマス：どのような妄想かな？
〈メイフラワー〉：夫に疑われているというのだ。彼女が国家機密を反党分子のファシストに流していると思っているらしい。
リーマス：なるほど。承知した。残念ながら、わたしは劇場に行かなければならない。
〈メイフラワー〉：了解。

〈メイフラワー〉が〝劇場〟[注3]の機器を保管場所から取り出し、推奨された条件に設定して、ついに弱い信号を受信するまでに、二時間かかる。音質は悪く、続く会話は切れ切れである。以下要旨。

その日の朝早く、〈チューリップ〉は、医院にいた〈メイフラワー〉に過去にない緊急連絡をおこなった。第三者の電話（今回は公衆電話）を用い、取り決めてあった順序で送話口を叩く方法である。これを受けた〈メイフラワー〉は、同意の信号を送った――二度叩き、休み、三度叩く。

緊急会合《ランデヴー》の場所［rv］は、ケーペニックのはずれの雑木林だった。偶然にも〈メイフラワー〉が〝劇場〟の機器を隠した場所である。両者はともに自転車で、数分と間を置かず現地に到着した。〈メイフラワー〉によると、そのときの〈チューリップ〉の雰囲気は〝勝利者〟のようだった。クインツは〝中和された〟、もはや〝死んだも同然〟であると彼女は言った。〈メイフラワー〉もいっしょに喜んだ。神が彼女に味方したのだ。その後、次のような話があった。

クインツは昨晩遅くに帰宅すると、玄関ドアの内側にストラップでさげてあった〈ゼニット〉のカメラを取り、うしろの蓋《ふた》を開けて何かつぶやき、また蓋を閉めて、フックに戻した。そして〈チューリップ〉のハンドバッグのなかを見せろと要求し、拒絶する彼女を奥に投げ飛ばしてバッグを奪い取った。グスタフが母親に駆け寄って守ろうとしたので、クインツは息子を平手打ちし、グスタフの口と鼻から血が流れた。探していたものが見つからなかったのだろう、クインツは次に台所の食器棚や抽斗《ひきだし》をかきまわし、柔らかい家具のなかに隠していないかと狂ったように叩きまくり、〈チューリップ〉の服を嵐のようにかき混ぜ、ついにはグスタフの玩具の棚までほじくり返したが、結果はゼロだった。

クインツはグスタフが聞いているまえで〈チューリップ〉を恫喝《どうかつ》し、指折り数えなが

注3　〝劇場〟は、アメリカの短距離高周波数通信システムの試作品で、ベルリン市内の東西間通信専用に作られた。リーマスは、H／技術部門宛縦深作戦書簡でこれを〝使い勝手が悪く、機能が多すぎて非常に手がかかる典型的なアメリカ製品〟と評した。システムは現在廃棄されている。

ら質問をぶつけて説明を求めた。一つ、なぜ家族で使う〈ゼニット〉のカメラにフィルムが入っていないのか。二つ、なぜカメラケースのポケットに未使用のフィルムが一本しか入っていないのか。一週間前には二本入っていたはずだ。そして三つ、なぜ先週の日曜には〈ゼニット〉に入っていた、二枚だけ写したフィルムもなくなっているのか。さらに補足質問として、彼女は残りの八枚で何を写したのか。そのフィルムをどこに持ちこんで現像してもらったのか。現像した写真はどこにあるのか。ここにない未使用のフィルムはどうなったのか。それとも、夫が家に持ち帰る機密書類をこっそり写真に撮って、西側のスパイに売っていた――クインツ自身はそう確信していた――のか。

この状況について〈チューリップ〉が熟知している事実は、次のようなものだった。第三棟の廊下の化粧室にあるシャワースタンドに〈ミノックス〉を隠してからは、基本的にショルダーバッグの留め具にも家のどこにも〈ミノックス〉はなかった。クインツがGDR外務省から興味深い書類を持ち帰った際には、彼が就寝するか、男友だちとの会話に夢中になる頃合いを見て、家族用の〈ゼニット〉で書類の写真を撮った。先週日曜は、グスタフが遊び場のブランコに乗っているスナップ写真を二枚撮り、同日夜、クインツが友人たちと酒を飲んでいるあいだに、同じフィルムの残りで、彼のブリーフケースに入っていた書類を写した。そしてそのフィルムを〈ゼニット〉から取り出し、〈メイフラワー〉との次の秘密会合《トレフ》まで植木鉢のなかに埋めておくことにしたが、替えのフィルムをカメラに入れ忘れた。指をレンズのまえに置いてグスタフの失敗写真を二枚作っておくこともだ。にもかかわらず、〈チューリップ〉は夫を完全にやりこめる反撃を思いつき、実行した。知らなければ教えてあげるけど、と彼女は告げた。シュタージには、ろくでもない父親と同性愛の噂のことであんたによからぬ印象を持っている職員がまだ大勢いる。党への忠誠をいくら大げさに言いたてても、省内でだまされる人はいない。そう、たしかにブリーフケースに手を出せたときには、かならず写真を撮ってたけど、それは西側とか、ほかの誰かに売るためではなく、グスタフの親権を争う段になったときに――明日にでもそうなると思う――脅しの材料として使うため。確実なことがひとつある、と彼女は言った。ローター・クインツが機密書類を家に持ち帰って勤務時間外に食い入るように読んでいたことが明るみに出たら、外国駐在のGDR大使になるという夢は吹き飛んでしまうでしょう、と。

テープに戻る――

リーマスから〈メイフラワー〉：それで現状は？

〈メイフラワー〉からリーマス：彼女は夫を黙らせることができたと確信している。クインツは、今朝《けさ》はいつもどおり出勤した。穏やかで、愛情すら感じさせた。

リーマス：彼女はいまどこに？

〈メイフラワー〉：家でエマヌエル・ラップが来るのを待っている。正午きっかりに車で彼女を迎えにきて、ふたりでドレスデンに向かうのだ。ソ連主催の国内保安会議がある。今回はラップの正式な助手として会議に終日同席することになっていて、それはたいへんな名誉だ。

［十五秒間の空白］

リーマス：わかった。ではこうする。彼女はラップのオフィスにただちに電話する。まえの晩からろくでもない病気に罹《かか》っていて、熱も非常に高く、とてもじゃないが旅行はできない。本当に申しわけありません。そう言うんだ。そして離脱する。手順は本人が知っている。彼女は接触場所に行って、そこで待つ。

それからリーマスは本部に急遽《きゆうきよ》電報を打ち、下部情報源〈チューリップ〉の緊急救出要請が黄色から赤の段階に進んだこと、〈チューリップ〉が情報源〈メイフラワー〉を完全に知っているので、〈メイフラワー〉ネットワーク全体が危険にさらされていると考えるべきであることを伝えた。脱出計画にはプラハとパリ両方の支局の協力が必要になるため、共同運営委員会の資産《リソース》は不可欠である。リーマスはまた、彼自身が救出にたずさわる許可を求めた。サーカスの不動の規則により、機密性の高い情報を有する実働中の部員が外交的保護なく禁止地域に入るには、事前に本部、この場合には共同運営委員会の書面による同意が必要だからだ。十分後に回答があった――〝貴君の要求は認められず。JS［共同運営委員会］確認〟。回答の電報にこれ以上の署名がないのは、H／JS［ヘイドン］の集団意思決定の方針による。同時に、信号解析課から、シュタージの全周波数の使用が急増しているとの報告があり、ポツダムのイギリス軍事使節団は、西ベルリンに入るGDR・西ドイツ国境沿いの検問所のすべてで警備が強化されていることに注目した。グリニッジ標準時の十五時五分、GDRのラジオが〝ファシスト帝国主義の走狗《そうく》〟の女の全国捜索について報じた。ニュースで名前は明らかにされず、人物描写のみだったが、その描写は〈チューリップ〉と一致していた。

一方、リーマスは共同運営委員会の指示にしたがわず、独自に行動を開始していた。言いわけはせず、ただ〝〈チューリップ〉と〈メイフラワー〉ネットワーク全体が空中分解するのを坐《ざ》して待つ気はない〟とだけ主張した。共同運営委員会が、せめて〈メイフラワー〉だけでもただちに救出すべきであると急《せ》きたてても、リーマスはいっさい妥協せずに言い返した。「彼は好きなときに脱出すればいいが、しないだろう。むしろ父親のように裁判にかけられることを選ぶはずだ」支局で最近昇進したスタヴロス・デ・ヨング事務官と、警備員兼運転手のベン・ポーターが果たした役割については、それよりあいまいだ。

ベン・ポーター（ベルリン支局警備員）のPGへの証言。逐語記録：

アレックは机について、安全な電話で〈委員会〉と話していました。わたしはドアロに立っていました。アレックは受話器を置くと、こっちを向いて言いました。「ベン、仕事だ。車を使う。ランドローバーを出して、スタスに五分以内にフル装備で中庭に来いと伝えてくれ」そしてすぐに、「ベン、知らせておかなきゃならないが、これは本部の指示に完全に背《そむ》いてやっている」と。

スタヴロス・デ・ヨング（H／〈隠密〉ベルリン付き事務官）からPGへの証言。逐語記録：

〈隠密〉のチーフに、「アレック、これは本当に本部の支援を受けてるんですか」と訊いたんです。すると、「スタス、それは確かだ」という返事だったので、信じました。

ふたりの無実の抗弁は、彼ら自身が思いついたのではなく、わたしの入れ知恵だ。リーマスが〈チューリップ〉の救出にみずから乗り出すことになった裏にはスマイリーの後押しがあった、とわたしは確信していた。そこで、ポーターとデ・ヨングが、パーシー・アレリンか彼の部下の誰かから強硬に説明を求められた場合に備えて、免罪符となる答えを教えておいた。

★

三日後。説明はアレック本人に引き継がれる。夜十時、彼はプラハのイギリス大使館のセーフルームで、合板の机越しにデブリーフィングを受けている。一時間前に任務完了《ホールアウト》してきたのだ。このときにはテープレコーダーに話していて、机の向かい側にはジェリー・オーモンドという名のプラハ支局長が坐っている。その妻はサリーという恐るべき女性で、夫婦共同運営のプラハ支局のナンバーツーだ。机の上には、わたしの想像のなかだけかもしれないが、スコッチ・ウイスキーのボトルも置かれている。グラスはアレック用のひとつだけで、そこにジェリーがときどき酒をつぐ。生気のない声からアレックが疲労困憊《こんぱい》しているのは明らかだが、それはオーモンドにとって願ってもないことだ。デブリーフィング担当の仕事は、対象者の記憶がなんらかの編集を加えるまえに、話を記録してしまうことだから。ふたたびわたしの想像のなかで、アレックはひげを剃《そ》っておらず、許可された急ぎのシャワーのあと、借り物のドレッシングガウンを着ている。不規則な間隔で、彼の声にいきなりアイルランド訛《なま》りが混じる。

そしてわたし、ピーター・ギラムはどこにいるのか？　アレックといっしょにプラハにいてもおかしくないが、そこにはいない。メリルボーンの〈隠密〉指令部の上階の部屋で、空軍機によって急送されてきたテープを聞き、次はおれの番だと胸の内でつぶやいている。

ＡＬ：朝八時。〈オリンピアシュタディオン〉の地下におりる階段には、タマも凍る東風で粉雪が吹きこんできて、道も凍っている。荒天はいいことずくめだ。逃亡向けの天候だから。ランドローバーが待っている。運転席にはベン。スタス・デ・ヨングが、完全な戦闘服、軍用ブーツその他で階段をおりてきて、車の床に作った空洞に一メートル九十センチの体を押しこみ、おれとベンがその上から蓋《ふた》を閉じる。おれは助手席に乗る。将校の帽子をかぶり、肩章が三ついたコートを着ているが、その下はドイツの作業服だ。書類は汚れたショルダーバッグに入れて座席の下。これは自分のルールだ。書類は飛びおりるときに備えて別にしておく。午前九時二十分、われわれはフリードリヒ通りの軍人専用の検問所で、閉じた窓の向こうにいる人民警察《フォーポー》に通行許可証を見せている。連中に許可証を触《さわ》らせないのがいまのやり方だと外交官から教わった。検問所を通過するなり、通常の尾行がついていることに気づく——シトロエンに乗った人民警察ふたり。つまり、いつもの一日ということだ。彼らは、われわれの車もまた四カ国協定（ベルリンを支配する権利と責任を記したイギリス、アメリカ、ソ連、フランスの同意書）下で自国の権利を主張するイギリス軍用車だと確認する必要がある。われわれのほうも、ぜひそう思ってもらいたい。フリードリヒスハイン区を通り抜けながら、〈チューリップ〉がすでに出発しているようにとキリストに祈る。もし出発していなければ、死んだか、それより悪いことになったかだ。そしてネットワークも同じ運命をたどる。われわれは北のパンコウ区に向かい、ソ連の軍事防衛線に達したところで東に曲がる。さっきのシトロエンがうしろからついてくるが、それはむしろ好都合だ。こちらにとって護衛の交替と新しい眼は必要ない。少々ダンスでリードしてやる。彼らもそれを期待している。突然曲がったり、同じ道を引き返したり、這《は》うようにゆっくり進んだり、アクセルを踏みこんだり。南に曲がってマルツァーン区に入る。まだベルリン市内ではあるが、そこは森だ。道は平らで、吹雪《ふぶ》いている。最初の目印である昔のナチスの無線局を通過する。シトロエンは百メートルほどうしろにいて、凍った道に苦労している。われわれは窪地に入り、スピードを上げる。急な左のカーブがあり、木々の上に工場の白い煙突が突き出している。これが二番目の目印——古い製材所だ。車は高速で左に曲がってどうにか持ちこたえ、横すべりして製材所の隣にほとんど停止する。おれが転がり出る。シヨルダーバッグを持ち、コートは残して。それを合図にスタスが床の穴から出て、おれとそっくりの恰好で助手席に坐る。おれは溝のなかに身を伏せている。体じゅうに雪がついているから、一、二メートル転がったにちがいない。見ると、ランドローバーは窪地《くぼち》の反対側をのぼり、シトロエンがあわててあとを追っている。

[休止。ときおりグラスのぶつかる音と、液体を注《そそ》ぐ音が静寂を破る]

AL［続き］：古い製材所の裏手に、使われていない大型トラック専用駐車場と、おが屑《くず》がいっぱい詰まったトタン小屋がある。そのうしろに、大量の鉄パイプをルーフにくくりつけた茶色と青の〈トラバント〉車が置いてある。九万キロ走っていてネズミの糞《ふん》のにおいがするが、ガソリンは満タンで、予備の缶もふたつうしろに積み、タイヤにはちゃんと溝までついている。〈メイフラワー〉の信頼できる患者が定期点検していた。名は決して明かさない。トラビ（トラバントの愛称）の唯一の問題は、寒さに弱いことだ。凍っていたのを動かすのに一時間かかり、その間おれはずっと、〈チューリップ〉よ、どこにいる？　捕まったのか？　自供中か？　と考えていた。もしあんたが自供してるなら、おれたちは全員終わりだ、と。

JO［ジェリー・オーモンド］：そのときの身分は？
AL：ギュンター・シュマウス。ザクセン州の溶接工だ。おれはザクセン人として通るから。母親はザクセンのケムニッツ出身で、父親はアイルランドのコーク州だった。
JO：〈チューリップ〉のほうは？　きみと会うとき、どういう身分だった？
AL：わが愛する妻、アウグスティーナだ。
JO：それで、彼女はそのときどこにいたのだね？　無事だったのか？
AL：rv（会合地点）はドレスデン北部だった。僻地《へきち》も僻地。天候にかかわらず自転車で出て、長い距離を走ったあと放置する。自転車に乗ることは知られているからだ。そこからローカル列車に乗ったあと、歩くか、ヒッチハイクをしてrvまで行き、必要なだけそこに身をひそめている。
JO：東ベルリンからGDRへの潜入は？　何が起きると思った？
AL：予測不能だ。検問所もないし、警官が巡回しているわけでもない。たんに運がいいか、悪いか。
JO：で、運がよかった？
AL：たいしたことはなかった。警察車が二台。人を責めたててさんざん怖がらせ、車から引きずり出して徹底的に調べるが、書類さえ整ってれば捕まることはない。
JO：書類は整っていたんだね？
AL：でなきゃここにいるわけがないだろうが、え？

［テープ交換。聞き取り不能個所、四十五秒。再開。リーマスが東ベルリンからコトブスまでの道中を説明している］

AL：GDRの交通量のいちばんいいところは、基本的にゼロだということだ。馬が何頭かと、荷車、自転車、原付、サイドカー、おんぼろの妙なトラック、そんなところ。高速道路《アウトバーン》を少し走って、次に狭い道。代わる代わる走る。狭い道に雪が積もってたら、高速に戻る。ヴュンスドルフには何があろうと近づかない。かつてナチスのばかでかい宿営地があって、そこをソ連がまるごと手に入れた。戦車部隊が三つ、本格的なミサイル設備、キングサイズの無線傍受基地がある。われわれは何カ月ものあいだ、あそこをスパイしてた。だから安全のために北の迂回路を通る。高速じゃなく、まっすぐで平らな田舎道《いなかみち》を。吹雪《ふぶき》が車に吹きつけてくる。ヤドリギがびっしり絡まった、葉のない木々が何列も並んでいて、いつか戻ってきてあれを刈り取り、コヴェント・ガーデンの市場で売りさばいてやると思う。ふと気づくと――これは夢か？――ソ連軍の車両の大移動のただなかにいる。道をまちがえたのだ。部隊を満載した大型トラック、T‐34戦車を積んだ低荷台トレーラー、ミサイル発射装置も六基から八基。そのあいだを、おれはまだら模様のトラビでかいくぐり、こんな道からなんとか抜け出そうとしている。やつらはおれの車など眼中になく、ただもうまっすぐ進んでいる。車両ナンバーを控える時間すらなかった！

［笑い。オーモンドも加わる。間。少しゆっくりした口調で再開］

AL：午後四時。おれはコトブスの五キロ西にいる。道路沿いの廃棄された車体工場《カロッセリー》を探す。そこがrvだ。フェンスの先端に赤ん坊のミトン手袋が置かれていたら、〈チューリップ〉が無事なかにいるという印。あった。ミトンが。ピンクのそれが、まわりに何もないところで旗みたいに目立っている。おれはなぜかわからないが、怖くなる。ミトンが怖い。あまりにも目立ちすぎている。たぶん小屋のなかにいるのは〈チューリップ〉ではなく、シュタージだ。いや、〈チューリップ〉とシュタージかもしれない。車を停めて、そんなことを考える。考えているあいだに小屋のドアが開いて、入口に彼女が立っている。にやにや笑う六歳の子供と手をつないで。

[二十秒の間]

AL：おれはそれまであの女と会ったことすらなかったんだ、まったく！〈チューリップ〉は〈メイフラワー〉のもとで働いていた。そういう取り決めだった。写真では見たことがあった。それだけだ。だからおれは言う。「初めまして、ドリス。おれはギュンター、この旅ではあんたの夫だ。ところで、こいつは誰だ？」もちろん、こいつが誰かは知りすぎるほど知っている。息子のグスタフよ、いっしょに行くの、と彼女が言う。あのな、とおれは言う。いっしょに行くって、おれたちは子供のいない夫婦だぞ。チェコの国境に達したときに、こいつをくそ毛布の下に隠しておくわけにもいかない。いったいどうするつもりだ？　それならわたしは行かない、と彼女が言う。ぼくも行かないよ、と子供まで口を出す。そこでおれはグスタフに、小屋に戻ってろと命じ、〈チューリップ〉の腕をつかんで裏に連れていき、彼女が承知してはいるが聞きたくないことを告げる——あの子のIDはない。やつらはおれたちを止まらせて調べる。もしあの子を手放さなかったら、あんたは終わりだ。おれも終わり。親切なドクトル・リーメックもな。やつらがあんたとグスタフを手中にしたら、たったの五分であんたを絞り上げて彼の名前を吐かせるだろうから。返事はない。あたりが暗くなってきて、雪もまた降りだした。小屋のなかに戻ると、そこは航空機の格納庫みたいにだだっ広くて、そこらじゅう壊れた機械だらけ、そして信じられないかもしれないが、グスタフ、あのあほちびが、彼女が手当たり次第に持ってきた食料を広げてディナーをしている。ソーセージ、パン、保温瓶に入ったホット・ココア、そのへんの箱に坐って、さあ、パーティをしよう。われわれは丸く坐って、家族でピクニックをする。グスタフが愛国主義の歌を歌い、母子《おやこ》はコートだとか、あるものをかぶっていっしょに寝る。おれは隅に坐って煙草《たばこ》を吸い、空がうっすらと明るくなると、ふたりをトラビに押しこんで、前日おれが通過した村まで引き返す。バス停を見かけていたからだ。なんともありがたいことに、そこには黒頭巾《くろずきん》に白いスカート、背中にキュウリの籠《かご》を背負《しょ》った婆さんがふたり立っていて、神の祝福あれ、ふたりはソルブ人だった。

JO：ソルブ人？　それはいったい……

AL：［いきなり大声で］ソルブ人を知らない？　聞いたことぐらいあるだろう。くそ六万人いるぞ。GDRにおいてさえ保護指定されている。スラヴ系の少数民族で、シュプレー川の上流から下流に散らばっている。何世紀ものあいだそこに住んでいて、くそキュウリを育ててるよ。リクルートしたらどうだ。まったく！

［十秒の間。落ち着く］

AL：おれは車を停め、〈チューリップ〉とグスタフに、なかにいろと命じる。動くなよ。おれが外に出ると、最初の婆さんはこっちをじっと見ているが、もうひとりは顔も向けない。おれは愛想よく尋ねる。ドイツ語は話しますか？　相手に対する敬意だ。話すけどソルブ語のほうがいいね、と婆さん。ジョークだ。どこへ行くんです？　とおれが訊く。バスでリュベナウまで、そのあと汽車でベルリンのオストバーンホフ駅まで行って、キュウリを売るのさ。ベルリンのほうがいい値がつくから。そこでおれはグスタフについて作り話をする。家族にごたごたがあって、母親が錯乱状態になってましてね、男の子をひとり、父親のいるベルリンに送り返さなければならない。いっしょに連れていってもらえないでしょうか。婆さんはその提案を友人に説明し、ふたりはソルブ語で話し合う。くそバスがいつ丘を越えてくるかもわからないのに、こいつらは決断できないかもしれないぞ、とおれは思いはじめる。すると最初の婆さんが、キュウリを買ってくれるなら連れていってあげるよと言う。全部？　と訊くと、そう、全部だ、という答え。おれがいま全部買ったら、ベルリンで売るくそキュウリがなくなるでしょう、どうしてそれでも行きたいんです？　その質問に、ふたりはソルブ語でしゃべりながらうれしそうに笑う。おれは婆さんの掌《てのひら》に現金の束を押しつけ、キュウリにはこれで充分でしょう、でもキュウリはそのまま持っていてくださいし男の子の汽車賃もこれで。そこから先のホーエンシェーンハウゼンまでの運賃も足しておきます。ああ、バスが来た、その子を連れてきます。おれは車に戻り、グスタフに出ろと言うが、母親が車のなかで凍りついたように坐って、手で子供の眼を覆《おお》っているものだから、グスタフもまったく動かない。グスタフに出ろと命じ、怒鳴りつけると、ようやくしたがう。おれは、バスまでいっしょに歩くんだと指示する。あの親切な同志ふたりがオストバーンホフ駅まで連れていってくれるから。駅からは、ひとりでホーエンシェーンハウゼンの家に戻って、お父さんが帰ってくるのを待ちなさい。これは命令だ、同志。するとグスタフは、お母さんはどこへ行くの？　どうしてぼくはいっしょに行かないの？　と訊く。お母さんはドレスデンで大事な秘密の仕事があるんだ。だからきみは共産主義の立派な兵士の義務を果たすために、お父さんのところへ戻り、闘いつづけなければならない。グスタフはしたがう。［五秒の沈黙］ほかにどうしようがある？　党員の父親の、党員の息子で、六歳だぞ。考えてみろ！

JO：その間〈チューリップ〉は？

AL：くそトラビのなかに茫然《ぼうぜん》と坐って、フロントガラス越しに見てた。おれは車に戻り、一キロ運転して、また停まり、彼女を引っ張り出す。頭上でヘリコプターのプロペラ音がしている。あの男、何をしてるつもりだ？　いったいどこからヘリを調達してきた？　ロシア人から借りたのか？　いいか、とおれは彼女に言う。いいか、よく聞け。ここからはお互いが必要になる。あんたの子供をベルリンに送り返したのは、問題解決じゃない。問題の始まりだ。これから二時間後には、ドリス・クインツ、旧姓ガンプがコトブス近郊で最後に目撃され、男の友人と東に向かっていたことが全シュタージに知れ渡る。車の種類も特定される。だから偽造書類を使ってこのくそ車でチェコに入る案は、もう完全に取りやめだ。ここからは全シュタージ、全KGBチーム、そしてカリーニングラード（バルト海沿岸）からオデッサ（黒海沿岸）までの全国境検問所に、まだら模様の不自然なトラビに乗ったファシストのスパイふたりを捕まえろという指示がまわる。彼女はこれを冷静に受け止める。そこは立派だったと認めよう。もう芝居がかったふるまいはなく、たんに、代替案は？と訊く。おれは、ふと思いついて持ってきた大昔の密輸業者の地図があると答える。それを使って、運よく祈りが天に届けば、徒歩で国境を越えられるかもしれない。彼女はそれについて真剣に考え、またおれに訊く――これが決定的な点だったのだろうが――「もしあなたといっしょに行ったら、今度息子に会えるのはいつ？」息子のためにはむしろ出頭するほうがいいのか、まじめに検討していたのだと思う。だからおれは彼女の両肩をつかみ、まっすぐ顔を見て、たとえこの世で最後の仕事になろうとも、人員交換でかならずあの子を取り戻してやると見境なく誓う。そして、おれもあんたもわかっているとおり、そのチャンスは……［三秒の間］……くそ。

のちに自分の記録を書いたときに――それをいま読んでいる――わたしがここでアレックの話しことばから離れ、なんというか、もっと客観性のある書き方に切り替えたのは、ただ純粋に時間を節約したいという理由からだったろうか。グスタフをふたりのソルブ人に預けた直後から、アレックは雪が許すかぎり人気《ひとけ》のない道を選んで走っていた。本人の説明によると、問題は、横断中の土地の危険性について〝あまりにも知りすぎている〟ことだった。その地域は軍情報部やKGBの無線傍受基地で埋めつくされ、アレックはそれらの位置をすべて憶えていた。新雪が十五センチ積もった何もないひたすらまっすぐの田舎道《いなかみち》を、車は樹木の列だけを頼りにたどっていったという。森に入って安心したのも束の間、〈チューリップ〉が悲鳴をあげた。GDRの支配者たちが他国の高官をともなって鹿とイノシシの狩りや宴会に興じた、昔のナチスの狩猟小屋が目に入ったのだ。彼らはあわてて迂回し、方向がわからなくなったが、遠くの農家に明かりがついているのが見えた。リーマスがドアを叩くと、怯《おび》えた農婦がナイフを手に顔をのぞかせた。彼女に道を教えてもらったあと、リーマスは相手を説得して、パンとソーセージ、スリボビッツひと壜《びん》を売ってもらい、トラバントへ引き返す途中で、たるんだ電話線に足を引っかけて転んだ。おそらく火災警報用だろう。とにかく、その電話線は切っておいた。

★

あたりは暗くなり、雪は降りしきり、まだら模様のトラバントは廃車寸前だった――〝クラッチもだめ、ヒーターもだめ、ギアボックスもだめ、ボンネットからは煙が出てた〟。バート・シャンダウ（チェコ国境近くの街）から約十キロ、密輸業者の地図の検問所から十五キロのところにいると見当をつけ、リーマスはコンパスでできるだけ正確に現在地を確認して、東に向から材木輸送路を選び、車を走らせるうちに雪の吹きだまりに衝突した。凍《い》てつく寒さのなか、ふたりはパンとソーセージを食べ、スリボビッツを飲み、凍《こご》えながら、目のまえを鹿が通っていくのを見た。〈チューリップ〉はアレックの肩に頭をもたせかけてうとうとし、イギリスでグスタフと新しい生活を送る夢と希望について弱々しく語った。

グスタフはイートン校にやりたくない、と彼女は言った。イギリスの寄宿学校は、あの子の父親みたいな少年愛の男たちが運営している。だから、労働者階級がかよう共学の公立校のほうがいい。スポーツが盛んで、あまり厳しすぎない学校。グスタフはイギリスに着いたその日から英語を学びはじめる。わたしがそうさせる。誕生日にはイギリス製の自転車を買ってやりたい。スコットランドは美しいところだと聞いた。スコットランドでグスタフと自転車に乗りたい。

彼女がこんなふうに夢うつつで話しつづけていたときに、カラシニコフを持った四人の男が、歩哨さながら黙って車を取り巻いているのにアレックは気づいた。〈チューリップ〉に動くなと命じて、彼はドアを開け、男たちに見られながらゆっくりと外に出た。十七歳を超えている者はひとりもいない、と思った。こいつらもおれと同じくらい怯《おび》えているようだ、と。機先を制して、愛し合っているカップルをのぞき見するとはどういう了見だと問い質《ただ》した。最初は誰も答えなかった。ついにいちばん勇気があった男が、自分たちは密猟者であり、獲物を探していたのだと説明した。これにアレックは、おまえたちがこのことを口外しないなら、おれも黙っておいてやると応じた。四人はひとりずつアレックと握手して約束したあと、静かに消えた。

夜明けは晴れていて、雪ではなかった。ほどなく青白い太陽が輝きだす。彼らは力を合わせてトラバントを坂の下に落とし、雪と木の枝をかけて隠す。そこからは歩きだ。〈チューリップ〉は膝《ひざ》までの軽い革のブーツしか持っておらず、靴底に溝はない。アレックの作業靴もさほど変わらない。ふたりは互いに手をつなぎ、すべり、よろめきながら出発する。いまや起伏が多く険しい雪原と森のワンダーランド、ザクセン・スイスにいる。丘の中腹には、崩れて廃墟になるか、夏の児童養護施設になった古い家々がある。地図が信頼できるなら、彼らは国境に沿って歩いている。手に手を取って坂を懸命に登り、凍った池のまわりを進んで、小さな木造の家が集まった山村に入る。

AL：もし地図が正しければ、おれたちは死んだか、チェコにいるかだった。

［グラスが鳴る。液体を注《そそ》ぐ音］

だが、物語はまだ始まったばかりだ——付随するサーカスの電報の束を見よ。わたしがアレックのテープを聞いたあと、夜明けまえにまだメリルボーンの〈隠密〉指令部の最上階に坐り、いつ来てもおかしくない本部からの呼び出しを待っていた理由を考えてもわかる。

★

プラハ支局長ジェリーの妻にしてプラハ支局副支局長《デピュティ・ヘッド》のサリー・オーモンドは、サーカスが手放しで褒《ほ》めたたえる上流階級の凄腕である。チェルトナム女子大学卒業、父親は戦時中に特殊作戦執行部《SOE》に所属、数人のおばはブレッチリー・パークで暗号解読にたずさわった。結婚によってジョージと親戚関係になったともいう謎めいた発言もあり、わたしが思うに、ジョージは少々立派すぎるほどの態度でその眉唾物《まゆつばもの》の主張に耐えている。

サリー・オーモンド、DH／プラハ支局による報告、H／〈隠密〉［スマイリー］宛、
親展、優先度：即時最優先《クラッシュ》。

〈隠密〉から当支局への命令は、正体を隠した情報部員アレック・リーマスおよび逃亡中の女性エージェント一名を受け入れ、支援し、安全に収容することだった。ふたりは東ドイツの身分証を保持し、東ドイツに登録されたトラバント（登録書類提供あり）で、未明に到着予定だった。
　しかしながら、当支局は、本作戦が共同運営委員会の指示に反して遂行されていることを知らされていなかった。リーマスが自主的に事態に対処したことがわかったあと、

本部が遂行上の支援を決定したと思料《しりょう》するほかない。

ベルリン支局（デ・ヨング）からの通知によると、リーマスはチェコ国内に入り次第、無事到着の合図として、大使館の査証課に匿名《とくめい》電話をかけ、イギリスの査証が北アイルランドでも有効かどうか尋ねることになっていた。それに対してプラハ支局は、業務時間内にかけなおしてくださいという録音を流す。これがメッセージを受領したという符《ふ》牒《ちょう》だった。

リーマスと〈チューリップ〉はその後、可能なかぎりの手段でプラハ市街とプラハ空港の途中の一地点に到達し、待避帯に停車する（参考地図あり）。

当支局が提案し、H／〈隠密〉が承認したこの計画のもと、ふたりは車を放置し、プラハの〈ゴダイヴァ〉ネットワークに属する大使館公認の運転手が、ふだん職員の空港往復に用いるシャトル車（外交ナンバー、サイドウィンドウ黒塗り）に乗って、指定されたrvで彼らを拾う。バンのうしろには当支局が調達した西側の礼服が積んである。リーマスと〈チューリップ〉は、大使閣下主催の晩餐会《ばんさんかい》の正式な招待客の恰好に着替え、それを口実に、チェコの保安当局から常時監視されている大使館に忍びこむ手筈《てはず》だった。

十時四十分、大使館セーフルームにて緊急会議が開かれ、大使閣下［ＨＥ］は寛大にもこの計画に同意した。しかし、イギリス時間の午後四時、外務省とさらに相談したうえで、ＨＥは断わりなくみずからの決定をくつがえした。逃亡中の女性がＧＤＲの報道で国家的犯罪者として広く取り上げられるに至ったことから、外交的な反発の可能性を重視せざるをえなかったのだ。

HEのこの考え方に照らして、大使館の車および職員は脱出計画に使えなくなった。したがって、わたしは査証課の録音メッセージが流れないようにして、リーマスに支援不能の旨《むね》が伝わることを願った。

わたしはまたイヤフォンを装着し、アレックに戻る。アレックは、プラハのイギリス大使館の圧倒的な快適さのなかではなく、〈チューリップ〉と凍《こご》える道路脇に立っていて、支援も、迎えの車もなく、本人に言わせれば〝くそみたいに何もない〟。わたしはアレックと知り合って以来、ずっと聞かされてきた説教を思い出している——作戦の計画を立てるときにはな、情報部に見捨てられるあらゆる可能性を考えておくんだ。そして、自分ではとうてい思いつかないが、連中なら思いつくような方法で見捨てられることを覚悟しておく。アレックはまさにいま、そう考えているのだろう。

AL：［逐語記録再開］シャトルも現われないし、査証課の返事もつれないので、もうくそくらえと思った。ロンドンとはこういうものだから、行き当たりばったりでなんとかやるしかない、と。われわれは路肩で困り果てた東ドイツのカップルだ。妻は病気の犬みたいにぐったりしている。誰か助けてほしい。おれはドリスに、道にへたりこんで哀れな顔をしていろと命じる。彼女もちょうどそういう気分だった。そのうち煉瓦《れんが》を山のように積んだトラックが停まり、運転手が身を乗り出す。まれに見る幸運で、彼はライプツィヒ出身のドイツ人で、あんたは道に坐ったそのかわいこちゃんのポン引きかと尋ねる。残念だがちがう、おれのかみさんだが具合が悪くてねと答えると、彼は、そうか、なら乗りなと言い、親切にも街の中心部の病院までおれたちを連れていってくれる。おれは万が一のために、ショルダーバッグの裏打ちにイギリスのパスポートを縫《ぬ》いこんであった。ミラーという名義だ。それを取り出してポケットに突っこむと、彼女にこう言う。あんたは本当にひどい病気だ、ドリス。妊娠していて、病状は刻一刻と悪化している。だから、その腹を出して、どうしようもなく具合が悪そうな顔をしてくれないか。そうしたら彼らもドアを開けて、なかに入れてくれるだろう。悪いがよろしく。

JO：話はそれだけじゃあるまい？［液体を注《そそ》ぐ音］

AL：まあね。だったら言おうか。おれたちは、すぐそこの敷石の小径《こみち》を歩いてきた。趣味のいい金色のペンキで女王陛下の王家の紋章が描かれた、あの高貴な門に近づいた。外にはグレーのスーツを着たチェコ人のならず者が三人ぶらぶらして、一生懸命、暇をつぶしてる。あんたは連中に気づいてないかもしれんがね。ドリスはサラ・ベルナール（一八七〇年代から活躍したフランスの大女優）も地団駄《じだんだ》を踏んで悔しがるほどの名演技だ。おれは彼らにイギリスのパスポートを振る——早く入れてくれ。連中はドリスのパスポートも見たがる。よく聞け、とおれはいちばん上等な英語で言う。さっさとそのくそボタンを押して、なかにいるやつらに、うちのかみさんが流産しそうだから、くそ医者を呼んでくれと伝えろ。もしこんな通りのまんなかで流産したら、おまえらのせいだから憶えとけ。おまえらにもかあちゃんはいるだろう、それともいないのか、とまあ、こんな感じでまくしたてた。するとアブラカダブラ、門が開いた。おれたちは大使館の中庭に立っている。〈チューリップ〉は腹を押さえて、邪悪なるものから逃れてここまでたどり着いたことを守護聖人に感謝している。そして、あんたとあんたの親愛なる奥方は、またしても本部のキングサイズの失敗について平謝りに謝っている。いやはや、丁重に謝っていただいて、こちらも恐縮至極だ。もし差し支えなければ、そろそろケツを上げてベッドに入りたいんだがな。

サリー・オーモンドが話を引き継ぐ。

サリー・オーモンド、DH／プラハ支局からH《D》／《O》〈隠密〉［スマイリー］宛、サーカス使送便にて個人的に情報伝達する手書き縦深作戦書簡、優先度：即時最優先、からの抜粋。

もちろん、気の毒な〈チューリップ〉とアレックが大使館の施設内に入ってからが、本当のお愉《たの》しみでした。正直なところ、もし彼女をたんにGDRの当局に引き渡して、

本件は不問に付すということであれば、大使も外務省もはるかに幸せだったろうと思います。それならそもそも大使が〈チューリップ〉を〝公邸〟にかくまう必要もまったくありませんでしたから。そうしたからといって、法的になんらちがいはないのですが。大使は、気の毒な〈チューリップ〉を使用人の居住区に入れてやるために、職員ふたりを大使公邸から本館に移すと主張しました。純粋に保安上の観点からは、本館より大使公邸のほうが好ましいので。しかし、大使が考えていた理由は、ぜんぜんちがっていました。それは、われわれ四人全員がセーフルームに詰めこまれた瞬間に、大使自身がはっきりと述べました。四人というのは、大使と、彼女のきわめて私的な秘書であるアーサー・ランズダウン、そしてわが親愛なる夫と、私です。HEはアレックの存在を非常に問題視しています（これはまた改めて）が、とにかく彼はいま、使用人の居住区で〈チューリップ〉の額の汗を拭いています。

それから、ひとつ追伸です、ジョージ。あなたの耳には入れておこうと思いまして。大使館のセーフルームは異常に蒸し暑くて、つねに健康を害する危険があります。私のほうからサーカス本部管理課にくり返し報告していますが、聞き入れてもらえません。おんぼろ《ミッキー・マウス》のエアコンは完全に使い物になりません。冷気を吐き出すべきときに吸いこむのですが、バーカー（管理課の傍《はた》迷惑な課長）によると、ここ二年間は予備の部品が手に入らないとのこと。外務省では、私たちに新しいエアコンを送るべしと考える人が誰もいないので、セーフルームの利用者はみな暑さにうだり、窒息しそうになっています。

先週は、ジェリーがかわいそうに、本当に窒息しかけましたが、高潔な人だから苦情は言いません。セーフルームはサーカスの管理下に置かないと、と私は口が酸《す》っぱくなるほど提案しましたが、どうやらそれは外務省の領土権を侵害するようです!!この件で、とくに誰を狙い撃ちするというわけでもなく(バーカーはぜったいだめです!)管理課を多少なりとも揺さぶってもらえたら、これほどありがたいことはありません。ジェリーと私から、いつもの大きな愛と心からの敬意を捧げます。とくにアンに。

S

在プラハ・イギリス大使からH/外務省東欧局サー・アルウィン・ウィザーズへの親展の緊急極秘電報本文、写し:サーカス(共同運営委員会)。二十一時に大使館セーフルームで開かれた危機管理会議議事録。

出席者:HE大使(マーガレット・レンフォード)、HE私設秘書アーサー・ランズダウン、ジェリー・オーモンド(H/支局)、サリー・オーモンド(DH/支局)。

会議の目的:大使館の一時的居住人の管理および処置について、優先度:即時最優先。

親愛なるアルウィン

今朝《けさ》の暗号電話による会話のあと、われらが招かれざる客《アワー・アニンヴァイティッド・ゲスト》(OUG)について、われわれ二者のあいだで次の手続きが合意されました。

1　ＯＵＧは、われわれの〝友人〟が有効性を保証する非英国旅券を保持して、次の目的地に向かう。これは、ＧＤＲおよびチェコの法侵害を試みる一般人に対して、国籍を問わず当大使館が英国旅券を乱発していると、のちにチェコ当局から非難されることを避けるためである。

2　出発にあたって、ＯＵＧは外交官を含む大使館のいかなる職員からも、どのようなかたちであれ、支援、同行、移送されることはない。彼女の脱出に際しては、英国外交ナンバープレートのついた車はいっさい使用せず、英国の偽造書類も提供しない。

3　いずれかの時点で、ＯＵＧが英国大使館の保護を受けていると主張した場合には、チェコにおいても、ロンドンにおいても、ただちに全面否定する。

4　ＯＵＧは三業務日以内に大使館の敷地から出立する。さもなくば、チェコ当局へのＯＵＧの引き渡しを含めた、ほかの除去方法を講じる。

わたしの電話が鳴り、赤いランプがまたたいている。まぬけなトビー・エスタヘイス――パーシー・アレリンとビル・ヘイドンの使い走り――が強いハンガリー訛《なま》りで、いますぐ本部まですっ飛んでこいと命じる。わたしは、ことばに気をつけろと釘を刺してから、わたしのために玄関先に用意されているオートバイに飛び乗る。

ケンブリッジ・サーカスの共同運営委員会セーフルームで開かれた緊急会議議事録。
議長：ビル・ヘイドン（H／JS）。出席者：エティエンヌ・ジャブロッシュ大佐（在ロンドン・フランス大使館駐在武官、フランス情報連絡責任者）、ジュールズ・パーディ（JSフランス担当）、ジム・プリドー（JSバルカン担当）、ジョージ・スマイリー（H／〈隠密〉）、ピーター・ギラム（暗号名ジャック）。
議事録係：T・エスタヘイス。録音後文字起こし、一部逐語記録。H／プラハ支局に即時写し。

朝五時。呼び出された面々が到着している。わたしはメリルボーンからオートバイで駆けつけた。ジョージは大蔵省から直接来た。ひげを剃《そ》っておらず、ふだんより不安げに見える。「好きなときに〝ノー〟と言ってかまわないからな、ピーター」ジョージは二度強調した。すでに〝不必要なほどくわしく〟作戦を説明していたが、どれほど隠そうとしても、作戦計画が共同運営委員会の全体的な成果になっていることを懸念しているのはわかる。われわれ六人は、サーカスのセーフルームで合板の長い会議机についている。

ジャブロッシュ：ビル。わが親愛なる友。うちのパリの上司は、そちらのムシュー・ジャックがフランスの小規模農業の問題について議論できることを確認したがっているんだがね。
ヘイドン：話してやれ、ジャック。
ギラム：そこはご心配なく、大佐。
ジャブロッシュ：専門家に囲まれていてもかね？
ギラム：フランスはブルターニュの小さな農場で育ちましたから。
ヘイドン：ブルターニュはフランスだったのか。驚いたな、ジャック。
［笑い］
ジャブロッシュ：ビル、ちょっと失礼。
　ジャブロッシュ大佐はフランス語に切り替え、フランスの農業、とりわけ北西部の農業についてギラムと盛んに議論する。
ジャブロッシュ：いいだろう、ビル。彼は合格だ。しゃべり方までブルターニュ人のようだ、気の毒に。
［さらに笑い］
ヘイドン：だが、そもそも手配できるのか、エティエンヌ？　彼をもぐりこませることができる？

ジャブロッシュ：入れることは可能だが、出るほうはムシュー・ジャックと連れのお嬢さん次第だな。間一髪のところだった。フランスの代表者のリストはすぐいっぱいになるから、すでにこじ開けてある。ムシュー・ジャックの会議への出席はできるだけ短くしたい。参加者として登録して、査証は団体で申請するが、体調不良で参加が遅れ、なんとか最終セッションだけでもということで顔を出す。世界じゅうから集まる三百人のうちのひとりだから、ひどく目立つことはないだろう。フィンランド語はできるかね、ムシュー・ジャック？

ギラム：あまりできません、大佐。

ジャブロッシュ：では、すべてブルトン語でよろしい［笑い］。そして本件のレディは、フランス語はしゃべらない？

ギラム：われわれが知るかぎり、ドイツ語と、学校で習ったロシア語は話しますが、フランス語はできません。

ジャブロッシュ：だが、見映えはするんだな？　魅力的で、自信にあふれている。服が似合う。

スマイリー：ジャック、きみは彼女を見ている。

服を着たところも、脱いだところも見たことはあったが、前者を選ぶ。

ギラム：ほんのすれちがっただけだが、たしかに印象に残る。手際はいいし、頭の回転も速い。クリエイティブで、活力がある。
ヘイドン：まったく。クリエイティブだと？　そんな必要がどこにある？　女は言われたことをやって、口をつぐんでりゃいいんだ。ちがうか？　とにかく、この計画でいくのか、どうなんだ、ジャック？
ギラム：ジョージがその気なら、わたしはいい。
ヘイドン：で、ジョージは？
スマイリー：〈委員会〉と大佐が現地で必要な支援をしてくれるのなら、〈隠密〉はリスクを受け入れる覚悟はある。
ヘイドン：ふむ。奥歯にものが挟まったような口ぶりだな、それは。だったら実行だ。エティエンヌ、ムシュー・ジャックにフランスのパスポートと必要書類を手配してもらえるだろうか。それとも、こちらでやるほうがいいか？
ジャブロッシュ：うちでやるほうがいいだろう［笑い］。あと、憶えておいてもらいたいんだが、ビル、もしこれが失敗に終わったら、わが政府は、不誠実なイギリス秘密情報部が子飼いの諜報員を積極的にフランス市民に仕立て上げたことがわかって、たいへんなショックを受けるだろうな。
ヘイドン：そしてわれわれは、その告発をきっぱりと否定して、謝罪する。「プリドーに」ジム・ボーイ、コメントはあるかね？　妙に黙りこくってるな。チェコはきみの縄張りだ。われわれがそこらじゅうずかずか踏みこんでもかまわないのかな?
プリドー:反対はしない。そういうことを訊いているのなら。
ヘイドン:つけ加えたいこと、差し引きたいことは?
プリドー:さしあたって、ない。
ヘイドン:オーケイ、では諸君、ご苦労。本計画は実行とし、本腰を入れよう。ジャック、成功を祈っている。エティエンヌ、ちょっとふたりで話せるかな。

しかし、ジョージの不安がなかなか払拭《ふっしょく》されないことは、次の記録を読めばわかる。時計の針は進み、わたしは六時間以内にプラハへ出発することになっている。

PGからH/〈隠密〉へ。

ジョージ

われわれは話し合った。その際、現在共同運営委員会の管理下にある、ヒースロー空港第三ターミナルの現地派遣事務所《FDO》で経験したことを書き留めておくよう言われた。FDOは一見、空港の掃除されていない通路の突き当たりによくある、怪しげな事務所だ。磨《す》りガラスのドアには〈貨物輸送手配〉の文字がある。来訪の連絡はインターフォンで。なかに入ると、雰囲気は暗い。くたびれた配達人がふたり、カードで遊んでいて、女が電話でスペイン語をがなりたてている。服装担当の女がひとりしかいないのは、二交替制なのに同僚が病欠だからだ。部屋は煙草《たばこ》の煙が充満し、灰皿はみないっぱいで、仕切られたスペースはひとつしかなく、もうひとつ作るために新しいカーテンの到着を待っていた。

びっくりしたのは、私の歓迎パーティが準備されていたことだった。アレリン、ブランド、エスタヘイスがいた。もしビル・Hもいたら、フルハウスになったところである。一応彼らは、私の無事を祈って見送るために集まっていた。相変わらず前面に出たがるアレリンが、ジャブロッシュの手配した私のフランスのパスポートと会議用の身分証を、ひどくもったいぶって差し出した。エスタヘイスも同じように、私のスーツケースと小道具の数々を開陳した――レンヌで買った服、農業の手引書数冊、気楽な読み物としてフランスによるスエズ運河建設を扱った歴史本などだ。ロイ・ブランドが兄貴役を買って出、もし思ったより数年長く国を離れることになったら、知らせておきたい相手はいるか、とふざけ半分で訊いた。

とはいえ、彼らが注目している真の目的は、火を見るより明らかだった。〈チューリップ〉についてもっと知りたかったのだ――どこからやってくるのか、われわれのもとでどのくらいの期間働いているのか、誰が彼女を管理しているのか。しかし、そうした質問をうまくかわしたあと、もっとも奇妙な瞬間が訪れる。私が仕切りのなかに立ち、然るべき服に着替えさせられていると、トビー・エスタヘイスがカーテンの向こうから手を伸ばし、ビルから私宛に個人的な伝言があると言うのだ。曰《いわ》く、″きみのジョージおじさんにうんざりしたら、いつでもパリ支局長のポストについて考えてみてくれ″。私はどうともとれる返答をした。

ピーター

ここで究極の作戦の専門家としてのジョージが登場し、ずさんなことで名高い共同運営委員会の計画の穴をひとつ残らずふさごうと手を尽くす。

H／〈隠密〉［スマイリー］からH／プラハ支局［オーモンド］への通知書。極秘〈メイフラワー〉事案、優先度：即時最優先。

A　下部情報源〈チューリップ〉のヴェンラ・レシフ名義のフィンランドのパスポートが、明日の使送便でそちらに届く。ヘルシンキ生まれの栄養学の専門家で、配偶者の名前はアドリアン・レシフ。パスポートには、フランス共産党後援の〈平和農場〉会議に合わせたチェコ入国査証と、入国日付の印が押されている。

B　ピーター・ギラムが、明日のエールフランス四一二便で、現地時間午前十時四十分にプラハに到着する。レンヌ大学農業経済学客員教授アドリアン・レシフ名義のフランスのパスポートを携行し、会議に合わせた有効期限のチェコ入国査証も所持。レシフの会議への参加は、名目上、体調不良によって遅れる。現在、レシフ夫妻は会議出席者名簿に登録されている。ひとりは出席者（ただし遅れる）、もうひとりはその配偶者として。

C　同じく明日の使送便で、アドリアンとヴェンラ・レシフ夫妻のエールフランスの航空券二枚が届く。一月二十八日午前六時プラハ発、パリのル・ブルジェ空港行き。夫妻は別の日にプラハに飛んだが（入国日付参照）、仲間の学者たちと連れだってパリに戻ることが、エールフランスの搭乗記録で裏づけられる。

D　レシフ教授夫妻の宿泊先は、フランス代表団が翌早朝のル・ブルジェへの出発に備えて一泊する、ホテル・バルカンで予約ずみ。

これにサリー・オーモンドが返信する。自画自賛の歌を歌う機会を彼女が逃すわけがない。

サリー・オーモンドからジョージ・スマイリー宛、厳秘《げんぴ》親展、非公開の個人的書簡からの抜粋。

あなたのきわめて明快な通知書を拝受し、ジェリーと私は、〈チューリップ〉の大使館からの出発と、これからの厳しい試練に向けての準備を私自身がとりおこなうことを決断しました。さっそく職務を果たすべく、中庭を横切り、〈チューリップ〉をかくま

っている別館の続き部屋に入りました。道路側には二重のカーテンがかかり、寝室のドアの外には私が臨時に泊まるための折りたたみ式寝台があり、招かれざる客に備えて、階下のホールには大使館付警備官がもうひとり立っています。

彼女はベッドの上に坐っていました。アレックがその肩に腕をまわしていたけれど、彼女はアレックがいることにも気づいていないふうで、ときおり泣いては静かにすすり上げていました。

そんな状況ではありませんでしたが、私は事態収拾のため、計画どおりアレックを外の新鮮な空気へと送り出しました。ジェリーと男同士で川沿いを散歩してもらうためです。私のドイツ語はせいぜい中級止まりなので、最初、彼女から多くは聞き出せませんでしたが、たいしたちがいはなかったと思います。彼女は人の話を聞くことはおろか、ろくに口をきくこともできなかったから。何度か私に「グスタフ」とささやいたのは、夫《マン》ではなく息子《ゾーン》のことだというのが、身ぶり手ぶりを交えた短い会話でわかりました。

とはいえ、翌日大使館を離れてイギリスに向かうものの、経由地があること、フランスの学者や農業専門家が入り混じった団体と行動をともにすることまでは、なんとか伝えることができました。彼女の最初の反応は、当然といえば当然ながら、フランス語はひと言もしゃべれないのに、どうしてそんなことができるの、でした。あなたはフィンランド人になるからだいじょうぶ、誰もフィンランド語は話さないでしょう？　と説明すると、次の反応は、こんな服で？　待ってましたとばかりに、私はパリ支局がなんの予告もなく送り届けてくれたすばらしい品々を広げてみせました――〈プランタン〉で買ったゴージャスな大麦色のツインセット（婦人用のセーターとカーディガンのアンサンブル）、ぴったりのサイズの愛らしい靴、セクシーなネグリジェに下着、そして文字どおり死んでも欲しくなるような化粧品。パリ支局は大金を投じたにちがいありません。とにかく彼女がこの二十年間、たとえ意識しなくても夢見ていたはずのものが、すべてそろっていました。夢の仕上げに、トゥール産の高級ワインまで。加えて、彼女がそれまで身につけていたブリキの模造品《エアザッツ》の代わりに、私自身がもらってもいいくらいのとてもすてきな婚約指輪と、なんとも上品な金の結婚指輪も。もちろん、すべて到着後に返さなくてはならないけれど、まだそこまで言う必要はないと思いました。

　そのころには彼女はすっかりやる気になっていました。彼女のなかのプロ意識が目覚めたようです。新しいきれいなパスポート（じつは新品ではなかったのだけれど）を穴があくほど眺め、よくできていると太鼓判を押しました。礼儀正しいフランス人男性が同行して、道中彼女の夫のふりをすることを説明すると、それは賢明な判断ねと言い、どんな人？　と訊いてきました。

　だから私は指示されたとおり、ピーター・Gの写真を見せました。仮の夫という点で見て、PGよりはるかに劣る人もいることを考えると、写真を見つめる彼女はどちらかというと無表情だったと言わざるをえません。しまいに、「この人はフランス人、それともイギリス人？」と訊いてきました。「両方よ。あなたもフィンランド人であり、フランス人でもある」と私が答えると、驚いたことに、彼女は大声で笑ったの！　そのすぐあと、アレックとジェリーが散歩から帰ってきて、すでに打ち解けた雰囲気になっていた私たちは真剣なブリーフィングに取りかかりました。彼女は落ち着いて、注意深く聞いていました。

話し合いが終わるころには、彼女が計画全体を理解し、少々怖ろしいことではありますけど、愉《たの》しんでいるという感触がありました。危険中毒の気《け》がありそう、と私は思いました。それだけについて言えば、アレックとてもよく似ています！

お体を大事になさって。ゴージャスなわれらがアンに、いつもどおりくれぐれもよろしく。

S

★

あわてて不用意に体を動かしてはいけない。両手両肩はぜったいにそのままで、深呼吸しろ。ペプシが玉座に戻り、おまえから片時も眼をそらすことができないが、それは愛ではない。

★

〈隠密〉作戦を臨時に遂行したピーター・ギラムの報告書。下部情報源〈チューリップ〉のプラハからパリ・ル・ブルジェ空港への移送、次いで空軍戦闘機によるロンドンのノーソルト空軍基地への移送に関して、一九六〇年一月二十七日。


レンヌ大学農業経済学客員教授の身分で、プラハ空港に現地時間午前十一時二十五分に到着（飛行機の遅れ）。

体調不良で会議に遅れて参加することが正式に主催者に伝わっていること、チェコ当局への配慮で会議参加者名簿に自分の名前が載っていることは、フランスの連絡担当官から知らされていた。

さらに真正な渡航者であることを証明するために、フランス大使館の文化担当官が空港で私を出迎え、その外交的信用で入国手続きを早めてくれた。文化担当官が通訳を務め、手続きは比較的容易にすんだ。

そして公用車でフランス大使館に立ち寄り、訪問者名簿にサインしたあと、やはりフランス大使館の車で会議場に向かった。場内のうしろの列に自分の席が確保されていた。会議場は金色に輝くオペラハウスのような代物《しろもの》で、もとは鉄道労働者中央評議会のために建てられ、四百人まで収容できる。警備はなおざりだった。大階段を途中まで上がると、チェコ語しかできない過労の女性がふたり、机について坐り、六カ国からの代表者の名前を確認していた。会議自体は、専門家数名が壇上で話し合い、あらかじめ決まった人物が客席から発言するセミナー形式で、私の発言は求められなかった。フランスの連絡担当官の手際のよさには感心した。ほとんど時間の余裕はなかったのに、チェコ保安当局とほかの会議出席者から私が怪しい眼で見られないようにしてくれたのだ。しかも、ふたりのフランス代表は明らかに私の役割を知らされており、大勢のなかからわざわざ私を見つけ出して握手をしにきてくれた。

午後五時に終会が宣言され、フランス代表団はバスでホテル・バルカンに移動した。われわれだけのために取っておかれたような、こぢんまりした古風なホテルである。チェックインすると、〝家族向け〟の八号室の鍵を渡された。名目上、夫婦の片割れだからだ。ホテル・バルカンには滞在者向けのダイニングルームがあり、その先にバーが設けられている。そこの中央のテーブルで、名目上の妻が到着するのを待った。

大まかに言えば、彼女はイギリス大使館が手配した救急車で外に出て、郊外のセーフハウスに運ばれ、そこからホテル・バルカンに来ることになっていたが、どんな手段を用いるのかは説明されていなかった。

だからこそ、彼女がフランス大使館の車で到着し、プラハ空港で私を出迎えてくれたあの文化担当官の腕につかまって現われたのには感心した。またしてもフランスの連絡担当官の見識とすぐれた技術に感謝する次第である。

〈チューリップ〉は、会議出席者の妻ヴェンラ・レシフという名で、会議不在の参加者として登録されていた。その美貌としゃれた服装は、ホテルにいたフランス代表団をざわつかせた。会議で親しく挨拶《あいさつ》したふたりの男性代表がここでも支援してくれ、〈チューリップ〉に礼儀正しく接して、友人として迎え入れた。その好意に対して〈チューリップ〉は、中途半端なドイツ語しかできないふりをしながら、品よく応じた。そのドイツ語がわれわれ夫婦の共通語《リングァ・フランカ》になった。私自身のドイツ語もたかが知れている。ふたりのフランス代表者が非の打ちどころのない役割を果たした食事のあと、われわれはほかのメンバーとバーに残らず、早めに寝室に引きあげた。外国人向けのホテルにマイクや、場合によってはカメラまで設置されていることはほぼまちがいないので、暗黙の了解により、ふたりの仮の身分にふさわしい平凡な会話だけをした。

幸い部屋は広く、シングルベッドがいくつかと、洗面台もふたつ置かれていた。その夜は、階下にいる代表者たちの低俗な雑談が嫌でも耳に入ってきた。深夜には歌も聞こえた。

〈チューリップ〉も私も眠らなかったと思う。朝の四時、代表団は再集合し、バスでプラハ空港まで送られ、いま思うと奇跡のようだが、全員まとめて出国手続きをすませ、乗り継ぎロビーからエールフランスでル・ブルジェへ飛んだ。いま一度、フランス連絡担当官の支援に心から感謝を捧げたい。

いったいなぜ次の手紙が自分の報告書にまぎれこんでいたのか。一瞬わたしはまごつくが、ぼんやりしていたときにここに差し挟んでしまったのだろうと結論する。

H／プラハ支局、ジェリー・オーモンドからジョージ・スマイリー宛、親展、手書き縦深作戦書簡、ファイル不要。

親愛なるジョージ

鳥がついに飛び立ち、ご想像どおり、とりわけ大きな安堵《あんど》のため息をついている。おそらくいまごろは、どこかの城で心地よくすごしているとは言わないまでも、無事イギリスのどこかに着いていることだろう。彼女の飛行《フライト》は、別の意味でもまずは順調に運んだ（〝フライト〟には〝逃亡〟の意もある）。もっとも、〈チューリップ〉を救急車でrvに送り届ける最後の段になって、運転手のジョナが通常の給料に五百ドル上乗せしなければ運転しないと言い張った一幕はあったけれど。まったく困ったやつだ。とはいえ、この手紙で話題にしたいのは〈チューリップ〉ではなく、ましてジョナでもない。アレックのことだ。

過去にたびたび貴君が言っていたように、秘密に縛られた職務につくわれわれには、注意義務がある。すなわち相互監視、お互いに眼を光らせておくということだ。もし仲間の誰かが緊張ゆえに精神をやられそうで、本人がそれに気づいていないときには、その人物が自分に害を及ぼさないように守ってやること、と同時に情報部も守ることが、われわれの義務である。

アレックは、貴君と私が知っているなかで文句なしに最高の現場諜報員だ。怖ろしいほど抜け目なく、献身的で、現場を知りつくし、あらゆる技術を身につけている。今回もまた、最大級に巧妙で危険な任務を成功させ、こちらも目の覚めるような思いだった。ただ、共同運営委員会、われわれが尊敬する大使、そしてホワイトホールの上級官吏の面々の頭越しではあったけれども。だから、彼がスコッチのボトルの四分の三を一気に空け、たまたま意に沿わなかった大使館の警備担当官と喧嘩《けんか》をしたとしても、かぎりなく大目に見なければならない。

しかし、アレックとふたりで散歩をしたときのことだ。私たちは川沿いに一時間、それからプラハ城のほうへ登って、大使館に戻った。つまり二時間の散歩のあいだ、アレックは、彼自身の基準によればまだ完全に素面《しらふ》だった。そしてその間の唯一の話題は、サーカスに内通者がいるということだった。それも、住宅ローンを抱えたしがない郵便担当などではなく、〈委員会〉の組織のトップ、真に重要な地位についているという。この考えはアレックの頭のなかで、蜂一匹どころではなく、まるまる蜂の巣一個になっている。偏《かたよ》っていて、事実の裏づけもなく、率直に言って一種の病気だ。これがアメリカ的なあらゆるものに対する彼の理屈抜きの憎悪と組み合わさると、対話は控えめに言ってもむずかしくなり、危険性は増す。ほかでもない貴君が定めたこの仕事の鉄則にしたがい、あらんかぎりの愛情と敬意をこめて、ここに謹んで懸念を報告する。

敬具

ジェリー

追伸　それからアンにも、いつもどおりの尊敬とたくさんの愛を　J
ローラの挟んだロゼットが、わたしに読むのをやめろと命じている。

「愉《たの》しく読めてます？」

「耐えられなくはない。気遣いをどうも、バニー」

「でも、あなた自身が書いたんでしょう？　ちょっとわくわくするはずだ、まちがいなく。これだけ時間がたったあとで読むと」

バニーはこの夕方、男友だちを連れてきていた。ブロンドの髪で、笑みを絶やさず、じつに洗練された若者だ。どこにも生活感がない。

「ピーター、こちらはレナードです」バニーが改まった態度で言う。まるでレナードを知っておくべきだというふうに。「レナードは、今回のささやかな問題が万が一法廷に持ちこまれることになった場合に、情報部側の弁護を務めます。もちろん、そうならないことをわれわれは心から望んでいるわけだけれど。また彼は、来週開かれる議会の超党派調査委員会の事前会合にも、われわれを代表して参加する。その会合には、ご承知のとおり、すでにあなたの出席が予定されている」わずかに唇が開いた笑み。「レナード、こちらはピーター」

わたしたちは握手する。レナードの手は子供の手のように柔らかい。

「レナードが情報部の弁護士だとしたら、ここでわたしと何をするつもりだね？」わたしは尋ねる。

「互いに顔見知りになるということです」バニーがなだめるように言う。「レナードは基本的法原則《ブラック・レター・ロー》専門の弁護士です」そこでわたしの眉が上がるのを見て、「それはたんに、あらゆる法律の細目に通じ、ときには法律書に載っていないことすら知っているという意味ですがね。わたしのようなありきたりの弁護士は霞《かす》んでしまう」

「いやいや」レナードが言う。

「それと、訊かれないのでこちらから言いますが、ローラが今日ここにいない理由は、ピーター、あなたも含めた全当事者にとって、男だけで話し合うほうがいいだろう、とレナードもわたしも感じたからです」

「どういう意味だね？」

「まずは昔ながらの気配り。あなたのプライバシーを尊重するということです。そして、もしかするとついにあなたから真実を引き出せるかもしれないという淡い期待もある」いたずらを仕掛けるような笑み。「そうなればレナードは、審理全体をどう進めればいいかという考えをまとめることができる。そう言っていいかな、レナード。あるいは、言いすぎだろうか」

「いや、妥当なところだと思う」とレナード。

「そしてもちろん、あなた自身に弁護士をつければあなた個人の利益をうまく守れるかという問題について、よりくわしく検討するためでもある」バニーは続ける。「たとえば、不幸にも超党派の人々がまるごと舞台から立ち去り――それは決してありえないことではないと言われているけれど――正義の女神があなたに、あるいはわれわれに、迫ってきたときに」

「黒帯《ブラック・ベルト》の弁護士は太刀打ちできない？」わたしは言ってみる。

機知に富んだその切り返しは、気づかれずに終わる。いや、気づかれはしたが、たんにこの日、わたしが苛立っていることの証《あかし》として受け止められただけか。

「もしそうなった場合、サーカスにはあなたの弁護をする適任者を絞りこんだリストがある――容認可能な候補者リストと言っておきましょうか。レナード、きみはたしか、そんな事態になったら喜んでピーターを正しい方向に導きたいと言っていたね。当然、そんな事態にならないことを心の底から願い、祈っているけれども」と同僚レナードに微笑んで、意見を合わせる。

「もちろんだ、バニー。ただ問題は、ここまでの情報に触れられる人間がそれほどいないことでね。ハリーはまさにうってつけだと思うな、知ってのとおり」とレナード。「王室顧問弁護士の申請もしているし、判事たちにも好かれている。だから個人的には――無理強いする気はまったくないが――ハリーだな。それに彼は男だ。裁判では、男が男を弁護することが好まれる。みな気づいていないかもしれないが、事実そうでね」

「誰が弁護料を払う？」わたしは訊く。「男でも、女でも」

レナードは両手に眼を落として微笑む。バニーが質問に答える。

「まあ、大まかに言えば、ピーター、多くは公聴会の進み具合にかかっていますね。さらにこう言ってよければ、あなた自身の態度と、義務感と、かつて勤めた情報部への忠誠心に」

だが、レナードはひと言も聞いていない。身じろぎもせず両手を見て微笑んでいる様子からわかる。

「さて、ピーター」楽な部分に来たかのようにバニーが言う。「イエスかノーで答えてください」眼を細める。「男だけの話として。あなたは〈チューリップ〉とファックしましたか？」

「していない」

「ぜったいに、ノー？」

「ぜったいに」

「いまここ、この部屋で、五つ星級の証人をまえにして、取り消し不能のノー？」

「バニー、申しわけない」レナードが友人をたしなめる調子で片手を上げて、「きみは一瞬、法律を忘れたようだ。法廷に対する責務と、今回の依頼人を弁護する義務を考えると、ぼくはとうてい証人にはなれない」

「わかった。もう一度訊きます、よろしいですか、ピーター。わ、わたし、ピ、ピーター・ギ、ギ、ラ、ム、は、〈チ、ュ、ーリ、ップ〉のイ、ギ、リスへの脱出前夜、プ、ラ、ハのホ、テ、ル・バ、ル、カ、ン、で、彼女とファ、ッ、ク、し、て、い、な、い。さあ、真実か否か？」

「真実だ」

「それを聞いて、われわれみんな安心しました、想像できるでしょうが。とりわけあなたは誰彼かまわず目についた相手とファックしていたようだから」

「見事なまでに」レナードも同意する。

「さらに具体的に言えば、さして決まりごとが多くない情報部の鉄則の第一として、活動中の情報部員は、何があろうと、決して配下の要員《ジョー》——そう呼んでしたね——とファックしてはならない、というのがある。たとえ社交辞令であっても。作戦上望ましい場合、ほかの情報部員のジョーと寝ることはある。そう、それは解禁だ。しかし、自分のジョーとはぜったいに寝ない。そのルールはご存じですか？」

「ああ」

「その当時も知っていた？」

「イエス」

「では次のことに同意しますね？　もし彼女とファックしていたら——していないことはわかっているけれど——それは情報部の規則の重大な違反というだけでなく、あなたの低劣で度しがたい性格の表われであり、たったひとりのわが子を奪われたばかりで死の危険にさらされた、逃亡中の母親の感情を無視した行為でもあると？　どうです、同意しますか？」

「同意する」

「レナード、質問はないかな？」

レナードは可愛《かわい》らしい下唇を指先でつまみ、しわを寄らさず顔をしかめる。

「こう言うと途方もなく失礼かもしれないが、バニー、正直なところ、質問があるとは思えない」と打ち明け、自分のことばに驚いたように微笑む。「ここまで来ればね。さしあたって《プロ・テム》訊くべきことは訊いたと思う。それ以上のことも」そしてわたしに向かって、内々に、「あとで最終候補者のリストを送りますよ、ピーター。ぼくがハリーの名前を出したことはどうか内密に。それとも、こっそりバニーに渡すほうがいいかな。共謀です」と説明して、またわたしに愛情たっぷりの笑みをよこし、黒いブリーフケースに手を伸ばして、長くなると思われた話し合いが終わったことを示す。「それでも男のほうがいいと思うけどね」と、余談めかしてわたしではなくバニーに言う。「こういう事件の場合、むずかしい質問には男のほうがうまく対応できるものだから。禁欲的でないというかね。超党派のお愉《たの》しみ会で会いましょう、ピーター。じゃあ《チュス》」

★

わたしは彼女とファックしたか？　そんなことをするものか。人生が変わる六時間の真っ暗闇のなかで、黙々と、狂ったように愛し合ったのだ。生まれたときから互いを求め合い、しかしその一夜だけしか生きられないふたつの体が、緊張と肉欲を爆発させた営みだった。そのことを彼らに話すべきだったか？　わたしはドルフィン・スクウェアの牢獄の寝床にまんじりともせず横たわって、薄くオレンジがかった闇に問いかける。

揺りかごにいるときから、否定し、否定し、あくまで否定しろと教えられた。いまなんとか告白を引き出そうとしている当の情報部からそう教わったわたしが、話すのか？

★

「よく眠れた、ピエール？　気分はいい？　立派な弔辞ができた？　今日家に帰ってくる？」

わたしは彼女に電話をかけたにちがいない。

「イザベルはどうしてる？」

「とても元気よ。あなたがいなくて寂しがってる」

「彼は戻ってきたか？　あの失礼な友人のことだが」

「いいえ、ピエール、あなたのテロリストの友だちは戻ってこない。彼といっしょにサッカーを観戦したことがあるの？」

「いや、もうそれはしない」

9

ドリスをパリ支局長のジョー・ホークスベリーに引き渡したあと、わたしがブルターニュですごした永遠の昼と夜に関する資料は何もなかった――なくて本当によかった。霧の立ちこめた冬の朝七時、われわれの飛行機がル・ブルジェ空港に到着し、レシフ教授夫妻を呼ぶ声が聞こえたときには、気が遠くなるほど安堵《あんど》した。ふたり並んでタラップをおりていくと、地上に停まった外交ナンバーの黒いローバーのハンドルを握っているホークスベリーと、後部座席にいる支局の若い女性助手の姿が見えて、心臓が高鳴った。

「わたしのグスタフは？」ドリスがわたしの腕をつかんで訊いた。

「だいじょうぶだ。うまくいく」気づくとわたしは、アレックの根拠のない保証をそのままくり返していた。

「いつ？」

「できるようになったらすぐ。彼らはいい人たちだ。そのうちわかる。おれはきみを愛している」

ホークスベリーの若い助手がうしろのドアを開けてくれていた。わたしの声を聞いただろうか。わたしのなかの誰かがふいに発した狂気の叫びを聞いた？　彼女がドイツ語をしゃべるかどうかは問題ではない。どんな馬鹿でも〝おれはきみを愛している《イッヒ・リーベ・ディッヒ》〟ぐらいは知っている。わたしはドリスをなだめて進ませた。彼女はためらいつつも、後部座席にどさっと腰をおろした。助手がそのあとから飛び乗り、ドアを勢いよく閉めた。わたしはホークスベリーの隣の助手席に入った。

「快適な空の旅だったかな？」ライトを点滅させるジープのあとについて、舗装されたエプロンをすばやく横切りながら、ホークスベリーが訊いた。

車は航空機格納庫に入った。薄暗い前方に双発のイギリス空軍機が駐《と》まり、プロペラがゆっくりとまわっていた。助手が外に飛び出した。ドリスは坐ったまま、ドイツ語でひとりごとをつぶやいていた。何を言っているのかはわからない。わたし自身の常軌を逸したことばは彼女の印象には残らなかったようだ。聞こえなかったのかもしれない。もとからわたしがそんなことは言わなかったのかもしれない。助手が彼女を説得して外に出そうとしたが、当人は動こうとしなかった。わたしは隣に乗りこんで、彼女の手を取った。彼女がこちらの肩に顔を押しつけた。運転席のホークスベリーがそれをバックミラーで見ていた。

「行けない《イッヒ・カン・ニヒト》」ドリスはささやいた。

「行かないと《ドゥ・ムスト》。だいじょうぶだ。本当に《ガンツ・エアリッヒ》。嘘じゃない」

「あなたは来ないの《ドゥ・コムスト・ニヒト・ミット》？」

「あとから行く。きみが彼らと話したあとで」

わたしは車から出て、手を差しのべた。彼女はそれを無視して、ひとりで外に出てきた。やはり聞こえていなかったのだ。聞こえたわけがない。女性の航空隊員がひとり、クリップボードを手にわれわれのほうに歩いてきた。彼女とホークスベリーの助手に両側から挟まれる恰好で、ドリスは飛行機に連れていかれた。タラップの下で立ち止まると、機体を見上げ、覚悟を決めて、両手で手すりを持ちながらのぼりはじめた。わたしは彼女が振り返るのを待った。飛行機のドアが閉まった。

「一件落着だな」ホークスベリーが、やはり顔はこちらに向けずに力強く言った。「天上からのおことばは、ブラヴォー、立派な働きぶりだった、さあ、ブルターニュに帰って酔いを覚まし、大いなる報奨を待て、だ。モンパルナス駅でいいかな?」

「モンパルナス駅でいい、ありがとう」

あんたは〈委員会〉のお気に入りかもしれないがな、ブラザー・ホークスベリー、それでもビル・ヘイドンがおれにあんたの仕事をまわすのは止められないかもしれないぞ。

★

農場に帰ったときにわたしのなかで渦巻いていた相反する感情の奔流は、いまに至るまで表現するのがむずかしい。トラクターを運転していても、畑に肥やしをまいていても、ほかの仕事で若い地主としての存在感を示そうと努力していても、あるときには、あまりにも重大でどう理解すればいいのかもわからない夜の思い出に浸り、次の瞬間には、衝動的で無謀な行為や、口にしたことば、しなかったことばについて自分がとてつもなく無責任だったことに、ひたすら怖れおののいた。

ふたりで闘い抜くように抱き合った静かな闇を記憶のなかから呼び出して、あの愛の行為は自分の心のなかだけで起きたことだ、チェコの保安当局がいつ寝室のドアをぶち壊して入ってくるかもしれないという恐怖が生んだ妄想だ、とみずからに言い聞かせようとしたが、体についた彼女の指の跡をひと目見れば、それがたんなるごまかしであることがわかった。

そして、わたしがどれほど想像をたくましくしても、日が明けそめるころ、まだふたりのあいだでひと言も交わしていないうちに、彼女が衣服で一カ所ずつ体を覆《おお》っていったあの瞬間を完全に再現することはできなかった。以前ブルガリアのビーチでそうしたように、彼女はまずわたしのまえに哨兵のように裸で立ち、体の各部をひとつずつフランスの美しい衣服で隠していって、しまいに欲情すべきものがなくなり、実用的な普段着のスカートと、首元までボタンをかけた黒い上着だけになったのだが、皮肉にもわたしは、それまでにない強さで彼女を欲していた。

服を着るあいだに、彼女の顔から勝利または欲望の輝きは消え、彼女自身の選択によってわたしたちは仲たがいした。まずプラハ空港に向かうバスのなかでわたしの手を拒み、パリ行きの飛行機のなかでは、理由はわからぬものの、ふたりで別の列に坐ることになった。しかし、飛行機が停まり、乗客が立ち上がってぞろぞろと外に出はじめると、わたしたちはいつの間にか手をつないでいた。ただ離れ離れになるために。

ロリアンまでの骨の折れる鉄道の旅で——当時は高速の列車がなかった——ひとつの出来事があり、それを振り返ると、いまも恐怖に襲われる。パリを出てまだ一時間というころ、列車が突然停まって、なんの説明もなかった。外からくぐもった声が聞こえ、次いで男か女かもわからない謎の誰かの悲鳴が聞こえた。それでもわたしたちは待っていた。乗客の何人かは視線を交わし、ほかの客は何があっても本や新聞から顔を上げない構えだった。車両のドアに制服の車掌が現われた。二十歳《はたち》にもならないような若者だった。あらかじめ考えたスピーチをするまえの沈黙を、いまもよく憶えている。ひとつ大きく息を吸い、称讃すべき冷静さで話しはじめた。

「皆さん、申しわけありませんが、人身事故で停車せざるをえませんでした。あと数分で運行を再開できる予定です」

顔を上げて無愛想に訊いたのは、わたしではなく、隣にいる、白く硬い襟《えり》をつけた学者ふうの老紳士だった。

「事故とはどういうことだね？」

それに対して若者は、悔悟者のような声色《こわいろ》で答えるしかなかった。

「自殺です、ムシュー」

「誰が自殺した？」

「男性です。男性だったと思われます」

レ・ドゥ・ゼグリーズに着いてほんの数時間後、わたしは入江におりた——わたしの入江、わが憩いの場所だ。まず草の茂った坂をわたしの地所の端まで苦労して下り、さらに崖の道をおりると、その下に小さな砂浜があって、両側に寝そべってまどろむワニのような岩場がある。そこが少年時代からものを考えるのに使ってきた場所だった。昔からよく女性たちを連れてきた場所でもある。恋人や、半分恋人や、四分の一の恋人を。だが、欲しくてたまらないただひとりの女性は、ドリスだった。見せかけ以外の会話をいっさいしていなかったことに思い至り、自分をなじった。とはいえ、わたしは過去一年のあいだ、寝ても覚めても彼女のかりそめの人生を、一刻一刻、わがことのように共有してきたのではなかったか。彼女のあらゆる衝動、純粋な心のあらゆる揺らぎ、欲望、反発、復讐心に応えてきたのではなかったか。まだ寝てもいないうちにこれほど長く知り合い、これほど親密になった女性がほかにいたなら、教えてほしい。

彼女はわたしに力を与えた。そのときまでとはちがった人間にしてくれた。長年のうちに、女性たちはわたしに――やさしく、無遠慮に、あるいは見るからに幻滅して――わたしにはセックスの才能がないと宣告してきた。気ままに与えることも受け取ることもできない、下手《へた》だ、遠慮している、本物の欲望の炎が感じられない、と。

だが、ドリスはわたしたちが抱擁《ほうよう》もしないうちに、すべて知っていた。ただすれちがっただけでそれを知り、知りながら腕のなかに裸のわたしを温かく迎え入れ、赦《ゆる》し、導き、自分をわたしに合わせて包みこんでくれた。そうしてわたしたちは昔なじみの友になり、注意深い恋人になり、ついには勝ち誇った反逆者になって、ふたりの人生を左右しそうなすべてのものから解放された。
おれはきみを愛している《イッヒ・リーベ・ディッヒ》。本気だ。ずっとまえから本気だった。イギリスに戻ったら、もう一度彼女にそう言おう。彼女にそう言ったことを、ジョージにも話す。自分はもう働きすぎるほど働いた、ドリスと結婚してグスタフを取り戻すために精いっぱい闘う、それで情報部を辞《や》めなければならないのなら辞めるつもりだ、とジョージに伝える。あくまで信念を守る。ジョージのビロードのようになめらかな説得をもってしても、翻意させることはできない。

　しかし、そんな不退転の決意をするが早いか、記録にくわしく残るドリスの乱交が頭から離れなくなった。あれは彼女の隠された真実なのか。本当にあらゆる男と、分け隔てなく、ためらいもなく愛し合っていたのだろうか。自分のまえにはアレックがいたと確信しそうにもなった。彼らはまるまるふた晩、いっしょにすごしている！　まあ、最初の晩にはグスタフも引き連れていたわけだが、二夜目は？　ふたりして狭いトラバントに押しこめられ、互いに暖を求めて身を寄せ合い——彼女の頭が肩にのっていたとアレック自身が言っていた！——彼女が魂をむき出しにし——ほかに何をむき出しにしたのだろう——一方、ドリスと密使の自分が全人生でかろうじて交わしたことばは、数えられるほどしかない。

　こうして裏切りの幻影にとらわれながらも、それがあくまで幻であることはわかっていて、なおさら屈辱的な気分になった。アレックはそういう男ではない。もしわたしの代わりにアレックがホテル・バルカンでドリスと一夜をすごしていたら、部屋の隅に坐って静かに煙草《たばこ》を吸っていただろう。ちょうど、ドリスがアレックではなくグスタフを腕に抱いていたコトブスの夜のように。

まだ海の彼方を見つめ、意味もなくこういう考えをめぐらしていたとき、ふと自分がひとりではないことに気づいた。われを忘れて、尾行されていることにも気づかなかったのだ。なお悪いことに、わたしのあとをついてきたのは、地元でもっとも会いたくない人物、嫌われ者のオノレ、肥やしや古タイヤやもっと性質《たち》の悪いものの売り手だった。その姿は小妖精、しかも邪悪なそれである――ずんぐりして肩幅が広く、悪人面《づら》にブルトン・キャップをかぶり、スモックを着て、崖の縁に足を大きく広げて立ち、こちらを見おろしていた。

わたしは彼に呼びかけた。いくらか軽蔑をこめて何か用かと尋ねはしたものの、本当に言いたかったのは、さっさと消えて考えに浸らせてくれということだった。オノレの答えは、崖の道を軽々とおりてきて、わたしのほうをろくに見もせずに波打ち際の岩の上に坐ることだった。宵闇《よいやみ》が迫ってきた。湾の向こうにロリアンの灯がともりはじめた。ほどなくオノレは顔を上げて、何か問いたげにわたしを見つめた。わたしが答えないので、スモックの奥から酒罎《さかびん》を取り出し、別のポケットから出した紙コップ二個に酒をついで、身ぶりでわたしにつき合えとうながした。わたしは礼儀上つき合った。

「死ぬことを考えてた？」彼は軽い調子で訊いた。

「とくにそういうことは」

「女のことか？　また別の？」

わたしは無視した。不本意ながら、彼の謎めいた礼儀正しさに感銘を受けていた。人格が変わったのだろうか。たんにわたしが気づかなかっただけか？　オノレは紙コップを持ち上げた。わたしも持ち上げて応じた。ノルマンディではこの酒をカルバドスと呼ぶが、われわれブルターニュ人にとってはランビッグだ。オノレの飲むバージョンは、馬の蹄《ひづめ》に塗って固くするのに使う。

「亡くなった親父さんに」彼は海に向かって言った。「立派なレジスタンスのヒーローだったよ。フン族（世界大戦時に連合国側がプロパガンダとして用いたドイツ人の呼称）を大勢殺した」

「そう聞いた」わたしは用心深く答えた。

「勲章もたくさんもらった」

「二、三個だ」

「やつらに拷問されて、殺された。だから二重のヒーローだ。ブラヴォー」彼は言い、依然として海を見ながら酒を飲んだ。「わしの親父もヒーローだった」と続けた。「大ヒーローだ。巨大な。おまえさんの親父より二メートルほどでかい」

「彼は何を？」

「フン族に協力したのさ。やつらは親父に、自分たちが戦争に勝ったらブルターニュを独立させてやると約束した。親父の馬鹿、それを信じやがった。戦争が終わり、レジスタンスのヒーローたちは彼を町の広場に吊るした。というより、彼の残骸《ざんがい》を。大群衆が集まって拍手喝采《かっさい》だ。町じゅうに歓声が響いた」

それがオノレにも聞こえたのか？　両耳を手でふさいで、親切な誰かの家の地下室で縮こまっていた彼にも？　そうだったのかもしれないという気がした。「さもなきゃ、おまえさんも吊るされるかもしれんぞ」彼は続けた。「だから、馬糞《ばふん》はほかの誰かから買うほうがいい」

わたしが何か言うのを待っていたが、わたしは言うべきことを思いつかなかった。そこで彼はふたりのコップに酒をつぎ、わたしたちは海を見つづけた。

★

あのころ、農夫たちはまだ村の広場でボールゲームをし、酔っ払うとブルターニュの民謡を歌った。あくまでふつうの人間としてすごそうと、わたしは彼らといっしょにシードルを飲み、グラン・ギニョール（十九世紀末から二十世紀なかばまでパリにあった大衆劇場。転じて、そこで演じられたグロテスクな芝居や見世物）と言ってもよさそうな村のゴシップに耳を傾けた。たとえば、郵便局長夫妻が二階の部屋に閉じこもって出てこなくなったのは、息子が自殺したからだという話や、地区徴税官の父親が認知症になり、夜中の二時に完全な正装で朝食におりてくるようになって、妻が家出した話、隣村の酪農家が自分の娘たちと寝て刑務所に入れられた話など。わたしはそれらすべてについて、できるだけ適切な個所でうなずいていたが、その間にも頭から離れない疑問は増え、深まるばかりだった。

それにしても、なんと思いがけない、不自然なまでの順調さだったことか！

なぜすべてが見事計画どおりに運んだのか。過去にたずさわったほかのどんな作戦でも、上首尾の結果がすぐそこに見えていたときでさえ、計画どおりに進んだことなどなかったのに。

★

シュタージの女性上級職員が、情報提供者であふれ返る隣の警察国家内を逃亡？　無慈悲と効率のよさで名高いチェコの保安当局の網にもかからずに？　それどころか、くわしい調査も、尾行も、聴取も、取り調べすらなく、親切に出口のゲートまで案内された？

それに、教えてほしいのだが、フランスの諜報機関はいつからこれほどくそ完璧になった？　むしろ国内の対抗機関によってバラバラに解体されたと聞いていたのだが。上から下まで無能で、よその国のスパイだらけ——どうしてこちらのイメージのほうがしっくりくる？　ところが突然、彼らがこの道のグランドマスターになったのだ。それとも気のせいか？

そういう疑問があるのなら——というより、実際にあり、時がたつにつれ耳を聾《ろう》するほどになっていた——どうすべきだろう。タオルを投げて辞職するまえに、スマイリーにも打ち明けておく？

いまこのときにも、おそらくドリスは聴取担当官《デブリーファー》といっしょに、どこか田舎《いなか》の砦に閉じこめられている。わたしたちがどれほど情熱的に愛し合ったか、デブリーファーに語っているのだろうか。こと心の問題に関するかぎり、ドリスは自制がきくほうではない。そして万一、デブリーファーもわたしと同じように、彼女の東ドイツとチェコからの脱出は不自然なくらいたやすかったと思いはじめたら、彼らはどのような結論を導き出すだろう。たとえば、これはすべて仕組まれた作戦だった？　彼女は囮《おとり》、二重スパイであって、いちかばちかのだまし合いの一翼を担《にな》っている？　そして極めつきの愚か者のピーター・ギラムは敵と寝てしまった？　そんなふうに信じかけていたとき、オリヴァー・メンデルがジョージの代理で朝の五時に電話をかけてきて、可能なかぎり速いルートでソールズベリーまで来るよう命じたのだった。「どうしてる？　ピーター」も、「こんなに朝早く起こして申しわけない」もなく、ただ「その尻を上げていますぐ第四施設まで来い、とジョージが言っている」だけだった。

第四施設とは、ソールズベリー近郊のニュー・フォレストにある共同運営委員会の隠れ家《セーフハウス》だ。

★

ル・トゥケ空港発の小型飛行機に残っていた最後の席に体を押し入れながら、わたしは自分がかけられる略式裁判を思い描く――ドリスが自分は二重スパイだったと告白し、われわれふたりの情熱の夜をある種の目くらましに用いている。

ところが、そこでもう半分のわたしがしゃしゃり出る。彼女はあのままのドリスだ、ふざけるな。おまえは彼女を愛している。本人にそう言った。あるいは言ったと思っている。どちらにしろ真実だ。だから、自分がもうすぐ裁かれるからといって他人《ひと》のことも焦《あせ》って裁くんじゃない！

イギリスのリド空港に到着するころには、疑念を裏づける論理はなくなっていた。乗った列車がソールズベリー駅に入るときにも、論理はなかった。だが少なくとも、第四施設をドリスのデブリーフィングの場所に選んだことを訝《いぶか》る時間はあった。そこはサーカスの基準で見ると、群島のように散らばるセーフハウスのなかでもっとも人目につかないとは言えないし、もっとも安全でもない。書類上、必要な条件はすべてそろっている――ニュー・フォレストのまんなかの狭い土地にあり、道路からは見えず、建物は低い二階建てで、塀に囲われた庭、小川、湖の一部がある。十エーカーの土地のいくらかは森で、全体に高さ百八十センチの金網のフェンスが張りめぐらされ、長く伸びすぎた草木に覆《おお》い隠されている。

だが、ほんの数日前に雇い主のシュタージの牙のあいだから引ったくってきた重要エージェントのデブリーフィングには？　少々難があると言わざるをえない。もし〈委員会〉が作戦を指揮しているのでなければ、ジョージはもう少し人目につかない場所を選んだはずだ。ソールズベリー駅では、わたしが首狩り人《スカルプハンター》の部署にいたころから知っているハーバートという名のサーカスの運転手が、〝バラクラフのお客様〟と書いた札を掲げて立っていた。バラクラフはジョージの暗号名のひとつだ。が、わたしが雑談を始めようとすると、ハーバートはわたしと話すことは禁じられていると答えた。車はでこぼこだらけの長い私道に入った。侵入者は起訴される。ライムとカエデの低く垂れた枝が、バンのルーフをこすった。影のなかから意外にもフォーンが現われた。ファーストネームは誰も知らない。かつてサラットで武器なしの格闘の教官をしていた男で、折に触れて〈隠密〉の用心棒を務めている。それにしても、なぜ人もあろうにフォーンがここにいる？　第四施設には、全訓練生に愛される有名なゲイのカップル、ハーパー氏とロウ氏という専任の警備員がいるのに。しかしそこで、スマイリーがフォーンをプロとして信頼し、厄介な任務で幾度となく使ってきたことを思い出した。

　運転手が車を停め、フォーンが車内をのぞきこんでわたしを見たが笑みを浮かべず、首を傾けて、行けと合図した。登り坂になった。頑丈そうな両開きの木の門が開き、われわれが入ったあとで閉まった。右手に醸造者の住まいとして建てられた偽チューダー様式の邸宅が見え、左手には馬車置き場と、かまぼこ形の小屋《ストウーブ》がふたつと、十分の一税（中世の教会が農民から収穫の十分の一を徴収した税制）の作物を保管した、藁葺《わらぶ》き屋根の堂々たる倉庫がある。中庭にフォードのゼファー三台と黒いバンが一台駐《と》まっていた。そのまえに、視界に入るただひとりの人間として、オリヴァー・メンデル、引退した警部でジョージの長年の協力者がウォーキートーキーを耳に当てて立っていた。

　バンから飛びおりて、リュックサックを取り出し、「やあ、オリヴァー！　なんとか来たよ」と叫ぶも、オリヴァー・メンデルは眉ひとつ動かさず、ウォーキートーキーにぼそぼそと話しながら、近づくわたしを見ている。わたしはもう一度挨拶《あいさつ》しようとして、思いとどまる。オリヴァーが、「そうする、ジョージ」とつぶやき、ウォーキートーキーのスイッチを切る。

「われわれの友人はいま取りこみ中だ、ピーター」彼は重々しく言う。「ちょっとした事件があってね。よかったら、いっしょに近所をぐるりと散歩しようか」

わたしはメッセージを受け取る。ドリスが何から何までしゃべったのだ。〝おれはきみを《イッヒ・リーベ・》愛している《ディッヒ》〟も含めて。友人のジョージが〝取りこみ中〟というのは、選んだ弟子のしくじりに辟易《へきえき》し、腹を立て、胸が悪くなっているという意味だ。とても出てきて話す気になれないので、つねに全幅の信頼を置くオリヴァー・メンデルを代理に立て、若いピーターにこれから一生忘れられないような叱責《しっせき》を与えようというのだ。おそらく同時に、解雇通知も。だが、なぜフォーンがいる？　それに、この場所から急に人がいなくなっているような感じは何だろう。

わたしたちは芝生の坂を登り、互いに対して斜《なな》めに立っている。まちがいなくメンデルの意図だ。ふたりとも少し遠くの不確かな物体に視線をすえている――シダレカンバ二本と、古い鳩小屋に。

「悲しい知らせがある、ピーター」

ほら来た。

「たいへん残念なことだが、下部情報源〈チューリップ〉、きみがチェコからの救出に成功した女性は今朝《けさ》、死亡が確認された」

★

そういうときに自分が何を言ったか憶えている人間はいない。わたしも例外ではないので、ここでお決まりの苦痛、恐怖、または不信の叫び声をあげたとは言わない。ものがはっきり見えなくなったのは憶えている。シダレカンバも、鳩小屋も。一年のこの時期にしては晴れて暖かかったのも憶えている。吐き気をもよおしたのも確かだが、素直に感情を外に表わせない性格だから、なんとか吐かずにすませた。メンデルのあとについて、敷地の最南端にある打ち棄《す》てられた夏の別邸に行ったのも憶えている。そこはイトスギが密生する雑木林で本邸からさえぎられていた。その家のぐらつくベランダにふたりで坐り、芝の伸びすぎたクロッケー（ゲートボールに似た球技）のコートを眺めていたのもわかっている。ところどころ芝から飛び出《さ》ている錆《さ》びた鉄の小門《フープ》が記憶に残っているからだ。

「絶命に至る絞首だった、痛ましくも」メンデルが死刑宣告の言い方で説明していた。「みずから作った仕掛けだ。あの坂の向こう側に立つ木の低い大枝を使った。狭い橋のそば、地図で言えば二一七地点だ。午前八時にドクター・アシュリー・メドウズが死亡を証明した」

アッシュ・メドウズは、一流の医師が集まるハーリー・ストリートの流行《はや》りの精神科医で、ジョージと仲がいいとは思えない。もっぱら神経症の亡命者を扱うサーカスの臨時雇いだ。

「アッシュがここに？」

「いま彼女といる」

わたしはこのニュースについてじっくり考える。ドリスは死んだ。アッシュが彼女といる。医師が死者を見張っている。

「遺書か何か残したのか？　これからどうするつもりか誰かに話していたとか？」

「たんに首を吊ったのだよ。登山用のナイロンロープを必要なだけつなぎ合わせて。敷地のどこかで見つけたらしい。三メートルほどあった。たぶん訓練コースで使用したときの残りだろう。いくらか不注意だったな、わたしに言わせれば」

「アレックにはもう誰かが伝えた？」彼女の頭がアレックの肩にのっているところを想像しながら、わたしは訊く。

メンデルの警官の声が戻ってくる。「きみの友人のアレック・リーマスにはジョージが説明する。アレックが知るべきことを、知るべきときに。それよりまえではない。話す時期はジョージ自身が判断する。わかったな？」

アレックが〈チューリップ〉を安全な場所に届けたとまだ信じていることはわかった。

「彼はどこに？　彼というのはアレックではなく、ジョージだが」わたしは馬鹿げた質問をする。

「いまはたまたま、スイスのある紳士と話している。その紳士は地面の罠に足を取られたのだ、気の毒に。それもウサギなんかではなく、人間も捕まるような罠に。鹿肉でも少々と思った密猟者が仕掛けたんだろうな。そう考えるしかない。錆びていて、長い草で見えなかったらしい。どれほど昔からあったのかわからないが、バネは死んでいなかった。そのドラゴンの牙が、足首から下をすっぱり切り落としてもおかしくなかったんだとか。だから運がよかったのだ」わたしが黙ったままなので、引きつづき会話口調で、「そのスイス人はアマチュア鳥類学者で、そこはわたしも同じ趣味だから尊敬するが、バードウォッチングをしていた。われわれの土地に侵入するつもりはなかったのだが、つい入ってしまい、大いに反省している。わたしだって反省する。だがここだけの話、ハーパーとロウが敷地の見まわり中によくその罠にかからなかったものだと思うよ。そんな罠に足を踏みこまなかったのは運がよかったとしか言いようがない」

「どうしてジョージが話をしている？」〝こんなときに〟という意味をこめたように思う。

「スイスの紳士と？　つまり、重要証人だからだ。ちがうかね？　そのスイスの紳士は、好むと好まざるとにかかわらず敷地内にいた――そう、ついまちがえてだが、同じバードウォッチャーとして言えば、そういうことはありうる。しかも問題の時刻にだ、彼にとっては不幸なことに。だから当然ジョージとしては、彼が事態の解明につながる有用な何かを見聞きしていないか、確かめたい。哀れな〈チューリップ〉がなんらかの方法で彼に話しかけているかもしれない。考えてみれば、じつに微妙な状況なのだ。われわれは極秘の施設にいて、〈チューリップ〉はまだ正式にはイギリスに上陸していない。要するに、そのスイスの紳士は保安上のスズメバチの巣のようなものをうっかり踏んでしまった。これは是が非でも考慮しなければならない点だ」

メンデルの話は耳に入っていたが、わたしは真剣に聞いていなかった。「とにかく彼女に会わせてくれ、オリヴァー」

メンデルはそれに驚きもせず答えた。「なら、ここにいなさい。わたしが上に話をつける。ぜったいに動いてはならない」

そう言って、もう使われていないクロッケー・コートの伸び放題の芝に大股で踏みこむと、またウォーキートーキーに何事かつぶやいた。ついてこいと手を振るので、わたしは彼のあとから倉庫《ストウープ》の巨大な扉のまえまで行った。メンデルがノックし、少しうしろに下がった。ややあって扉が軋《きし》んで開くと、そこにアッシュ・メドウズ本人が立っていた。五十歳の元ラグビー選手は、赤いズボン吊りにチェックのフランネルシャツという恰好で、いつも手放さないパイプを吸っていた。

「残念だったよ、きみ《オールド・チャップ》」メドウズはわたしを通すためによけて言った。そこでわたしも、残念だったと答えた。

広々とした倉庫の中央に置かれた卓球台に、細身の女性の体形を思わせる、ジッパーつきの遺体袋が置かれていた。彼女は仰向《あおむ》けに、爪先を上に向けて寝かされていた。

「かわいそうに、ここに来るまで自分が〈チューリップ〉と呼ばれていたことは知らなかったのだ」アッシュは、死者のいるところで話しながら培《つちか》ったのであろう快活な声音《こわね》で、懐かしむように言った。「〈チューリップ〉という呼び名を知ってからは、いたく気に入って、誰かがそれ以外の名前で呼ぶとたいへんなことになった。本当にいいのかね？」

ジッパーを開ける心の準備はできているのかという意味だ。できていた。

彼女の顔は、知り合ってから初めて無表情だった。鳶《とび》色の髪を編んで緑のリボンで結んであり、おさげが顔の横にあった。眼は閉じている。彼女が眠っているのを初めて見た。首は青と灰色の抜け殻のようだった。

「終わったかね、ピーター、きみ《オールド・ボーイ》?」

答えがどうあれ、彼はジッパーを閉じていた。

★

わたしはメンデルについて外の新鮮な空気のなかに出る。目のまえでは、草地が栗の林に向かってのぼっている。頂上からの眺めはすばらしい。本邸、松林、まわりの野原が一望できるが、わたしがのぼりだすや、メンデルが進路に手を差し出して止める。

「よければこのまま下にいようじゃないか。わざわざ目立つことはない」

彼がそう言った理由を訊こうと思わなかったのは、驚くことでもないだろう。

それからふたりであてどなく歩いた時間があった——何分歩いたかまではわからない。メンデルが養蜂をしているという話をする。彼の妻が犬の保護施設から引き取って溺愛《できあい》しているというゴールデンレトリーバー、ポッピーの話も。ポッピーはたしか雌《めす》ではなく、雄《おす》だったと記憶している。オリヴァー・メンデルに奥さんがいたとは知らなかったので、心中ひそかに驚いたことも憶えている。

少しずつ、わたしも話しだす。メンデルから、ブルターニュの暮らしとか、収穫の見込み、飼っている牛の頭数について訊かれると、わたしは正確かつ明快に答える。おそらくメンデルはそれを待っていたのだろう、倉庫のまえから馬車置き場につながる砂利道まで来たときに、わたしから離れて、ぶっきらぼうな調子でウォーキートーキーに話す。そして戻ってきたときには、もはや気が置けない話し相手ではなく、また全面的に警官になっている。

「さて、いいか、よく聞いてくれ。これからきみは話の残り半分を知ることになる。見るものを見て、いかなるかたちでも反応はしないように。以後目にするものについては、完全に沈黙を守ってもらう。これはわたしの命令ではない。ジョージからきみへの個人的な命令だ。さらにもうひとつ、万一あの気の毒な女性の自殺のことでまだ自分を責めているのなら、それはいますぐやめていい。わかったかね？　これはジョージではなく、わたしのことばだ。ところで、スイスドイツ語は話せるか？」

メンデルは微笑んでいた。驚いたことに、わたしもだ。ここで、気兼ねのない散歩は寒々しい方向に転じた。わたしは一瞬、スイスの紳士のことは忘れていた。メンデルが親切に雑談をしてくれているのだと思っていた。だがいまや、まちがって敷地に入ってきた謎のバードウォッチャーが全速力で戻ってきた。狭い通り道のいちばん奥に、フォーンが立っていた。そのうしろに石段があり、のぼった先のオリーブグリーンのドアには〝死の危険。立入禁止〟の表示があった。

わたしたちは石段をのぼった。フォーンが先頭だった。そこは干し草置き場で、白カビの生えた馬具が古いフックからさがっていた。腐った干し草のベール（牧草などを圧縮して円柱や直方体に固めたもの）のあいだを進むと、〝サブマリン〟と呼ばれる隔離房にたどり着いた。厳しい尋問に抵抗したり、逆に尋問をおこなったりする嫌な技術を訓練生に教えるための専用設備だ。わたしが参加した再訓練コースでは、かならずここの窓のない柔らかい壁と、手枷《てかせ》足枷《あしかせ》、頭が割れそうになる音響効果を体験した。ドアは黒ずんだ鋼鉄製で、スライド式ののぞき穴がついているが、外からは見えても、なかから外は見えない。

フォーンは離れたところに立っている。メンデルがサブマリンの入口まで行き、屈んでのぞき穴のスライドを閉じ、またうしろに下がってわたしにうなずく――きみの番だ。そして早口でささやく。

「彼女は自分で首を吊ったのではない。わかるな？　われわれのバードウォッチャーが代わりにやったのだ」

わたしの過去の訓練では、サブマリンのなかに家具はいっさいなかった。石の床に横たわるか、真っ暗闇のなかを歩きまわるしかない。その間、スピーカーが延々《えんえん》とがなりたて、なかにいる人間が限界を超えるか、指導責任者が中止してよかろうと判断するまでそれが続く。ところが、今回の意外なふたりは、赤いフェルト敷きのカードテーブルと、文句なしに高級な椅子二脚という贅沢《ぜいたく》を許されていた。

まずひとつの椅子に坐っているのはジョージ・スマイリーで、尋問をするときにだけ見せる表情をしている――彼にとって人生は長い苦行であり、それを耐えられるものにできるのはあなただけだと言いたげな、少し困った、傷ついたような表情。

そしてジョージの向かいの椅子に坐っているのは、わたしと同年代の屈強そうなブロンドの男だ。両眼のまわりにできたての青あざがあり、靴なしで包帯を巻いてある片方の足を突き出し、手錠をはめられた両手をテーブルに置いて、物乞いをするように掌《てのひら》を上に向けている。

顔をこちらに向けると、まさしく期待していたものが見える——右頰全体をサーベルで斬りつけたような古い傷が。

あざのせいではっきりしない眼が青いのはわかっている。三年前、ジョージ・スマイリーが向かい側にいるこの男に棍棒《こんぼう》で殴られて死にかけたあとで、わたしがジョージのために盗んだ犯罪者記録にそう書かれていたからだ。

尋問中——それとも交渉中？——のこの囚人の名は、忘れもしない、ハンス＝ディーター・ムント。ハイゲートにある東ドイツ鉄鋼調査団の元メンバーで、外交官ではない公的な身分を享受していた。

ロンドンにいるあいだに、ムントは彼から見て多くを知りすぎた東ロンドンの自動車販売業者を殺害した。ジョージを殺そうとしたのも、同じ理由からだった。

KGB仕込みのシュタージの殺し屋であるそのムントが、鹿の罠にかかったスイスのアマチュア鳥類学者のふりをしていて、ほんの十五メートルと離れていないところには、〈チューリップ〉という呼び名だけで知られたがったドリスが死んで横たわっている。メンデルがわたしの腕をつついていた。車でちょっとのところに移動するぞ、ピーター。ジョージはあとでわれわれに加わる。

「ハーパーとロウはどうなった?」わたしは安全な車のなかでメンデルに尋ねる。思いつく話題はそれだけだった。

「ハーパーは、メドウズが病院に送った。顔の手術を受けるのだ。ロウが横で彼の手を握っている。われらが鳥類学者の友人は、踏みこんだ罠から解放されたときにおとなしくしていなかった、と言っておこうか。いずれきみにもわかるが、彼はある重大な支援を要請した」

★

「見てもらいたい資料がふたつある、ピーター」スマイリーがそう言って、わたしにひとつめを差し出す。

夜中の二時。わたしたちは、ニュー・フォレストのどこか端のほうにある、一棟二軒造りの警察署の表側の部屋にいる。迎えてくれたメンデルの旧友の警官は、暖炉の石炭に火を入れ、お茶と砂糖つきのビスケットをのせた盆を運んできたあと、二階の妻のところへ引きあげた。わたしたちはお茶も飲まず、ビスケットにも手をつけていない。最初の資料は、なんの変哲もない白地のイギリスの葉書で、切手は貼られていない。狭いところに押し入れられた、たとえばドアの下を通されたような引っかき傷がついている。住所欄は空白。通信欄にはブルーブラックのインクの手書きで、ドイツ語のメッセージが書かれている。すべて大文字だ。

わたしはあなたをグスタフのところへ連れていけるスイスの善《よ》き友人だ。橋のところで午前一時に会いたい。すべて手配する。われわれはともにキリスト教徒だ。［署名なし］

「どうしてわざわざイギリスに来るまで待つんだ？」わたしは長い沈黙のあと、やっとのことでジョージに尋ねる。「なぜドイツで殺さなかった？」

「彼らの情報源を守るためだ、想像がつくとおり」スマイリーはわたしの頭の悪さを難じるように答える。「密告はモスクワ・センターからだった。当然ながら、彼らは慎重な対処を要求する。交通事故や、同様の不自然な出来事はいけない。みずから招く死のほうが望ましい。敵陣に最大の動揺をもたらしうるからだ。非の打ちどころがなく論理的だと思うが、どうだね？　どう思う？　ピーター」

つねに穏やかな声で語る鉄の自制心のなかに、いまは怒りがある。ふだんはよく変わる表情の強張《こわば》りのなかに。自己嫌悪と一体になった怒り。生来のあらゆる高潔な性格に反して、やらなければならなかったことのおぞましさに対する怒りだ。

「〝無事送り届けた《シェパーディッド》〟というのが、ムントの選んだ表現だった」スマイリーはわたしの答えを待っていないし、期待もしていない感じで続ける。「われわれは彼女をプラハに無事送り届けた。イギリスに、第四施設に無事送り届けた。そしてわれわれは彼女の首を絞め、吊るした。決して自分がやったとは言わない。つねに集合体としてのわれわれだ。わたしは彼に、見下げ果てた人間だと言ってやった。本人にきちんと伝わったと思いたいね」そして忘れていたかのように、「ああ、それからもうひとつ」とわたしに、たたんだ〈バジルドン・ボンド〉（老舗の文房具店）の便箋《びんせん》を手渡す。上になった面に、こちらは軟らかい鉛筆で大きく〝アドリアン〟と書かれている。心をこめて書いたきれいな手書きの文字。不必要な飾りはない。きまじめなドイツの女学生がイギリスのペンフレンドに宛てた手紙のようだ。

私の愛《いと》しいアドリアン、私のジャン＝フランソワ、
私が愛する男はあなたたちだけ。神様も愛してくださいますように。

チューリップ

「形見に取っておきたいか、それとも燃やしてしまおうかと訊いたんだがね」わたしの放心状態の耳に、スマイリーが相変わらず冷たい怒りを帯びた声で質問をくり返している。「燃やしたほうがいいだろうと思うが。ミリー・マクレイグがたまたま見つけたのだ。〈チューリップ〉の化粧鏡に立てかけてあった」

そしてスマイリーは、わたしが暖炉のまえにひざまずき、燃える石炭の上にドリスの手紙をたたんだまま捧げ物のように置くのを、これといった表情も浮かべず見ている。わが身を

苦しめるあらゆる感情が渦巻くなかで、わたしはふと、失恋に関してはジョージ・スマイリーと互いに望んでいたより近づいたなと思った。わたしは心を通わせるダンスが苦手だ。一方ジョージは、彼の非常識な妻に言わせると、最初からダンスを拒んでいる。わたしはまだ胸の思いをひと言も口にしていない。

「わたしがヘル・ムントと交わした取り決めには、多少こちらに有利な条件がついている」彼は容赦なく続ける。「たとえば、録音した会話だ。モスクワとベルリンにいる彼の上役たちは、その内容に感心しないだろう。その点は彼も同意した。また、両陣営で巧みに管理しながら彼がわれわれのために働けば、シュタージ上層部での栄進はまちがいないこと、これも同意している。彼は任務を完遂した英雄として同志のもとに帰る。本部の大物たちは喜ぶ。モスクワ・センターも喜ぶ。エマヌエル・ラップの仕事に空きができるだろうから、そこに志願すればいい。そうする、とムントは約束した。ベルリンとモスクワで幸運に恵まれ、それにともなって入手しうる情報が増えれば、いつか〈チューリップ〉を含め、志なかばで消えたわれわれの一部の諜報員を密告した人物について、ムントがこちらに伝えられる日が来るだろう。きみもわたしもそれには大いに期待する。ちがうかね？」

それでも、記憶にあるかぎり、わたしは何も言わなかった。スマイリーのほうは、締めくくりにきわめて重要なことを言おうとしている。

「この極秘中の極秘の情報を知っているのは、きみとわたしのほか、ごく少数の人間だけだ、ピーター。〈委員会〉と情報部全体への説明では、われわれは欲張りすぎ、〈チューリップ〉の救出を急ぎすぎ、彼女の深い感情に配慮せず、結果として彼女は自殺してしまった、ということになる。これが本部と全支局に大々的に報告されるバージョンだ。〈委員会〉の息がかかっているところには例外なく、こう説明しなければならない。そしてそこには遺憾《いかん》ながら、必然的にわれらの友人アレック・リーマスも含まれる」

★

わたしたちは彼女をチューリップ・ブラウンの名で火葬した。ロシア生まれで信仰心が篤《あつ》く、共産党の迫害から逃れてイギリスで孤独に暮らしていた女性として。棺《ひつぎ》にチューリップの花を飾った〈隠密〉の女性たちは、引退した正教会の司祭を発掘してきた。司祭には、ブラウンという名は故人が報復を怖れてみずから変えたものだと説明した。彼は昔、われわれに臨時で協力したことがあり、不都合な質問はしなかった。参列者は六人——アッシュ・メドウズ、ミリー・マクレイグ、〈隠密〉からジャネット・エイヴォンとインゲボルク・ルック、アレック・リーマス、そしてわたし。ジョージは所用で不在だった。葬儀が終わって女たちが去り、男三人はパブを探して外に出た。

「なんだってあの愚かな女、わざわざこんなことをしたんだ」坐ってスコッチを飲んでいるあいだ、アレックは頭を抱えて不満をこぼした。「こっちはどれだけ苦労したことか」そして内心怒ってはいないのに怒ったような口調で、「最初からこうするとわかってたら、何もせず放っておいたのに」

「まったくだ」わたしは話を合わせ、バーカウンターに行って同じスコッチを三つ追加した。

「ある人たちは、人生の早い段階で自殺を決意する」席に戻ると、メドウズ医師が講釈を垂れていた。「本人は気づいていないかもしれないが、心のなかにそれがあるのだよ、アレック。それがある日、何かのきっかけで表われて引き金を引く。きっかけは、バスのなかに財布を置き忘れるようなまったく些細《ささい》なことかもしれないし、親友が亡くなるといった劇的なことかもしれない。だが、意図はすでにあって、結果は同じことだ」

わたしたちはスコッチを飲んだ。また沈黙ができた。今回それを破ったのはアレックだった。

「下働きの要員はみな自殺志願者なのかもしれんな。たんに一部は実行に至らないだけで。哀れな連中さ」そして言った。「ところで、あの子には誰が伝える？」

あの子？　そうか。グスタフのことだ。

「敵側にまかせるとジョージは言ってる」わたしは答えた。それにアレックはうなり、「くそ、なんて世界だ」と言って、またウイスキーに戻った。

10

わたしは書斎の壁を見るのをやめた。さぼっていると、ペプシと交替したネルソンがひどく気にするのだ。勤勉に報告書を読む作業を再開し、ごく少数の人間しか知らない秘密を守るという使命のもとで、スマイリーの命令を細大もらさず、どれほど無関係に思われることもひとまとめにしておいたことを、いまさらながら後悔する。

下部情報源〈チューリップ〉の聴取《デブリーフ》および自殺の件。

デブリーフ担当者：インゲボルク・ルック（〈隠密〉）およびジャネット・エイヴォン（〈隠密〉）。〈隠密〉臨時雇用者であるアシュリー・メドウズ医学博士が数回立ち会った。

起草および事実の照合：PGがおこない、H／〈隠密〉が承認。メリルボーンから大蔵省監視委員会に提出。共同運営委員会に草稿の写しを送り、コメントを求めた。

エイヴォンとルックは、ともに〈隠密〉のデブリーフィングの第一人者だ。中欧出身の中年女性で、現場の活動も長く経験している。

1 〈チューリップ〉受け入れと第四施設への移送。

空軍機でノーソルトに到着した際、〈チューリップ〉は通常の着陸手続きを経なかったので、公式にイギリスに入国したことにはなっていない。乗り継ぎエリアのVIPルームで、〝あなたをたいへん誇らしく思う情報部から代表に指名された〟というメドウズ医師が歓迎の短いスピーチをして、イングリッシュローズの花束を手渡した。〈チューリップ〉は感激したらしく、旅のあいだじゅうそれを顔のまえに抱えていた。

彼女はそこからスモークガラスのバンで第四施設まで直接運ばれた。デブリーフィングの技術のみならず看護師の資格も持つエイヴォン（暗号名アンナ）が後部座席にいっしょに坐り、会話をして心地よい雰囲気を作った。ルック（暗号名ルイーザ）とメドウズ医師（暗号名フランク）は、まえの運転手の横に坐った。エイヴォンと〈チューリップ〉だけを後部座席に乗せたほうが、ふたりの結びつきが強まるという配慮からである。サーカス側の三人はみなレベル六の流暢《りゅうちょう》なドイツ語話者。

車での移動中、〈チューリップ〉は眠っているか、興奮して外の景色を指さし、グスタフが見たら喜ぶと言っていた。息子はすぐにイギリスに来ると信じていたようだ。また、自転車に乗って、これもグスタフといっしょに走りたい小径《こみち》や場所にも夢中になって指さしていた。彼女は〝アドリアン〟について二度尋ねたが、そのような人物は知らないと言われると、話題を〝ジャン＝フランソワ〟に変えた。メドウズ医師は、伝書使のジャン＝フランソワは急な仕事で別の地域にいるが、いずれかならず姿を見せると請け合った。

第四施設の宿泊棟には、主寝室、居間、簡易台所、サンルームがある。サンルームは十九世紀のガラスと木材でできた増築部で、外の（常温水）プールに面している。サンルームとプールを含めた全エリアに、隠しマイクと特殊設備が仕掛けられている。プールのすぐ裏には針葉樹の雑木林があり、低い枝が一部切り払われている。ダマジカが多数棲《す》んでいて、たびたびプールで水浴びしているところを目撃される。外周に金網のフェンスがあるので、鹿の群れは実質上、敷地内で飼われており、第四施設に趣《おもむき》深く静謐《せいひつ》な魅力を添えている。

まず、H／〈隠密〉の要請でその日セーフハウスの管理人に着任していたミリー・マクレイグ（暗号名エラ）に、〈チューリップ〉を紹介した。同じくH／〈隠密〉の要請で、おもだった場所にマイクが設置された。以前の活動で設置されて生きているマイクもあったが、それらは取りはずされた。

第四施設のセーフハウスの管理人は、滞在者用の続き部屋から短い廊下でつながった奥の部屋で寝起きする。両方の部屋に内線電話があって、滞在者は夜間いつでも助けを求めることができる。マクレイグの提案でエイヴォンとルックも本邸に寝泊まりすることになり、〈チューリップ〉を囲む女性だけの環境ができあがった。

第四施設の専属警備員であるハーパーとロウは、馬車置き場の部屋を共有している。ふたりとも熱心な園芸家で、公認の猟場番人であるハーパーが敷地内の野生動物の数を管理している。馬車置き場には予備の寝室もあり、そこはメドウズ医師が使用していた。

2 デブリーフィング 一日目から五日目。

最初のデブリーフィング期間は二、三週間で延長可能、加えてフォローアップのセッションが無期限に想定されていたが、〈チューリップ〉には知らされなかった。ただちに着手すべき仕事は、彼女を新しい環境に慣れさせ、友人に囲まれていると安心させ、自信を持って（グスタフといる）彼女の未来を語ることだった。初日の夜には、控えめに判断してもそこまでは達成できたと満足した。彼女は、メドウズ医師（フランク）が特殊分野について質問する人物であること、話し合いのあいだには、ほかにもフランクと同様に出入りする人物がいることを伝えられた。さらに、〝ヘル・ディレクター〟（H／〈隠密〉）は、ドクトル・リーメック（〈メイフラワー〉）とネットワークのほかの人員に関する緊急案件で留守中だが、戻り次第、彼女と握手する光栄のときを心待ちにしている、とも。

デブリーフィングは、対象者がまだ〝熱い〟うちにおこなうのが大原則なので、われわれのチームは翌朝九時ちょうどに本邸の居間に再集合した。そこから休憩を挟みながら、セッションが午後九時五分まで続いた。ミリー・マクレイグが自室でその録音をモニターしつつ、〈チューリップ〉不在のあいだに彼女の部屋と所持品を徹底的に調べた。報告によると、おもに質問したのはルック（ルイーザ）で、エイヴォン（アンナ）が補足質問し、〈チューリップ〉の心理状態や動機を探る機会が訪れるたびにメドウズ医師（フランク）が割りこんだ。

フランクは一見無害な質問の真の目的を隠そうとしたが、〈チューリップ〉はたちまちその心理学的な性質を見抜き、彼が医学博士であることを知らされたとたんに、〝あの大嘘つきででたらめ学者のジークムント・フロイト〟の弟子だとあざ笑った。そして急に怒りを爆発させると、自分の人生で認める医者はたったひとりで、その名はカール・リーメックであると宣言した。フランクをろくでなしと決めつけ、「もしわたしの役に立ちたいなら、あの子を連れてきて！」と医師に迫った。メドウズ医師は、自分がいることで悪影響を与えたくない、ロンドンに帰るのが妥当だろうと判断したが、医学的支援が必要になった場合に備えて連絡はとれるようにしておいた。

続く二日間、ときおりこのような感情の爆発はあったものの、デブリーフィングのセッションは比較的穏やかな雰囲気で効率よく進み、各回の録音テープが毎夜、メリルボーンに送られていた。

H／〈隠密〉の第一の関心事は、少ないながらモスクワからラップのオフィスに流れてくる、イギリス国内の諜報員に関するソヴィエトの情報だった。〈チューリップ〉が写真撮影に成功した資料のなかに、その種の情報が非常に少なかったのは確かだが、ことによると、イギリス国内にいるモスクワの生きた情報源について何か読んだり、小耳に挟んだりしたものの、それを忘れてしまっていたか、重要でないと思って報告しなかったということはなかっただろうか。たとえば、イギリスの警察組織や諜報機関に入りこんで高い地位についている生きた情報源について、なんらかのほのめかしや自慢話の類《たぐい》はなかったか。解読されたイギリスの符牒《ふちょう》や暗号については？

その線でさまざまな角度から遠まわしの質問を投げかけた――〈チューリップ〉も徐々に苛立ってきたと言わざるをえない――にもかかわらず、有意義な成果は出ていない。それでもわれわれの査定では、〈チューリップ〉の情報の価値は〝高い〟から〝非常に高い〟のあいだにある。そもそも彼女の報告は厳しい活動条件に制約されていた。現地では彼女は終始〈メイフラワー〉だけに報告し、ベルリン支局には直接報告しなかったからだ。慎重な扱いを要する質問も、サーカス側は控えていた。万一彼女が尋問を受けることになった場合に、われわれ自体の防諜能力の弱みを露呈するおそれがあったからだが、いまやそうした質問も制限なくできるようになった。たとえば、ほかの潜在的または活動中の下部情報源の信頼性はどのくらいか。外国の外交官や政治家のうち誰がシュタージの支配下にあるか。ラップの机上で写真に撮った資料には書かれていたが、ほかのどこにも形跡のない秘密資金の流れについて、説明できることはないか。あるいは、ラップと同行して訪ねた秘密無線傍受基地の場所と外見、見取り図、進入手順、アンテナの大きさ、形状、方向、敷地内にソ連か、ほかのドイツ以外の国の人員がいるかどうか。さらに視野を広げて、〈メイフラワー〉との秘密会合《トレフ》がなかなか持てなかったことや会話が成り行きまかせだったこと、秘密の通信方法がかぎられていたことから、実質上廃棄されたほかの情報はないか。

〈チューリップ〉はたびたび不満をあらわにし、乱暴なことばを発しもしたが、みなに注目されていることはうれしいらしく、第四施設の警備員と話せるときには、気を引くそぶりで冗談を言い合ったりもした。とくに若いほうのハーパーが気に入ったようだった。しかし、夜になると決まって気分は急に落ちこみ、罪悪感と絶望にさいなまれた。いちばん心配していたのは息子のグスタフのことだが、妹のロッテについても、自分の亡命であの子の人生をめちゃくちゃにしてしまったと嘆いていた。

セーフハウスの管理人ミリー・マクレイグが、ときおり夜遅くまで彼女につき合うことがあった。互いにキリスト教徒であることがわかり、ふたりはよくいっしょに祈っていた。〈チューリップ〉の崇《あが》める聖人はミラの聖ニコライ（四世紀、ローマ帝国リュキア属州の都市ミラの大主教）で、その小さなイコンを脱出中も肌身離さず持っていた。サイクリングという共通の趣味も関係強化に役立った。〈チューリップ〉がしきりにうながすので、マクレイグ（エラ）は子供用自転車のカタログを取り寄せた。マクレイグがスコットランド出身であることを知ると、〈チューリップ〉は興奮して、ふたりでサイクリングのルートを話し合いたいからと、さっそくハイランド地方の地図を要求した。翌日、本部から〈オードナンス・サーベイ〉の地図が届けられたが、〈チューリップ〉の気分にはむらがあり、癇癪《かんしゃく》を起こすことも多かった。本人からの要求でマクレイグが与えた鎮静剤と睡眠薬は、あまり役に立たなかったようだった。

デブリーフィングのセッション中、〈チューリップ〉は絶えず、グスタフはいつ来るのか、もう人員の交換はすんだのかと知りたがった。報告によれば、それに対する答えは、ヘル・ディレクターが最高レベルで交渉しており、一夜で解決するような問題ではないというものだった。

3 〈チューリップ〉からの運動の要求。

イギリスに到着するなり、〈チューリップ〉は体を動かしたいと明言していた。空軍機は狭苦しく、第四施設までの車での移動はまるで囚人扱いだった。いかなるかたちであれ閉じこめられることには耐えられない、など。第四施設内の道はサイクリングに適さないので、走りたいと言った。ハーパーが彼女から靴のサイズを聞き、ソールズベリーに出かけてスニーカーを一足買ってきた。そこから三日続けて、〈チューリップ〉と熱心な運動家であるエイヴォン（アンナ）は、朝食前に敷地の外周の道をいっしょにジョギングした。〈チューリップ〉はグスタフが興味を示しそうな化石や珍しい石を拾っては、軽いショルダーバッグに入れた。ロシア語の俗語の表現を借りて、それを〝もしかしたら袋〟と呼んでいた。敷地内には小さな体育館もあり、ほかにストレス解消の手段がないときには、〈チューリップ〉はそこで体を動かして気分を切り替えた。何時だろうと、体育館にはかならずミリー・マクレイグが同行した。

〈チューリップ〉の日課は、朝六時にジョギングの恰好で居間のフランス窓のまえに立ち、エイヴォンが現われるのを待つことだった。が、その日の朝、窓辺に〈チューリップ〉の姿はなかった。そこでエイヴォンは庭側から滞在者用の続き部屋に入り、彼女の名前を呼び、バスルームのドアをガタガタいわせて、返事がないので開けてみたところ、誰もいない。内線電話でマクレイグに連絡して、〈チューリップ〉の行方を尋ねたが、マクレイグも知らなかった。ひどく心配になったエイヴォンは、外周の道を速いペースで走りだした。マクレイグも用心のために、ハーパーとロウに客が〝さまよい出た〟と通報し、警備員ふたりはただちに敷地内を巡回しはじめた。

4 〈チューリップ〉の発見。J・エイヴォンの個人的な供述。

東側から入ると、外周の道は二十メートルほど急にのぼって、四百メートルほど平らになり、そこから北に曲がって、谷間の湿地へと下ります。そこにかかった木の橋を渡ると、今度はのぼりの木の階段が九段あって、上のほうは張り出した栗の木の枝の陰になっています。

北に曲がって湿地におりはじめたとき、低い栗の木の枝に首を吊った〈チューリップ〉の姿が見えました。眼を見開き、両手は体の横に垂らしていました。彼女の足にいちばん近い木の階段は三十センチも離れていなかったのを憶えています。首のまわりのロープは細く、最初に見たときには、まるで体が宙に浮いているようでした。

わたしは四十二歳の女性です。以上の記憶がまだ残っている今日のうちに記録したことは強調しておきます。情報部の訓練を受け、作戦活動中の緊急事態も経験しているがゆえに、木からさがった〈チューリップ〉を見つけた際の最初の衝動が、彼女を木からおろして蘇生《そせい》法をほどこすことではなく、とにかく大急ぎで家に戻って助けを呼ぶことだったと告白するのは恥ずかしい。活動上の冷静さを失ってしまったことは心から反省していますが、わたしが〈チューリップ〉を発見したときにはすでに死後六時間以上たっていたことがわかり、いまは非常に安堵《あんど》しています。また、わたしはそのときナイフを持っておらず、ロープにも手が届かなかったのは事実です。

下部情報源〈チューリップ〉の保護、管理、自殺に関する、第四施設セーフハウス管理人および二級事務官ミリー・マクレイグによる補足の報告。写し：ジョージ・スマイリー、H／〈隠密〉（のみ）。

当時わたしが知っていたミリーは、情報部の花嫁、自由長老派教会の司祭の敬虔《けいけん》な娘だった。ケアンゴームの山々に登り、猟犬と狩りをし、危険な場所にも足を踏み入れた。兄は戦争、父は癌《がん》で亡くなり、噂によると既婚の歳上の男に恋をしたが、男は名誉のほうを重んじた。その男とはジョージのことだと言う者も何人かいたが、ふたりを見るかぎり、それが真実だと感じさせるものは何もなかった。とはいえ、彼女に触れようとしたわれわれ若い連中はみな、手ひどく振られることになった。ミリーのほうにまったくその気がなかったからだ。

1 〈チューリップ〉の失踪。

午前六時十分、ジャネット・エイヴォンから、〈チューリップ〉が朝のランニングにひとりで出かけたと言われ、私はすぐに警備員（ハーパーとロウ）に連絡して、〈チューリップ〉の好きなルートと聞いていた外周の道を中心に敷地内を捜索してもらった。そして念のため、滞在者用の続き部屋を調べ、衣類のなかにトレーニングウェアとランニングシューズが残っていることを確かめた。一方、プラハで支給されたフランス製の普段着と下着はなくなっていた。そもそも持ち物のなかに身分証と金銭はなかったが、日用品だけが入っているのを確認していたハンドバッグもなくなっていた。

状況は〈隠密〉の権限を越えており、H／〈隠密〉も緊急の用件でベルリンに出かけて不在だったので、私は管理責任者として〈委員会〉の当直に電話をかけ、警察に連絡をとってもらおうと決断した。〈チューリップ〉と同じ外見の精神疾患の患者が近隣を徘徊《はいかい》しているが、危険人物ではなく、英語は話さず、現在精神科の治療中だということにした。発見したらこの施設に送り届けてほしい、と。

続いて、ハーリー・ストリートの診療室にいたメドウズ医師に電話し、できるだけ早く第四施設に戻るよう秘書に伝言を残したが、すでに本部からの指示でこちらに向かっている途中だと言われた。

2　第四施設への無断侵入者の発見。

これらの電話を終えたとたんに、第四施設内の通話システム経由でハーパーから連絡が入った。〈チューリップ〉の捜索中に、敷地の東の端近くの森で男性の怪我人《けがにん》を発見したというのだ。見たところ無断侵入者で、迂回道路のそばの金網にできたばかりの穴から入って、茂みのなかを進んでいる途中、おそらくサーカスがこの地所を買い上げるまえに密猟者が仕掛けて、一部草に隠れていた非常に古い罠に足を踏み入れ、抜け出せなくなったようだった。

その違法の古い罠には錆《さ》びたギザギザの歯がついていて、まだバネが利《き》いた。ハーパーによると、侵入者は左足を挟まれ、暴れたことでますます歯が食いこんでしまった。流暢《りゅうちょう》な英語を話すが、外国訛《なま》りがあり、フェンスの穴を見て用を足そうと敷地内に入りこんだと主張した。熱心なバードウォッチャーであるとも説明した。

ロウが到着すると、警備員ふたりは相談して、侵入者を罠から解放してやった。ところが相手はロウの腹を殴り、ハーパーの顔に頭突きをくらわした。格闘したのち、警備員たちは侵入者を取り押さえ、たまたま近くにあった倉庫《ストウーブ》に運びこんだ。いま侵入者は左足に応急処置のうえ隔離房（サブマリン）に入れられている。現行の保安手順にしたがって、ハーパーがこの事件を、本部保安課と、現在ベルリンからの帰途にあるH／〈隠密〉に直接報告し、侵入者のできるだけ克明な人物像を伝えた。ところで行方不明の〈チューリップ〉は見かけなかったかと私が尋ねると、ハーパーは、侵入者のせいで捜索が中断してしまっているので、すぐにロウと再開すると答えた。

3 〈チューリップ〉死亡の知らせ。

ジャネット・エイヴォンが本邸のポーチに取り乱してやってきたのは、ほぼ同じころだった。構内地図の二一七地点で〈チューリップ〉が木から吊り下がっていて、おそらく死んでいるとのこと。私はこれをただちにハーパーとロウに伝え、侵入者が確保されているのを確かめたのち、彼らに急遽《きゅうきょ》二一七地点に向かって必要な救護にあたるよう指示した。

それから非常警報を発し、本邸に住む補助スタッフ全員をただちに集めた。コックふたり、運転手ひとり、修理係ひとり、清掃係と洗濯係がふたりずつなどである（別表A参照）。敷地内で死体が発見されたので、別途指示があるまで全員本邸に残っているようにと伝えたが、無断侵入者も発見されたことは言う必要がないと考えた。

ありがたいことに、ここに至ってメドウズ医師が自家用車のベントレーをとばしてきた。彼と私はそのまま東の外周に沿って二一七地点へと急いだ。現地に着いてみると、〈チューリップ〉はロープを切られ、明らかに死んでいて、首のまわりのロープは残したまま地面に横たわり、ハーパーとロウが横に立って見おろしていた。侵入者に頭突きをされて顔から出血していたハーパーは警察を、ロウは救急車を呼びたがったが、この場合、第四施設に来る途中のH／〈隠密〉の承認なしにどちらも呼ぶべきではない、と私は助言した。遺体の予備検査を終えたメドウズ医師も似たような意見だった。

そこでハーパーとロウには、倉庫《ストウープ》に戻って誰とも接触せず、次の命令を待ちなさいと指示した。何があっても囚人と会話をしてはならない、と。ふたりがいなくなったあとで、メドウズ医師は、〈チューリップ〉が発見の数時間前に死んでいたことを打ち明けた。

亡くなった女性をメドウズ医師が引きつづき検死しているあいだに、私は彼女の服装に注目した。フランス製のツインセット、プリーツ・スカートにパンプス。ジャケットのポケットには、使ったティッシュペーパーが二枚入っているだけだった。〈チューリップ〉は風邪気味だと言っていた。彼女の〝もしかしたら袋〟には、身につけていないフランス製の下着が詰まっていた。

本部から第四施設の通話システム経由で続々と入ってきた指令は、まず遺体をただちに倉庫《ストウープ》に移せというものだった。そこでハーパーとロウを呼び寄せ、救急隊員として働いてもらった。移動は即座におこなわれたが、すでにハーパーは傷口から大量に出血していた。

メドウズ医師と私は本邸に戻った。エイヴォンの名誉のために言えば、すでに彼女は落ち着きを取り戻して、スタッフにお茶やビスケットを配り、みなを元気づけていた。H／〈隠密〉率いる本部の危機管理チームが正午までに到着する予定だったので、ハーパーとロウを除く全員が本邸に残った。その間、メドウズ医師がハーパーの顔の挫傷《ざしょう》を洗浄し、サブマリンに収監された侵入者の怪我《けが》の手当てをした。

本邸待機のスタッフのなかで議論が生じた。エイヴォンは自分がいちばん〈チューリップ〉の自殺に責任があると主張したが、私は断固反論した。〈チューリップ〉は鬱《うつ》病の症状を呈しており、グスタフに対する罪悪感と思慕の念は耐えがたく、妹のロッテの人生も破滅させていた。プラハに着いたときから自殺が頭のなかにあったのかもしれず、第四施設に来てからはまちがいなくそれを考えていた。最終的な償《つぐな》いとして、みずから自殺を選んだのだ、と。

そして、いよいよジョージが偽りのメッセージをたずさえて登場する。

4　H／〈隠密〉［スマイリー］とメンデル警部の到着。

H／〈隠密〉（スマイリー）が、〈隠密〉臨時雇いのオリヴァー・メンデル警部（引退）をともなって午後三時五十五分に到着した。メドウズ医師と私はただちにふたりを倉庫《ストウープ》に案内した。

私はそれから本邸に引き返した。相変わらずインゲボルク・ルックとジャネット・エイヴォンが、集められて動揺するスタッフをなだめていた。二時間後、スマイリー氏とメンデル警部がようやく倉庫《ストウープ》から戻ってきた。スタッフをひとところに呼び集めると、スマイリー氏は個人的な追悼《ついとう》のことばを述べつつ、〈チューリップ〉の死の責任は本人のみにあり、第四施設の誰にも自分を責めるいわれはないと念を押した。

夜が近づき、シャトルバスが前庭で待っていて、スタッフの多くがソールズベリーの自宅に帰りたがっていたとき、何人かの耳に入っていたかもしれない〝謎の侵入者〟について、H／〈隠密〉がみなに安心してもらおうと手短に説明した。だいじょうぶと請け合うように微笑むメンデル警部を横に置いて、通常なら黙っておくのだが、現状では誰もが完全な情報を得ておくべきだろうと考え、秘密をチームに〝もらす〟ことにしたと言った。

謎の侵入者は謎ではない、と彼は説明した。われらが姉妹組織、MI5（内務省保安局）のほとんど知られていないエリート部門の優秀なメンバーであり、わが国のさまざまな極秘施設の防御を、合法、非合法の手段で破るという任務を負っていた。ちなみに、彼はここにいるメンデル警部と私生活でも仕事のうえでも友人である（笑い）。もとより現地での臨機応変の対応を調べる任務であるから、対象施設に事前に知らせるわけにはいかず、その活動予定日に〈チューリップ〉の選んだ自殺の日が重なったのは、スマイリーに言わせると〝神の悪意の業《わざ》〟でしかない。同じ神が、侵入者の足を鹿罠へと導いたわけだが（笑い）。ハーパーとロウは立派に義務を果たした。ふたりとも事情を説明されて、悲しげな顔で受け入れた。彼らにしてみれば、〝われわれの友人の反応が少々激しすぎた〟と感じるのは無理からぬことだが、とＨ／〈隠密〉が言い、さらに笑いが起きた。

そして、追加の偽りのメッセージ。

また、Ｈ／〈隠密〉は集まった一同に、侵入者はじつのところ外国人ではなく、ロンドンはクラパム出身の生粋《きっすい》のイギリス人なのだが、破傷風の血清注射と傷の治療を受けるために、すでにソールズベリーの緊急治療室に向かっていると打ち明けた。メンデル警部がまもなく旧友を訪ねる予定で、その際には第四施設からの見舞いとしてウイスキー一本を持参する（拍手喝采《かっさい》）。

★

バニーとローラのショーがまた始まる。レナードはいない。バニーが質問し、ローラが疑いの目つきで聞いている。

「あなたは報告書をまとめた。こう言ってよければ、細々《こまごま》したじつにつまらないことまで。

手に入るあらゆる証拠を集め、ほかのものもつけ加えて、草稿の写しを共同運営委員会に送った。そしてサーカスの資料室からその写しを盗んだ。だいたいこんなところですか？」

「いや、ちがう」

「だとすると、なぜあなたの報告書がここ〈ステイブルズ〉にあるんです？　あなたが本当に盗んだ大量の資料に混じって」

「なぜなら、結局提出されなかったからだ」

「誰にも？」

「誰にも」

「どの一部も？　簡略版さえ？」

「大蔵省は委員会を開かないことにしたのだ」

「それはいわゆる〝三賢人〟委員会のことですね？　サーカスがつねにびくびくと顔色をうかがっているという」

「議長はオリヴァー・レイコン。そのレイコンがよくよく考えた末、報告書はなんの役にも立たないと結論づけた。たとえ簡略版であろうと」

「その根拠は？」

「イギリスの地を踏んでいない一女性の自殺に関する査問は、納税者の金の正当な使い途《みち》ではなかったということだ」

「想像しうるかぎり、レイコンのその決定にジョージ・スマイリーが影響を与えていた可能性はありますか？」

「どうしてわたしにわかる？」

「簡単にわかると思いましたがね。もしスマイリーが、ほかの何人かに加えてあなたの尻も守ろうとしていたのなら。つまり、他意のない純粋なたとえ話ですが、〈チューリップ〉があなたのせいで首を吊ったのだとしたら。報告書のどこかに、大蔵省の神経過敏な耳に聞かせるには忍びないとスマイリーが思うような要素やエピソードはありませんでしたか？」

「共同運営委員会の神経過敏な耳、ならあるかもしれないが、大蔵省ではないな。〈委員会〉はすでにジョージが不快に思うほど〈メイフラワー〉にも首を突っこんでいた。査問となれば、その扉がさらに開いてしまうと思ったかもしれない。そしてレイコンにその旨《むね》助言した。これはたんにわたしの想像だが」

「ちらっとでもこう考えたことはありませんか？　査問がなかった本当の理由は、〈チューリップ〉があなたのごますり報告書に描かれたような協力的な亡命者ではなく、その代償を支払ったからだと」

「代償？　いったいなんの話をしている？」

「彼女が強固な意志の持ち主だったことはわかっている。その気になれば、ひねくれた口汚い女にもなれた。そして、わが子を取り戻したがっていた。だから尋問チームに、息子が自分のところに戻ってくるまで協力しないと言ったのではないか。尋問官たちはこれを悲観して、自分たちの報告書を――つまりはあなたの報告書ですが――スマイリーの命令にもとづいてでっち上げ、取りまとめた。第四施設はその後廃棄されましたが、特別な拘禁房があることで有名だった。通称サブマリンという部屋で、今日《こんにち》われわれが嬉々《きき》として強化尋問と呼ぶもののために使われていた。もっぱらそこで働いていたのは、人あたりのよさが売り物ではない、かなり倒錯したカップルの警備員です。わたしは〈チューリップ〉が彼らの助けを借りたのではないかと思う。ショックを受けたような顔ですね。何か気に障るようなことを言いました？」

わたしは一瞬遅れて話に追いついた。

「〈チューリップ〉は尋問されたのではない。当然だろうが！　人道的で礼儀正しいデブリーフィングを受けていたのだ。担当官はみな彼女のことが好きで、感謝もしていて、亡命者が急に感情を爆発させることも理解していた！」

「では、これも笑いとばしてください」バニーが提案する。「われわれの手元には、もうひとつ別の訴訟前通知があるのです。訴訟当事者になりうる人物がもうひとりいる。確証はありませんが、おそらくクリストフ・リーマスの差し金で、ドリスの息子のグスタフ・クインツなる人物が、イギリス情報部を訴えてやろうというリストに名を連ねている。われわれ情報部が――人で言えばおもにあなたですが――彼の愛《いと》しい母親を誘惑し、脅してスパイ行為をさせ、本人の意思に反して国外にひそかに連れ出し、地獄さながらの拷問にかけ、手近の木でみずから首をくるよう仕向けたという。これは事実ですか？　事実ではありませんか？」

話し終えたと思ったが、終わっていなかった。

「しかもこれらの申し立てには、時の経過が味方している。最近の類似のケースなら厳格な法律で抑えこめますが、昔の事件には援用できないのです。したがって、超党派調査委員会やその後の裁判では、今日《こんにち》のわれわれの業務にかかわることを、かなりの程度まで詮索《せんさく》される可能性が大いにある。何かおもしろがっているような顔ですね」

おもしろがっている。たしかにそうかもしれない。グスタフ、よくやった、とわたしは考えていた。ついに借金を取り立てる決意をしたのだな、たとえ取立先がまちがっているとしても。

★

吹きつける雨のなか、首が折れるようなスピードでフランスとドイツを横切って、わたしはアレックの墓前に立っている。同じ雨が東ベルリンの小さな墓地全体に叩きつけている。わたしは革のバイクスーツを着ているが、アレックに敬意を表してヘルメットを脱いだので、無言の平凡なやりとりのあいだ、むき出しの顔を雨が容赦なく流れ落ちる。聖具保管担当者のような老人が、番小屋に招いて弔問名簿を見せてくれる。そこには、ほかの弔問者に混じってクリストフの名前もある。

あそこが拠点《ポワン・ダピュイ》であり、きっかけだったのだ――まずクリストフにとって、次にニンジン色の髪とバックホイート（一九三〇年代のコメディ映画『ちびっこギャング』の登場人物）の笑みのグスタフ、愛国主義の歌をわたしに、そしてアレックに歌って聞かせたあの子にとって。わたしはグスタフの母親が亡くなったその日から、想像のなかだけであれ、ひそかに彼の保護者になっていた。まず東ドイツで汚名を着せられた子供が入る少年院にいるところ、次いで無慈悲な世の中に放り出されたところを思い描いていた。

また、これもひそかにだが、畏《おそ》れ多くもサーカスの規則に違反して、ときどき資料室でグスタフの追跡もしていた。その口実として、いつか、世の中がほんの少しちがう方向に転じたら、彼を見つけ出して、〈チューリップ〉への愛から、そのときの状況に応じた方法で支援しようと心に誓っていた——というより、妄想していたのか。

まだ激しい雨が降っていた。わたしはオートバイにまたがり、西のフランスではなく、南のワイマールに向かった。グスタフがいそうな住所を最後に見たのは、十年前だった。ワイマール市西部の小さな村に、父親のローター名義で登記された家があった。二時間走ったあと、社会主義的な示威行動として村の教会の十メートル横に建てられた、ソヴィエト式の陰気な板張りのアパートメント・ハウスの玄関口にたどり着いた。外板ははがれかけ、いくつかの窓は内側から紙を貼られて、崩れそうなポーチにはスプレー塗料で鉤《かぎ》十字が描かれていた。クインツのアパートメントは8Dだった。呼び鈴を押したが、応答がない。ドアが開いて、出てきた老婦人が胡散《うさん》くさそうにわたしを睨《ね》めまわした。

「クインツ？」嫌悪もあらわにくり返した。「ローター？　とうの昔に死《レンクスト・トート》んだよ」

グスタフは？　わたしは尋ねた。息子のほうは？

「あのウェイター？」老婦人は吐き捨てるように言った。

そのホテルは〈エレファント〉という名で、ワイマール一の歴史ある広場を見おろしていた。新しくはない。それどころか、ヒトラーの贔屓《ひいき》のホテルだった。老婦人もそう言っていた。しかし大幅に改装して、その正面玄関は、貧しいが美しい近隣地域に押しつけられた西欧の繁栄のしるしのように光り輝いていた。フロントで真新しい黒いスーツを着た若い係がわたしの質問を取りちがえた――いいえ、ヘル・クインツというかたは滞在しておられません。そのあと赤面して、「あ、グスタフのことね」と言い、職員は訪問を受けることができないので、ヘル・クインツの勤務が終わるまで待っていただかなくてはなりません、とつけ足した。

それはいつかな？　六時です。どこで待てばいい？　配達用の通用口ですね、ほかにどこがあります？

雨はいっこうに弱まらず、日が暮れてきた。わたしは指示されたとおり通用口に立っていた。年齢より老けて見える、ひどく痩《や》せてむっつりした表情の男が、フードつきの古い軍仕様のレインコートをはおりながら、地下から階段をのぼってきた。自転車が手すりにチェーンでつながれていた。男はそこに屈み、錠をはずしにかかった。

「ヘル・クインツ？」わたしは言った。「グスタフ？」

相手の頭が上がり、頭上の街灯の頼りない光のなかに体がまっすぐ立った。この歳でもう背が曲がっている。かつて赤かった髪は減り、灰色になりかけていた。

「なんの用だ？」

「わたしはきみのお母さんの友だちだ」わたしは言った。「ひょっとしたら憶えているかもしれないね。ブルガリアのビーチで一度会ったことがある。ずっと昔に。きみはわたしに歌を歌ってくれた」そしてビーチで使ったのと同じ暗号名を名乗った。彼のうしろには母親が裸を見せて立っていた。

「母さんの友だちだって？」彼はその考えに慣れてきたようにくり返した。

「そうだ」

「フランス人？」

「そう」

「母さんは死んだよ」

「そう聞いた。本当に残念だ。きみに何かしてあげられることはないかと思ったのだ。たまたま住所を知っていて、ワイマールに来たものだから、訪ねるのにいい機会かなと。いっしょに一杯どうだろう。話をしよう」

彼はわたしを見つめた。「あんた、母さんと寝たのか？」

「わたしたちは友だち同士だった」

「だったら寝たんだな」彼はなんの抑揚もなく、歴史的事実のように言った。「あれは売女《ばいた》だった。祖国を裏切り、革命を裏切り、党を裏切り、父さんを裏切った。自分をイギリスに売ったあげく、首を吊って死んだ。彼女は人民の敵だった」

そう説明すると、自転車にまたがり、走り去った。

11

「こう思うの。わたしたちがまずやるべきことは、ハート」タビサがどこまでも遠慮がちな声で言っている。「あなたを〝ハート〟と呼んでもかまわないでしょう？　最高のクライアントにはハートと呼びかけることにしているの。わたしにも、彼らにも、それがひとつずつあることを思い出させてくれるから。たとえわたしのハートが必然的に保留の状態でもね。とにかく、まずやるべきことは、相手方がわたしたちに押しつけている不名誉な事項すべての消去リストを作って、一つひとつ消していくこと。あなたがいまくつろいで坐っていればだけど。どう？　それならいいわ。わたしの話、聞こえてる？　その補聴器はちゃんと動いているのかしら。国民保健サービスからの支給？」

「フランス製だ」

子供時代にビアトリクス・ポターを読んだ範囲では、タビサは三人のわがままな子供に悩まされる母親だ（ポターの作品に、タビサという母親猫とやんちゃな三匹の仔猫が出てくる物語がある）。したがって、わたしのまえに坐っている母親猫と同じ名前の女性が、少なくとも表面的には多くの共通点を持っていることに苦笑いする。母親のようにやさしい顔つきで、歳は四十いくつか、ぽっちゃりしていて、少し息が浅く、英雄的なふるまいで疲れている。わたしが理解しているところでは、彼女はわたしの被告側弁護士でもある。レナードが、約束どおりバニーに最終候補者のリストを渡した。そこに挙げられた名前をバニーは手放しで褒《ほ》めたたえた――みんなあなたのために、ロットワイラー犬のように力強く働きますよ、ピーター――ただ、このふたりはわたしに言わせると、ほーんの少し疑問の余地がある。ロードテストが不充分というか、でもまあ、わたしがこんなことを言ったのは内緒にしておいてください。で、この人――これは完全にオフレコですよ、ピーター、ぜったいに守ってもらいます――この人には、船竿《ふなざお》の先ででも触れる気がしませんね。引き際というものを知らないし、法廷の仕組みをごくぼんやりとさえ理解していない。しかも判事は彼女が大嫌いなんだ。それがタビサだった。

わたしはタビサがよさそうだと言い、タビサの事務所で会いたいと要望した。バニーは、彼女の事務所は保安上問題があるから、自分の本拠地の事務所を使うようにと提案した。わたしは、彼の本拠地も保安上問題があると言い返し、かくしてわたしたちは書斎に戻り、ハンス＝ディーター・ムントと彼の宿敵ヨーゼフ・フィードラーの全身像に睨《にら》みつけられている。

★

わたしが読まされている資料のほうは、この時点で〈チューリップ〉を火葬してから眠れない夜が一夜すぎただけだが、タビサはいま、歴史を大きくさかのぼった世界を理解しようとしている。

ベルリンの壁がそそり立っている。〈メイフラワー〉ネットワークのあらゆるエージェントと下部エージェントが行方不明になるか、逮捕されるか、処刑されるか、この三つすべてを経験している。尊敬されるケーペニックの医師であり、期せずしてネットワークの創設者、活力源となったカール・リーメック自身も、作業員の自転車で西ベルリンに脱出しようとする途中で無情にも撃ち殺された。

タビサにとって、これらは史実だ。実際に耐えたわたしたちにとっては、絶望と、当惑と、欲求不満の時間である。

結局のところ、情報源〈ウィンドフォール〉はわれわれの味方なのか、敵なのか。〈ステイブルズ〉の砦のなかで、〈ウィンドフォール〉は味方だと信じこまされたわれわれ少数の人間は、彼がシュタージでめざましく昇進し、特殊作戦部門のチーフにまでのぼりつめたことを、畏敬の念に打たれて見守っていた。

そうしてわたしたちは、何かにつけて〈ウィンドフォール〉の暗号名のもと、大量の経済的、政治的、戦略的目標について最高品質の情報を受け取り、処理し、ばらまいて、ホワイトホールの顧客からは無音の歓喜の叫びがあがっていた。

それでも、ムントの疑いようのない力をもってしても——あるいはことによると、その力ゆえに——彼のライバル、ヨーゼフ・フィードラーが主導する、〈隠密〉のエージェントや下部エージェントの容赦ない間引きは、止められないどころか、その勢いを弱めることすらできなかった。

　モスクワ・センターとシュタージ司令部の歓心を買おうとするふたりの身の毛もよだつ決闘で、ハンス＝ディーター・ムント、暗号名〈ウィンドフォール〉は、理想郷であるGDRからスパイや破壊工作者やブルジョワ帝国主義の手先を追放する浄化運動について、フィードラーより格段熱心に取り組む姿を見せるしかなかったと主張した。

　ムントと彼の仇敵が競い合うように怒りを募らせ、われわれの信頼できるエージェントがひとり、またひとりと倒れていくにつれ、〈ウィンドフォール〉チームの士気は過去になかったほど落ちこんだ。

　そして誰よりもその影響を受けたのが、スマイリー自身だった。彼は連日連夜中央室《ミドル・ルーム》に閉じこもり、会うのはときおり訪ねてくるコントロールだけだったが、訪問のあとにはなおのこと意気消沈していた。

★

「どうして原告側の陳述を読ませてくれない？」わたしはタビサに問う。「訴訟前通知だかなんだか知らないけれど」

「以前あなたが勤めていた情報部が知恵を働かせて、すべての書状を〝極秘〟扱いに分類してしまったから。国の安全保障にかかわるという理由でね。あなたはそれにアクセスできない。彼らとしても長期間この状態は続けられないけれど、とりあえず仕事を滞《とどこお》らせて、開示する情報を一時的に制限できる。結局そこが狙いなわけ。だから当面、わたしが可能な範囲で断片をかき集めて、あなたに見せる。いい？」

「バニーとローラはどこに消えた？」

「おそらく必要なものは全部手に入れたと思ったのね。レナードも彼らの説明を受け入れた。相手チームのロッカーを初めてちらっとのぞいてみたけれど、不幸なことに、気の毒なドリス・ガンプはあなたにひと目惚《ぼ》れしてしまい、早々《はやばや》と妹のロッテにあなたのことを打ち明けていたみたい。そのロッテがシュタージの尋問官に胸の内をさらけ出したからには、あなたに残された道はないも同然だった。あなた、本当に月明かりのブルガリアのビーチを彼女と裸で走ったの？」

「いや」

「ならけっこう。そしてあなたたちは、プラハのホテルで愛と笑いの一夜をすごした。いわば自然な成り行きで」

「そんなことはなかった」

「よかった。さて、別のふたりの死に移りましょうか。ともにベルリンに住んでいたアレック・リーマスとエリザベス・ゴールドについて。まずエリザベスから。娘のカレンがあなたを告発した内容だけど、あなたはみずからの意思か、ジョージ・スマイリーもしくはほかの匿名《とくめい》の共謀者の教唆によって、個人的にエリザベスに接触し、彼女を説き伏せ、誘惑し、あるいはほかの手段で支配して、餌となる人員――わたしではなく、あちら側のひどい表現よ――に仕立て、シュタージ首脳部を弱体化させるために、失敗必至で大言壮語で準備不足の作戦――いったい誰がこんな言い方を思いつくのか想像もつかない――に従事させた。そうなの？」

「ちがう」

「よかった。そろそろ全体像が見えてきた？　あなたはイギリス秘密情報部に雇われたプロの女たらしで、多感な娘たちをたらしこみ、本人も知らないうちに、縫《ぬ》い目がほころびるような猿知恵の作戦の共犯者にした。これは事実？」

「事実ではない」

「当然よね。またあなたはポン引きとして、同僚のアレック・リーマスにエリザベス・ゴールドを斡旋《あっせん》した。そうなの？」

「ちがう」

「けっこう。さらにあなたは、年がら年じゅうやっていることだから、エリザベス・ゴールドとも寝た。または寝なかったとしても、アレックとエリザベス・ゴールドがそういう関係になるように仕向けた。このどちらかをした？」

「していない」

「したとは一瞬も疑っていなかったけれど。そして、あちらの言うあなたの邪悪な陰謀の最終結果として、エリザベス・ゴールドはベルリンの壁で撃ち殺され、恋人のアレック・リーマスも彼女を救おうとして、あるいはたんにいっしょに死のうと決意したのか、どちらにせよ苦労の甲斐《かい》なく撃たれた。すべてはあなたの責任。お茶でも飲みましょうか。それとも爆弾投下を続ける? 続けていいのね。今度はクリストフ・リーマスからの告発。こちらのほうが性質《たち》が悪い。父親のアレックが、それまでに起きたことすべての犠牲者だから。あなたが彼を説き伏せ、誘惑し、買収し、たぶらかし、その他いろいろやって、自分の強迫的な人心操作願望の不運なおもちゃにしたころ、アレックは破産者で、道もひとりで渡れないほど弱り、まして悪魔のごとく巧妙な欺騙《ぎへん》作戦に立ち向かえるはずもなかった。その作戦とは、実際にはあなたの邪悪な影響下にありながら、シュタージに亡命したふりをすることだった。これは真実?」

「真実ではない」

「当然そうでしょう。そこでわたしから提案したいのは、あなたの同意が得られればだけど、まずその水をぐいとやって、わたしが今朝《けさ》、夜明けまえにやっとごくかぎられた範囲で見ることができた、あなたの愛《いと》しい情報部の歴史的資料のほんの一部を、注意深く読んでもらうことなの。質問その一、この話はあなたの友人アレックの凋落《ちょうらく》の始まりを告げているのか。質問その二、もしそうなら、それは本当の凋落なのか、それとも凋落を装っただけなのか。言い換えれば、アレックがこちらの情報部に愛想をつかして、モスクワ・センターやシュタージの人材発掘人にとってきわめて魅力的な存在に自分を見せようとした第一ステージだったのか」

H／ベルリン支局［マクファディン］からH／共同運営委員会に宛てた部内電報。写し：H／〈隠密〉、H／人事課、最緊急、一九六〇年七月十日。
規律上の理由によりアレック・リーマスをベルリン支局から即時異動させることについて。

★

今朝《けさ》一時、西ベルリンのナイトクラブ〈アルテス・ファス〉で、DH／ベルリン支局のアレック・リーマスと、DH／CIAベルリン支局のサイ・アフロンのあいだに次のような出来事があった。事実については、どちらの当事者も異議を唱えていない。ふたりは昔から仲が悪く、以前私が述べたとおり、その原因は一方的にリーマスにあると思われる。

リーマスはひとりでナイトクラブに入り、〝女性観覧席《ダーメンガレリー》〟に向かった。顧客を探す独身女性のためのバーカウンターである。それまで酒を飲んでいたが、本人の判定によれば酔ってはいなかった。

アフロンは支局の女性の同僚ふたりと席につき、歌やダンスを見ながら静かに酒を味わっていた。

アフロンたちに気がついたリーマスは方向を変え、彼らのテーブルまで行くと、前屈みになってアフロンに小声で次のように言った。

リーマス：今度おれの情報源を買収しようとしたら、くそみたいなその首をへし折ってやるからな。

アフロン：おいおい、アレック。頼むよ。レディのまえでそういうことばは慎《つつし》んでくれないか。

リーマス：ひと月二千ドルで、手に入れた情報がなんだろうと、あんたに最初に差し出し、そのあとおれたちに中古で売りつけるんだってな。それがあんたのくそ戦争の戦い方か？　ついでにあいつは、ここにいる上品なレディたちに追いかけられて、ディープキスしてもらってるのか？

この目に余る侮辱に抗議しようと立ち上がったアフロンの顔に、リーマスは右の肘打《ひじ》ちをくらわし、相手が床に倒れたところで股間を蹴りつけた。西ベルリン警察が呼ばれ、彼らがアメリカの軍警察を呼んだ。アフロンは軍病院に運ばれて現在治療中。幸い、骨折や命にかかわる怪我《けが》はないとのことである。

私はアフロンと彼のH／支局、ミルトン・バーガーに平身低頭の謝罪状を送った。リーマスに関する一連の残念な出来事に、これでまた新しい事件が加わった。

先頃の〈メイフラワー〉ネットワークの壊滅が、支局とリーマス個人に大きな打撃を与えたことは認めるが、だからといって、リーマスがわれわれのもっとも重要な同盟者との関係に与えた損害を正当化できるわけではない。リーマスの反米主義は以前から顕著だった。それがもはや看過できない状況になっている。彼が去るか、私が去るかだ。

コントロールの緑のインクの走り書きのあとに、スマイリーの宝石細工のような文字で返答が書かれている――〝すでにアレックにはロンドン帰還を命令ずみ〟。

★

「だから、ピーター」タビサが言っている。「演技だったの？　それとも演技ではなかった？　これで公式にリーマスの凋落《ちょうらく》が始まったということ？」

本当にわかりかねてわたしがことばを濁すと、タビサは自分の答えを言った。

「コントロールがこれを始まりと見ていたのはまちがいない」とページの下にある緑の手書きの文字を指さした。「ジョージおじさんに宛てた、この脚注を見て。〝出足は上々〟、署名はC。これほどはっきりしたことばはないでしょう？　いくらあなたの世界に霧が立ちこめていても」

ああ、タビサ、はっきりしているとも。そして、霧が立ちこめているのもまちがいない。

★

　これは葬儀。通夜だ。真夜中にヨーゼフ・フィードラーとハンス＝ディーター・ムントの肖像がやはり悲しく強い視線で見おろしている同じこの部屋で、絶望した盗賊の寄り合いが開かれている。参加者は、新規メンバーであるコニー・サックスの言う、六人の〈ウィンドフォール〉たち——コントロール、スマイリー、ジム・プリドー、コニー、わたし、そしてほとんど沈黙している仲間のミリーだ。ジム・プリドーはまたしても秘密の任務から帰還したばかり。今回はブダペストで、われわれのもっとも重要な資産である〈ウィンドフォール〉とのめったにない秘密会合《トレフ》を成功させてきた。コニー・サックスは、二十代初期ですでにソ連と衛星諸国の諜報機関の研究において並ぶ者のない神童《ヴンダーキント》ぶりを発揮しており、ついこのまえ共同運営委員会に業《ごう》を煮やして飛び出し、ジョージの歓迎する腕のなかにまっすぐ入ってきたのだった。きびきびした、太めで小柄な文学少女《ブルー・ストッキング》で、裕福な家庭に生まれ、わたしのような頭の鈍い人間には苛立ちを隠さない。

　風格があってよそよそしい、真っ黒な髪のミリー・マクレイグが、野戦病院の看護師長さながら、われわれのあいだを歩きまわって、必要な人間にコーヒーやスコッチを配っている。コントロールはいつものまずそうな緑茶を出してもらい、たったひと口飲んで放っておく。ジム・プリドーは、愛用するにおいのひどいロシア煙草《たばこ》を立てつづけに吸っている。

　ジョージは？　完全に内にこもって、近寄りがたい。厳しい内省の雰囲気をかもし出していて、よほど勇気のある人間でないとその夢想を妨げることはできない。

　コントロールが、唇の腫《は》れを確かめるように、煙草の染みがついた指先でなでながら、話しだした。銀色の髪、こざっぱりした恰好で、年齢不詳、友人がいないと言われている。どこかに妻がいるが、噂によると、彼女は夫の勤め先を石炭公社だと思っているらしい。コントロールが立ち上がると、その猫背にみな驚く。まっすぐになるのを待っても、いっこうにならない。彼がこの仕事について幾星霜《いくせいそう》もの時がたつが、わたしが会話を交わしたのは正確に二度だけ、講義を聴いたのも一度きりで、それはサラットの研修所を卒業する日だった。その声は本人同様、ナイフの刃のごとく薄っぺらで鼻にかかり、単調で、甘やかされた子供の声のように苛立たしい。そして質問に対しては、たとえそれがみずからの質問だろうと、かならずしも寛大ではない。

「さて、信じたものかどうか」彼はひらひら動く指のあいだから尋ねた。「われわれは、忌々《いまいま》しいヘル・ムントからいまだに最高の情報を得ているのかね？　それともあの情報は使いまわしなのか？　撹乱《かくらん》情報？　目くらまし？　うまいことこちらをだまそうとしているのか？　ジョージ？」

コントロールのまえでは暗号名を使わないのが内輪のルールだ。彼は暗号名を嫌う。美化しすぎているというのだ。鋤《すき》はただの鋤であって、聖遺物ではない。

「ムントの商品は昔と変わらず優秀です、コントロール」スマイリーが答える。

「だとしたら、彼があの忌々しい壁の件をわれわれに伝えそこねたのは残念だったたな。それとも忘れていたのか？　ジム？」

ジム・プリドーは、しぶしぶ唇から煙草を引き抜いた。「本人はモスクワの連絡網からはずされたと言っています。モスクワはフィードラーには話したが、ムントには話さなかった。で、フィードラーは聞いたことを黙っていた」

「あの畜生はリーメックを殺した。だろう？　友好的なやり方ではない。どうしてあんなことをした？」

「たまたま自分がフィードラーより一、二時間前に着いたからだと言っています」プリドーはいつもの単調なしわがれ声で答える。そしてまた、われわれはコントロールの発言を待つ。コントロールは勝手に待たせておく。

「要するに、敵がムントを寝返らせてこちらにぶつけたとは思わないわけだな」コントロールは苛立たしげにだらだらと続ける。「彼はまだこちら側にいる。まあ、当然そうあるべきだ。こちらはいつでも好きなときに、あの男を狼の群れに投げ与えることができるのだから。彼は権力に目がない。モスクワ・センターのゴールデン・ボーイになりたがっている。われわれとしても、彼にモスクワ・センターのゴールデン・ボーイになってもらいたい。われわれのゴールデン・ボーイにも。だから互いに利益がある。しかし、ヘル・ヨーゼフ・くそフィードラーが彼の邪魔をしている。つまり、われわれの邪魔を。フィードラーはムントがこちらのスパイだと疑っていて、実際にそうだ。フィードラーはムントの正体を暴いて、自分の手柄にしたい。だいたいこんなところかな？　ジョージ」

「そのようです、コントロール」

「そのようです。何もかもが推定だ。確実なことがない。この仕事では事実を扱うものと思っていたがな。イエスかノーで答えてくれ。ヘル・ヨーゼフ・フィードラー――シュタージの基準からすると聖人のような男で、大義の熱烈な信奉者で、おまけにユダヤ人――は、尊敬される同僚でナチスの生き残りであるハンス＝ディーター・ムントを、イギリス情報部の走狗《そうく》と考え、それはあながちまちがいではない。そうかね？」

ジョージがちらりとジム・プリドーに眼をやる。ジムは顎《あご》をこすりながら、すり切れたカーペットを睨《にら》んでいる。コントロールがまた口を開く。

「そして、われわれはヘル・ムントを信じるんだな？　これがもうひとつの質問だ。それとも彼は大声で長々としゃべってごまかしているのか。われわれが知っているほかのエージェントの多くと同じように。きみを作り話でだまそうとしているのか、ジム？　きみたちエージェント運用者はどうも下働きに対して柔《やわ》なところがある。ムントごとき一級のゴミについても、疑わしきは罰せずだ」

だが、コントロールも重々承知のとおり、ジム・プリドーは火打ち石並みに硬い。

「ムントはフィードラーのグループに内偵を入れています。その名前も教えてもらった。ムントは彼らの話を聞き、フィードラーが自分を狙っていることを知っている。フィードラーが面と向かってムントに告げたも同然です。フィードラーには、モスクワ・センターに独自の友人たちがいて、そいつらがすぐにでも行動を起こすかもしれないとムントは考えています」

わたしたちはまたコントロールを待つ。コントロールは結局、冷めてしまった緑茶をもうひと口飲むことに決め、それをわたしたちに観察させる。

「すると疑問が湧く。どうだね、ジョージ」コントロールは疲れたように不平をもらす。「もしヨーゼフ・フィードラーが排除されたら——手段は今後の議論だが——モスクワはムントをもっと愛するようになるのか。そしてもし愛するようになったら、うちのエージェントたちをモスクワ・センターに売っている裏切り者の正体がついに明らかになるのか」しかし、同席者から答えが出てこないのがわかって、「きみはどう思う？　ギラム。若ければ、この問いに答えられるかな？　相対的に、という意味だが」

「すみませんが、答えられません」

「残念だ。ジョージとわたしは答えを見つけたかもしれんのだが、ジョージはそれを受け入れられない。わたしは受け入れるよ。明日、きみの友人のアレック・リーマスに会うことになっている。彼に打診してみよう。ムント・フィードラー射撃クラブのせいでネットワークを失った彼がどう思うか、訊いてみる。彼のような立場なら、キャリアの最後にひと花咲かせるチャンスを歓迎するかもしれない。そう思わないかね？」

★

タビサがわたしを怒らせようとしている。おそらくわざと。

「個人的にどうこう言うつもりはないけれど、あなたたちスパイの問題点は、誰ひとりとして真実がわかっていないことね。だから弁護が怖ろしくむずかしくなる。もちろん最善は尽くすから安心して。いつもそう」わたしが答えに窮してやさしい笑みだけを返すと、「エリザベス・ゴールドは日記をつけていた。そこが厄介なの。そしてドリス・ガンプは、かわいそうな妹のロッテにすべてを話していた。女性はそういうことをする。お互い噂を語り合い、日記をつけ、馬鹿な手紙を書く。バニーたちはそれらをすべて利用している。あなたのことを、女性の犠牲者をたらしこんで子供を産ませる警察の秘密情報提供者みたいに考えているわけ。じつはわたしも、あなたがエリザベスにカレンを産ませたのかどうか日付を確かめたけれど、完全にシロだったから、正直言ってほっとした。そしてグスタフは、ありがたいことに、あなたが父親の喜びに眼を輝かせたと考えるには歳が上すぎる。

★

ハムステッド・ヒースの爽やかな秋の午後。コントロールがアレックに打診してみると宣言してから一週間がたっている。わたしはジョージ・スマイリーと、ケンウッド・ハウス美術館の庭園のテーブルについて坐っている。平日でほとんど人はいない。〈ステイブルズ〉で会ってもよかったが、ごく内輪の会話がしたいので戸外のほうがいいとジョージがさりげなく提案したのだ。彼はパナマ帽をかぶり、眼が隠れているので、秘密の一部を知らされているときにも、ジョージの一部しか見えない。

雑談は終わった。少なくとも、終わったとわたしは思った。仕事は愉《たの》しいかね？　愉しい、おかげさまで。〈チューリップ〉のことからは立ち直った？　立ち直った、おかげさまで。

オリヴァー・レイコンがきみの草稿を葬ってくれてよかった。第四施設に侵入した例のスイス人を〈委員会〉が重視しすぎる危険性はつねにあるから。これに対してわたしは、たしかによかったと答えるが、あの草稿は血と汗と涙の結晶だった。

「ある娘と仲よくなってもらいたいのだ、ピーター」スマイリーが眉をひそめていっそう真剣な顔つきになり、打ち明ける。そしてわたしがその要求を誤解しているかもしれないと気づいて、「いや、ちがう、わたし個人の要望ではない、本当に。厳密に作戦上の目的だ。やってもらえるかな？　大筋の話として。大義のために？　彼女の信頼を得てくれるか？」

「大義とは、〈ウィンドフォール〉のこと？」

「そうだ。完全に。それのみだ。〈ウィンドフォール〉作戦のすぐれた成果を維持すること。その保全に必要な緊急の補助手段なのだ」スマイリーが答え、わたしたちはリンゴジュースを飲みながら、陽光のなか行き交う人たちを眺める。「さらに言えば、これはコントロールからの特別な要請でもある」とスマイリーは続ける。念入りに勧誘するためか、責任転嫁するために。「コントロールは具体的にきみの名前を出した。あの若いギラムがいい、とね。きみひとりを指名したのだ」

お世辞ととるべきなのだろうか。それとも、やんわりと脅している？　思うに、ジョージは昔からコントロールにあまり好意を抱いていないようだ。そして、コントロールが好意を抱く人間はいない。

「偶然知り合う方法はいくつもある」スマイリーは楽観的に続ける。「まず彼女は、地元の共産党支部に所属して、週末に《デイリー・ワーカー》を売っている。だが、きみは彼女から党機関紙を買うようなタイプには見えない。どうだね？」

「つまり、《デイリー・ワーカー》の愛読者のふりができるかどうか？　いや、それは無理だと思う」

「そう、無理だな。やるべきではない。納得のいかない人物になりすます努力は、どうかしないでほしい。いつもの穏やかな中流階級のきみでいることだ。彼女は走る」と思いついたようにつけ加える。

「走る？」

「毎日早朝に走るのだ。魅力的だろう。そう思わないか？　フィットネスのためのランニング。健康のためのランニング。地元の競技用トラックをぐるぐると。ひとりで。それからフラムの本屋に出勤する。といっても、町の本屋ではなく、倉庫だ。本を扱うことに変わりはないがね。まとめて取次会社に配送する。退屈な仕事に思えるかもしれないが、彼女には大義名分がある。人はみな本を手にすべきだ、ことに一般大衆は。それからもちろん、彼女は行進する」

「走るだけじゃなく」

「平和のためにだ、ピーター。Pが大文字の〝ピース〟のために。オルダーマストン（核兵器研究所があることから、よく反核運動の舞台となる）からトラファルガー広場、さらに同じ目的でハイド・パーク・コーナーまで。平和がたやすく実現できればよかったのにな」

ここは微笑む場面だろうか。わたしは努力する。

「とはいえ、きみが彼女と横断幕を持って行進しているところも想像できない。もちろん無理な相談だ。きみは出世街道を行く折り目正しいブルジョワで、彼女があまり接したことのない類《たぐい》の人間だ。だからこそ興味深い。上等のランニングシューズとその茶目っ気のある笑みで、あっという間に親しくなれるだろう。フランス人の仮面をつければ、別れるときにも愁嘆場《しゅうたんば》なしで別れられる。そうしてこの件は無事終了。きみは彼女を忘れ、彼女もきみを忘れる。そういうことだ」

「名前を教えてもらえば、判断できるかもしれない」わたしは言ってみる。

スマイリーもともに考える――つらそうに、そこが問題なのだと言いたげに。「そう、たしかに。彼らは移民だ。家族がね。両親が移住してきて、本人は二世だ。定住先でいろいろ考えた末、ゴールドという名を使うことにした」とわたしが無理に名前を聞き出したかのように明かす。「ファーストネームはエリザベス。友だちからはリズと呼ばれている」

わたしも答えに時間をかける。秋晴れの午後、パナマ帽をかぶった太っちょの紳士とリンゴジュースを飲んでいる。誰も急いでいない。

「で、提案どおりに信頼を得たら、次に何を？」

「わたしに報告するのだ、もちろん」スマイリーは間髪《かんはつ》をいれずに言う。ためらいが一気に怒りに置き換わったかのように。

★

わたしはフランスの若い営業社員、マルセル・ラフォンテーヌ。住所は東ロンドン、ハックニーのインド人が所有する下宿屋で、それを証明する書類も持っている。今日は五日目。毎朝夜明けにバスで記念公園に行き、走っている。同好の士はたいてい六、七人で、いっしょに走り、体育館前の階段ではあはあと息をつき、時間を計って競い合う。多少ことばを交わし、おのおのシャワールームに向かいながら、じゃあ、とか、明日また、と挨拶《あいさつ》する。仲間はわたしのフランスの名前を多少からかうが、フランス訛《なま》りがないことにはがっかりする。わたしは、亡くなった母親がイギリス人だったからと説明する。

作り話をするときには、ほつれた糸は手に負えなくなるまえに切っておくことだ。

毎度顔を合わせる三人の女性ランナーのなかで、リズ（仲間内で名字は使わない）はもっとも長身だが、決していちばん速くはない。率直に言えば、たいしたランナーではない。意志の強さや自己鍛錬、自己解放の行為として走っている。性格は控えめで、やや少年っぽい感じではあるが、自分が美人であることに気づいていないようだ。脚が長く、黒髪を短く切っていて、額は広く、大きな眼は茶色で傷つきやすそうな性格がうかがえる。昨日、初めてわたしたちは笑顔を見せ合った。

「今日も忙しい？」わたしが訊く。

「ストライキ中なの」彼女は息をつかずに説明する。「八時に門のところに集合」

「門というのは？」

「職場の入口よ。経営陣が組合代表を馘《くび》にしたがってるの。これから何週間も続くかもしれない」

そのあといつもの、じゃあ、じゃあまた。

〝また〟というのは今日のことだ。土曜だからピケは張らないし、みな買い物をしなければならない。わたしたちは食堂でコーヒーを飲む。お仕事は何と訊かれて、わたしはフランスの製薬会社の営業担当で、製品を地方の病院や開業医に売っていると答える。おもしろいにちがいないわ、と彼女。わたしは、まあ、そうでもないと言う。本当は医学を学びたいんだけど、父がそれを望んでいない。そもそも勤務先はうちの家族が経営する会社だから、父はぼくに実地で学ばせ、いずれは家業を継がせたいと思っている。わたしは彼女に名刺を差し出す。社名に架空の父親の名前が入っている。彼女は顔をしかめてそれを真剣に読み、笑みを浮かべるが、しかめ面《つら》が勝利する。

「あなたは正しいと思う？　つまり社会的に。家族経営の会社を、息子がたんに息子だからという理由で継ぐのは正しい？」

わたしは、いや、正しくないと思うから悩んでいる、と返答する。ぼくの婚約者も悩んでいる。だから、ぼくは彼女みたいな医者になりたい。というのも、彼女を愛すると同時に尊敬しているから。彼女は本当に人類に対する祝福だと思う。

婚約者がいることにしたのは、リズを心乱れるほど魅力的だと感じつつも、残りの人生で

〈チューリップ〉のときのようなことは二度とすまいと心に誓っていたからだ。その架空の婚約者のおかげもあって、わたしとリズは運河沿いの道を散歩し、互いに憧れるものを熱心に話し合うことができる。わたしがフランスの女医を敬愛していることがわかって、彼女も安心したのだろう。

夢や希望を語り合ったあとは、両親のことや、部分的に外国人であることについて話す。あなたはユダヤ人？ と彼女が訊き、わたしはちがうと答える。

〈グリーク〉という店でカラフェに入った赤ワインを飲みながら、彼女はわたしが共産主義者かどうか尋ねる。わたしはこれにもちがうと答える代わりに、ちょっとふざけて、じつはボリシェヴィキにしようかメンシェヴィキにしようか決めかねている（前者はロシア社会民主労働党の多数派〔レーニン派〕、後者は少数派）、どちらがいいかアドバイスしてもらえないかと返す。

そのあとわたしたちは――少なくとも彼女は――まじめになり、ベルリンの壁について話しはじめる。壁のことがあまりにも自分の頭から離れないので、まさかそれが彼女の頭からも離れないことがあろうとは思いもよらなかった。

「父に言わせると、あれはファシストを寄せつけないための防壁だって」彼女が言う。

「うむ、それはひとつの見方だね」これに彼女は困る。

「だったらあなたはなんだと思う？」彼女は訊く。

「あれは人を寄せつけないためのものじゃないと思う」わたしは言う。「むしろ人を閉じこめておくためのものじゃないかな」

するとまたしばらく考えたあとに、こちらが答えようのない返事がある。

「父はそう考えないのよ、マルセル。ファシストが彼の家族を殺した。それだけで充分なの」

★

「かわいそうに、リズの日記はほとばしるようにあなたのことばかり」タビサが憐《あわ》れむようなやさしい笑みを浮かべて言っている。「あなたは最高に男らしいフランスの紳士。英語があまりにもうまいから、フランス人であることをいつも忘れてしまう。この世にあなたみたいな男がもっといればいいのに。それだけを願う。党の立場からすれば見込みのない人かもしれないけれど、ヒューマニストだし、愛の本当の意味を知っているし、少し勉強すれば、いつか真理に目覚めるかもしれない。彼女はあなたの婚約者のコーヒーに砒素《ひそ》を入れたいとは書いていない。でも、もとよりその必要はない。彼女はあなたの写真も撮っている、あなたは忘れてるかもしれないけど。これよ。そのためにわざわざ父親のポラロイドカメラを借りたの」

わたしはランニングの恰好で手すりの端にもたれている。そういうポーズをとれと言われたのだ。自然な表情で、笑わないで、とも言われた。

「残念ながら、これも資料に含まれているの。証拠物件Aといったところ。あなたは気の毒な娘の心を奪って、彼女を残酷な死へと導いた邪悪なロメオ。そんな感じの歌があったわよね」

★

「仲よくなった」わたしはスマイリーに報告する。今回は晴れたハムステッド・ヒースでリンゴジュースを飲みながらではなく、〈ステイブルズ〉で、背景に二階の暗号機と〈ウィンドフォール〉シスターズが打つ手動タイプライターのカチャカチャいう音を聞きながらだ。

わたしは活動の残りの情報を伝える。彼女は両親と同居している。兄弟姉妹はいない。外出はしない。両親は口喧嘩《くちげんか》をする。父親はシオニズム（十九世紀末からのユダヤ人国家建設運動）と共産主義のあいだで折り合いをつけている。シナゴーグにもかようし、同志の会合をさぼることもない。母親は断じて宗教に近づかない。父親はリズを服飾業界で働かせたい。母親は教師になる訓練を受けさせたい。しかし、ジョージはすでにこれらをすべて知っているのではないかという気がする。でなければ、そもそもどうして彼女を選ぶ？

「だが、エリザベス自身はどうしたいのだ？」スマイリーは考えこむ。

「外に出たいのさ、ジョージ」わたしは思ったより苛立って答える。

「親が決めた方向に？　それとも、どこであれ出られればいいのか？」

いちばん向いているのは図書館だ、とわたしは言う。できればマルキシストの図書館がいい。彼女が就職希望の手紙を送った図書館がハイゲートにあるが、返事は来ていない。すでに地元の公共図書館でボランティアとして働いている、とわたしは彼に言う。そこでまだ英語を学んでいる移民の子供たちに、英語の物語を読み聞かせている。だが、ジョージはそれももう知っているのだろう。

「ならば、彼女のために何ができるか考えなければならないな。そうだろう？　フランスの海岸へ消えるまえに、もう少し彼女とつき合ってもらえると助かるんだが、気分よくやれそうか？」

「いや、あまり」

ジョージも気分がよさそうには見えない。

★

五日後、二回の運河沿いの散歩を経たのち、ふたたび〈スティブルズ〉の夜。

「これが彼女の心に訴えるかどうか、見てもらえないか」ジョージが言って、季刊誌《パラノーマル・ガゼット》から破り取った一ページをわたしに差し出す。「きみは医薬品の営業をしていたときに、たまたま病院の待合室でこれを目にした。給与はみじめなものだが、彼女はあまり気にしないのではないかな」

ベイズウォーター心霊研究図書館が司書の助手を募集中。採用希望者は、顔写真と手書きの履歴書をミス・エレアノラ・クレイルまで送られたし。

★

「マルセル、やったわ、マルセル！」リズがスポーツクラブの食堂で手紙を振りながら、泣き笑いで呼びかけている。「やったの、よかった！　パパは、恥を知れと言ってる。ブルジョワの迷信の極みだし、ぜったい反ユダヤ的だって。ママは、これが梯子《はしご》の一段目だからがんばりなさいと。だから行くことにした。来月最初の月曜からよ！」

そして手紙を置くと、わたしに飛びついてきて抱きしめ、あなたはいままで最高の友だち、と言う。わたしは、フランスで待っている婚約者など作り出さなければよかったとまた思い、彼女もそう思っているのを感じる。

★

わたしを困らせるのに手数はかからない。タビサもそれに気づきはじめていた。

「それで、あなたは彼女の眼に魔法の粉を振りかけるが早いか逃げ出して、友だちのアレックに、なんとも可愛《かわい》いコミュニストの娘を見つけてやったぞ、あとはこのいかれた図書館に就職すれば、たちまちベッドインだと教えた。そういう成り行きだったの？」

「アレックになんであれ話すことは論外だった。わたしは〈ウィンドフォール〉作戦の一環でリズ・ゴールドに接触した。一方、アレックは〈ウィンドフォール〉のことは知らされていなかった。図書館で働きはじめたリズとアレックのあいだに何が起きようと、わたしには関係ないし、知らされることもなかった」

「だとすると、アレック・リーマスが酒に溺《おぼ》れ、弱り、裏切るという偽りの堕落に関して、スマイリーからあなたにはどういう命令が下っていたの？」

「アレックと友人でありつづけ、事の推移にしたがって自然に行動せよと。ただし、作戦が進行すると、わたしの行動もアレックと同じく対抗勢力に精査されるからそのつもりで、と言われた」

「一方、コントロールからリーマスへの指示は、だいたいこういうことだったのね。ちがってたら教えて――きみがアメリカ嫌いなのはわかっている、アレック、だからそれをもう少し前面に出してくれ。きみが大酒飲みなのはわかっている、だからいまの二倍飲んでくれ。そして、飲んだときに喧嘩しがちなのもわかっている、だから我慢しようと思わないでくれ。そうしながら、全体的にどんどん落ちぶれてくれ。そんなところ？」

「アレックは本人がいちばんいいと思う方法で挑発的な態度をとる。わたしが言われたのはそれだけだ」

「言ったのはコントロール？」

彼女はわたしをどこへ導きたいのか。あるときには真実に触れられるほど近づきながら、次の瞬間には火傷《やけど》が怖いと言わんばかりに遠ざかる。いったいどの陣営にいるのだろう。

「言ったのはスマイリーだ」

★

わたしはサーカスから歩いて数分のパブで、昼食時にアレックと飲んでいる。コントロールは、最後の更生の機会としてアレックを一階の銀行課に配属し、目につくものをなんでもくすねろと指示していたが、アレックはそのことをわたしに話さず、わたしのほうも、自分が知っていることをアレックがどの程度知っているのか測りかねている。会ったのは一時で、いまは二時半。一階のランチは一時間と決まっており、言いわけは認められない。

ビールを二杯やったあと、アレックはスコッチに移る。昼食に食べたものといえば、タバスコ風味のポテトチップひと袋だけだ。近頃のサーカスはどうしてこうも変人だらけなのだ、戦争から還《かえ》ってきた優秀な連中はみなどこへ行った、最上階のやつらはなんでアメリカの尻にキスすることしか考えていないのか、と大声でぼやいている。

わたしはそれを聞いて、あまりことばを返さなかった。どこまでが本物のアレックで、どこまでが演技なのか、よくわからなかったからだ。そもそも演じているのかどうかもわからない。まさに作戦上はそうあるべきだ。車が通りすぎる外の舗道に出て初めて、アレックはいきなりわたしの腕をつかむ。一瞬、殴られるのかと思う。が、アレックは腕を大きく開いてわたしを思いきり抱きしめる。情にもろい酔っ払いのアイルランド人という役柄どおりだが、無精ひげの生えた頰に涙が流れている。

「おまえが大好きだ。聞いてるか？　ピエロ」

「おれも大好きだ、アレック」とつき合う。

彼はわたしを押し戻すまえに言う。「教えてくれ。参考までに。〈ウィンドフォール〉というのはいったいなんだ？」

「〈隠密〉が運用している情報源だが、なぜ？」

「このまえ、あの腐れ男へイドンが酔って言ったことがある。〈隠密〉はすばらしい情報源を開拓したらしいが、どうして誰もその活動に〈委員会〉を加えようとしないんだってな。おれがなんと答えたかわかるか？」

「なんと答えた？」

「おれが〈隠密〉の責任者で、そこへ〈委員会〉の誰かが現われて、きみらの重要な情報源を教えろと言ったら、タマを蹴り上げてやると言ってやった」

「で、ビルはなんと？」

「勝手にしろ、だとさ。ほかにおれがなんと言ったか知ってるか？」

「まだ知らない」

「そのなよなよしたちっちゃい手でジョージのかみさんに触《さわ》るな、だ」

★

〈ステイブルズ〉の深夜。いつもそうだ。〈ステイブルズ〉は、予想もつかない熱気とともに、夜に生きる家だ。誰もが待ちくたびれてうんざりしていると、いきなり玄関が騒がしくなって、〝店を開けろ！〟の叫び声があがり、ジム・プリドーが〈ウィンドフォール〉の最新の珠玉《しゅぎょく》の成果をたずさえて悠々《ゆうゆう》と入ってくる。それらはマイクロドットだったり、カーボンコピーだったりする。ジムが立入禁止地域の秘密文書受け渡し場所《デッド・レター・ボックス》から拾ってくることもあれば、プラハの路地裏における一分間の秘密会合《トレフ》で〈ウィンドフォール〉自身から手渡されることもある。突然わたしは電報を手に、あわてて階段をのぼりおりし、自分の机で背を丸め、緑の電話機でホワイトホールの客たちに警告を発している。〈ウィンドフォール〉シスターズの手動タイプライターがうるさく鳴り、ベンの暗号機が床板越しにげっぷのような音を立てる。そこから十二時間、われわれはムントの生の素材を切り分けて、さまざまな架空の情報源に割り当て――こちらにいくらかの暗号解読、あちらに電話やマイクによる盗聴――全体の信頼性を確保するために、まれに高い地位についた信頼できる情報源を登場させる。しかしすべては〈ウィンドフォール〉という魔法の名のもとに、洗脳された読者だけに届けられる。今夜は嵐のあいだの小休止で、ジョージは珍しくひとりでミドル・ルームにいる。

「数日前にアレックに出くわした」わたしは切り出す。

「友人のアレックときみとの関係は控えめにするということで同意したと思ったが、ピーター」

「〈ウィンドフォール〉作戦で理解できないことがある。理解しておくべきだと感じる」用意しておいた演説に取りかかる。

「べきだ？　どういう権限にもとづいて？　どうもわからんな、ピーター」

「単純な問題なんだ、ジョージ」

「われわれが単純な問題を扱っていたとは知らなかった」

「アレックに与えられた任務は何か。それだけだ」

「いましていることをすることだ、きみもよく知っているとおり。怒れる人生の敗残者になること。情報部に拒否された人間に。そして恨みがましく、復讐心があり、誘惑されやすく、買収できそうに見えること」

「だが、どういう意図で？　ジョージ。その目的は？」

ジョージは苛立ちを抑えられなくなってきたようだ。答えようとして、ひとつ息を吸い、また始めた。

「きみの友人のアレック・リーマスは、すでに証拠つきでわかっている性格上の欠点をできるだけ派手に見せびらかすという命令を受けている。敵の才能発掘者の眼にとまるように――われわれのなかにいるひとりないし複数の裏切り者の助けを少々借りてだ。そして大量の秘密情報を市場に流す。その後われわれが偽りの情報を追加できるように」

「つまり、標準的な二重スパイによる攪乱《かくらん》作戦だと」

「枝葉は多いがね。そう、標準的な作戦だ」

「ただ、彼はムントを殺す使命を帯びたと考えているようだ」

「そう考えるべきだ。ちがうかね？」ジョージは即座に言い返す。口調もまったく変えずに。

丸い眼鏡《めがね》のレンズ越しに憤然とわたしを見上げていた。そろそろ坐ってもいいはずだが、ふたりとも立ったままで、わたしはジョージよりずっと上背がある。しかしわたしの印象に残ったのは、無味乾燥な彼の声だった。ジョージがムントと悪魔の協定を結んだほんの数時間後に、わたしと警察署で話し合ったときのことを思い出した。

「アレック・リーマスはプロだ、きみと同じく、ピーター。わたしも同様。コントロールがアレックに使命の細則まで読ませなかったのなら、そのほうがアレックにも、われわれにも都合がいい。アレックとしては失敗のしようがないし、裏切ることもできないから。自分が期待していなかったかたちで任務が成功したとしても、彼はだまされたとは感じないだろう。要求されたことをきちんと果たしたと感じるはずだ」

「だが、ムントはこちらの人間だぞ、ジョージ！　われわれの持ち駒じゃないか。彼は〈ウィンドフォール〉だ！」

「ご指摘痛み入る。たしかにハンス＝ディーター・ムントはわれわれ情報部のエージェントだ。したがって、その正体を見破り、彼を追いつめて後釜《あとがま》に坐ることだけを夢見ている者から、いかなる代償を払っても守らねばならない」

「リズはどうなる？」

「エリザベス・ゴールド？」まるで名前を忘れていたか、わたしが発音をまちがえたかのように。「エリザベス・ゴールドは、彼女にとって自然なことをそのまますするようながされる――すなわち、真実を語るのだ。真実のみを。これで知りたかった情報はすべて手に入れたかね？」

「いや」

「それはうらやましい」

12

また朝だ。空はいつになく灰色で、わたしは霧雨にけむるドルフィン・スクウェアからバスに乗る。たまたま〈ステイブルズ〉に早く着くが、タビサはもう坐ってわたしを待っている。要求していた警視庁特別保安部《スペシャル・ブランチ》の調査報告書の束が目のまえに落ちてきたので、すこぶる上機嫌だ。むろん本物かどうかはわからないし、この先使えるかどうかも定かではないが、これを入手したことはぜったいに、誰にももらさないでほしいと言う。要するに、特別保安部に友人がいて、報告書は見た目どおりのものだということだ。

「さて、現地活動の初日から始めましょうか。まずこれ。誰がアレックに監視の犬をつけてくれと特別保安部に頼んだのか見当もつかないけれど、とにかく〝ボックス〟からの要求だった——当時、警察用語でサーカスのことをボックスと呼んだのよね？」

「そうだ」

「ボックスの誰が特別保安部に要求した可能性があるか、心あたりは？」

「〈委員会〉だろう、おそらく」

「〈委員会〉の誰？」

「誰であってもおかしくない。ブランド、アレリン、エスタヘイス。もしかすると、ヘイドン自身かもしれない。自分の手は汚さずに、配下の誰かにやらせた可能性のほうが高いが」

「で、ロンドン警視庁特別保安部が調査をおこなった。あなたたちの仲よしの内務省保安部《MI5》ではなく？ これは通常の手順なの？」

「完全に」

「なぜ？」

「なぜなら、MI5とサーカスは互いに相手のことが好きではなかったからだ」

「われらが優秀な警察は？」

「両方を嫌っていた。MI5はよけいな口出しをするから、サーカスは法を破ることが人生の使命だと思っている偉そうなゲイの集団だから」

　タビサはその点について考え、次に、悲しげな青い眼をこちらに向けてじろじろ観察しながら、わたしについて考えた。

「あなたはときどき自信満々に見える。すぐれた知識人と思われる可能性が多分にあるわね。そこは注意しないと。わたしたちは、歴史的出来事の流れにつかまってしまった下級役人という線でいきたいから。大きな秘密を抱えた人物ではなく」

★

ロンドン警視庁特別保安部部長からボックスへ。極秘。

〈銀河系《ギャラクシー》〉作戦について。

実際の任務につくまえに、当特別保安部の警官たちは、対象となる男女の雇用形態、生活習慣、同棲の状況などについて、詳細な背景調査をおこなった。

両者は現在ともに、民間資金で設立され、ミス・エレアノラ・クレイルが管理するべイズウォーター心霊研究図書館にフルタイムで雇われている。ミス・クレイルは風貌およびふるまいに奇矯《ききよう》なところのある五十八歳の独身女性で、これまで警察とのかかわりはない。警官による聴取であることは知らされずに、当該男女について次のような背景情報を提供した。

彼女が〝ダーリン・リジー〟と呼ぶ〈金星〉は、フルタイムの司書助手として半年間雇われており、ミス・クレイルによると欠点が見当たらない。時間を守り、上司を敬い、知的で、清潔感があり、誠実に学んで習得が早く、字もきれいで、〝階級のわりには話し方も上品〟である。コミュニストであることを隠していないが、〝わたしの図書館にその考えを持ちこまないかぎり〟ミス・クレイルとしても異議を唱える気はない。

彼女が〝下劣なミスター・L〟と呼ぶ〈火星〉は、図書館の模様替えが終わるまでの第二のフルタイムの司書助手として雇われているが、彼女の意見によると〝まったく満足できない〟人材である。その勤務態度についてベイズウォーター職業安定所に二度、苦情を申し立てたが、状況は変わらなかった。ミス・クレイルの評価では、だらしなく、無礼で、昼食時間を勝手に延長し、しょっちゅう〝酒のにおいをさせている〟。叱責すると、わざとアイルランド訛《なま》りを強調するのが不快で、ダーリン・リジー（〈金星〉）が取りなさなかったら一週間で解雇していたところだった。歳も外見もまったくちがうにもかかわらず、男女ふたりのあいだには〝不健康な〟親愛感情があり、ミス・クレイルが見たところ、それはすでに完全な恋愛に発展している。でなければ、なぜ知り合ってたったの二週間で朝同時に出勤してくるのか。本を渡すわけでもないのに、ふたりが手をつないでいるところも一度ならず目撃していた。

〈火星〉の以前の職場について、当部の警官がさりげなく尋ねると、ミス・クレイルは、職業安定所から〝ある銀行のありふれた事務職〟だったと聞いたと答え、なるほど近頃の銀行があああいう体たらくなのも無理はないとつけ加えた。

監視。

ふたりの監視を開始する日として、部下たちは今月の第二金曜日を選んだ。イギリス共産党ゴールドホーク・ロード支部が支援する、同地オドフェローズ・ホールでの全左派集会の一般公開日だったからだ。〈金星〉は先般、ベイズウォーターに転居したのに合わせて、加入支部をケーブル・ストリートからゴールドホーク・ロードに移していた。常連の参加者は、社会主義労働者党、過激派、核兵器禁止運動のメンバーである。そこに当部から秘密捜査官二名――トイレをカバーできるように男女ひとりずつ――が加わった。

監視対象のカップルは、図書館を午後五時半に出発すると、ベイズウォーター・ストリートのパブ〈クイーンズ・アームズ〉に立ち寄り、〈火星〉はウイスキーの大、〈金星〉は〈ベイビーシャム〉（洋梨の発泡ワイン）を飲んで、予定どおりオドフェローズ・ホールに午後七時十二分に着いた。この夜のテーマは〝平和の値段は？〟で、最大五百八名収容のホールには、さまざまな肌の色と社会的身分のおよそ百三十人が集まっていた。〈火星〉と〈金星〉は出口に近い後方の席におとなしく並んで坐り、同志に人気のある〈金星〉はあちこちから笑みとうなずきの挨拶《あいさつ》を送られた。

共産主義活動家でジャーナリストのR・パルメ・ダットが短い開会の辞を述べ、すぐに立ち去ったあと、さほど有名でない講演者が次々と演壇に上がり、その殿《しんがり》が、ベイズウォーター・ロードの〈ラウンズ人民食料雑貨店〉のオーナー、バート・アーサー・ラウンズだった。自称トロツキストで、暴力沙汰や騒乱など公共の場の平和を乱す行動を計画的にとることで警察にもよく知られた人物だ。

ラウンズがマイクのまえに立つまで、〈火星〉は不機嫌な顔で退屈そうに坐り、あくびをしたり、うつらうつらしたり、中身が何かわからないフラスクを何度も口に持っていったりしていた。しかし、部下の報告によると、ラウンズの威張り散らした態度で眠りから覚め、いきなり手を挙げて、集会の司会を務めるゴールドホーク・ロード支部会計係、ビル・フリントの眼を惹《ひ》いた。一般公開日のルールにしたがって、フリントは

〈火星〉に、まず名乗ってから講演者に質問するよう丁寧《ていねい》に依頼した。会合中からそのあとにかけて警官たちが記録した二名のやりとりは、次のように一致している。

〈火星〉［アイルランド訛《なま》り。名を名乗る］：図書館員です。質問がひとつあります、同志。あんたはソ連の脅威に対して徹底武装することをやめるべきだと言う。ソヴィエトの連中は誰も脅してなんかいないって。そういう解釈でいいのかな？　軍拡競争をやめて、その金をビールに使え？

［笑い］

ラウンズ：これまでいろいろな解釈を聞いてきたが、それは明らかに単純化しすぎですね、同志。だが、いいでしょう。そう言いたければ、それでいい。

〈火星〉：一方、あんたによると、おれたちが心配すべき本当の敵はアメリカだ。つまりアメリカの帝国主義、アメリカの資本主義。これも単純化しすぎかな？

ラウンズ：質問の趣旨は、同志？

〈火星〉：要するに、こういうことだ、同志。もしアメリカの連中を怖れるのなら、おれたちはアメリカの脅威に対して徹底的に武装すべきじゃないのか？

ラウンズの答えは、笑いと、怒りの野次と、そこここで起きた拍手喝采《かっさい》に埋もれた。〈火星〉と〈金星〉はうしろの出口から外に出た。歩道で最初は激しく言い争っていたが、すぐに対立は解消し、ふたりは腕を組んでバス停留所まで歩くと、立ち止まって抱き合った。

補遺。

ふたりの警官のメモを比較すると、同じ三十代の男が個別に記録されていた。身なりがよく、中背で、カールした金髪、女っぽい外見。男女のすぐあとから会場を出て、バス停までついていき、同じバスに乗って、一階席に坐った。男女は〈火星〉が煙草《たばこ》を吸えるように二階席を選んだ。彼らがおりると、その男もおり、ふたりのアパートメント・ハウスまで見送って、四階の部屋の明かりがつくのを待ってから、電話ボックスに向かった。警官たちは、付随する人物も追跡せよという指示は受けていなかったので、男の身元を調べたり、住居を突き止めたりすることはなかった。

★

「こうして壮大な計画は着々と進行していた。森の獣たちが、つなぎ止められたあなたのヤギのにおいを嗅《か》ぎはじめていた。その代表は、身なりがよくて女っぽい外見の三十代の男。そうね？」

「わたしのヤギではない。コントロールのだ」

「スマイリーのではなく？」

「アレックを敵のまえに送り出したとき、スマイリーは補佐役だった」

「それは本人が望んだから？」

「おそらく」

新しいタビサがいるのを感じる。こちらが爪を見せた本物なのか。

「この報告書は見たことがあった？」

「聞いたことはあった、大まかな内容は」

「この家で？　〈ウィンドフォール〉の情報に触れられる同僚たちといっしょに？」

「そうだ」

「じゃあみんなで大喜びしたわけね。やったぞ、やつらが餌に食いついた、と」

「まさに」

「自信がなさそうだけど。あなた自身はこの作戦に吐き気がしてたんじゃない？　抜けたくてたまらないのに抜け方がわからなくて」

「われわれは正しい方向に進んでいた。作戦は計画どおりにいっていた。そこでなぜ吐き気をもよおさなければならない？」

彼女はこの断定に疑問を投げかけようとしたかに見えたが、気が変わった。

「これは傑作よ」と言ってわたしのほうに別の報告書を押しやった。

★

ロンドン警視庁特別保安部部長からボックスへ。極秘。〈銀河系《ギャラクシー》〉作戦について。報告六。

一九六二年四月二十一日、午後五時四十五分、ベイズウォーター・ロードの協同組合経営による〈ラウンズ人民食料雑貨店〉のオーナー、バート・アーサー・ラウンズに対する理由なき暴行。

以下の情報は、事件に疑問の余地がないことから出廷は求められなかった目撃者から、非公式に収集したものである。

事件の一週間前から、〈火星〉は妙な時間に酔った状態で何度もラウンズの店を訪ねていた。表向きは、彼も利用できる〈金星〉個人名義の毎月の定期積立金で買い物をするためだったが、実際にはアイルランド訛《なま》りの挑発的な大声でラウンズと会話するのが目的だった。問題の日、当部の警官は、〈火星〉が籠《かご》に大量の食料やウイスキーを入れるのを見た。合計で約四十五ポンドになった。支払いは現金か〈金星〉の口座からの引き落としかと訊かれて、〈火星〉は、そのまま引用すると、「つけに決まってるだろ、この馬鹿。何考えてやがる」と答え、自分は文句なしに飢えた大衆の一員なのだから、世の中の富の分け前を得る権利はあるというようなことをつけ足した。〈金星〉の口座は引き出し超過になったので、これ以上つけはきかないというラウンズの警告を無視して、〈火星〉は未払いの商品がずっしり入った籠を持ったまま、店主のまえを通って表の出入口に向かった。事ここに至って、ラウンズはカウンターの外に出、乱暴な口調で、籠を置いてさっさと店から出ていけと〈火星〉に命じた。〈火星〉はそれにしたがう代わりに、議論を放棄して続けざまにラウンズの腹から股間のあたりを殴り、顔の右側に肘《ひじ》打ちを加えた。

ほかの客が悲鳴をあげ、ラウンズ夫人が警察に通報しているあいだも、〈火星〉は逃げようとせず、まったく反省の色もなく、不運な犠牲者に侮辱のことばを浴びせつづけていた。

のちにひとりの若い警官が、自分はその場にいなくて本当によかったと述懐した。いたら秘密捜査の立場を放り出して仲裁する義務があると考えただろうから、と。しかも、あの攻撃者に単独で立ち向かう能力は、自分にはなかったのではなかろうかと彼は正直に述べた。

結局、制服警官がすぐにやってきて、攻撃者は逮捕に抵抗しなかった。

★

「わたしからの質問。あなた自身は、アレックが気の毒なラウンズを殴りつけることを事前に知っていたの？」

「大筋は」

「どういう意味？」

「彼らはアレックが最後の橋を焼き落とす瞬間が必要だと考えた。刑務所帰りで金もなく、後戻りのできない男になるために」

「彼らというのは、コントロールとスマイリー？」

「そうだ」

「しかし、あなたではない。これはあなた自身の妙案ではなかった。あなたが考え、先輩たちが盗んだものではなかった？」

「そのとおり」

「わたしが心配しているのは、あなた自身がアレックをその状況に置いたかもしれないということ。わかるでしょう。少なくとも原告側はそう言いたてるかもしれない。尾羽《おは》打ち枯らしたかわいそうな友人をいっそう深い堕落に追いやったと。でもあなたはそうしなかった。安心したわ。アレックが銀行課からお金をくすねたことも同じ。あれもほかの六人がやれと言ったことなんでしょう？　あなたではなく」

「コントロールだったと思う」

「けっこう。つまりアレックは上役のために喧嘩《けんか》を売っていた。あなたは彼の友だちであって、悪い影響を与える人間ではなかった。そしてアレックもそのことを知っていた、おそらく。そこはどう？」

「そう、おそらく知っていたと思う」

「アレックはあなたが〈ウィンドフォール〉情報にアクセスできることも知っていた？」

「知るわけないだろう！　どうして知ることができる？　彼は〈ウィンドフォール〉については何も知らなかった！」

「なるほど。言えばあなたが怒るんじゃないかと思った。ところで、悪いけど、これから宿題をしにいかなければならないの。そのあいだに、この恐怖の代物《しろもの》をぱらぱら読んでみて。英語の翻訳はひどい。でも、もとの文章もひどかったと聞いた。特別保安部の魔法のようなことば遣いが懐かしくなるわよ」

過去未公開で二〇五〇年まで公開すべきではないとの記載があるシュタージ資料からの抜粋。引用および翻訳はザラ・N・ポター、ロンドン西中央《W・C》郵便区の〈セグローヴ、ラヴ&バルナバス〉法律事務所の委託を受けるアソシエイト、裁判所公認の通訳兼翻訳者。

タビサが出ていき、ドアが閉まると、わたしは理屈に合わない怒りに襲われた。あの女、どこへ行った。どうしておれをこんなふうに残していく？　砦にいる仲間にぺらぺら報告しにいったのか？　そういうゲームをしてるのか？　連中が彼女に特別保安部の報告書を渡して言う――これを彼に読ませて反応を見てきてくれ？　そういうやり方か？　だが、あいにくそうはいかない。わたしにはわかっている。タビサはどんな被告にもやさしい天使だ。彼女の穏やかで悲しい眼は、バニーやローラより遠くの景色を見ている。わたしにはそれもわかる。

★

アレックが汚れた窓にもたれかかって、外をじっと見ている。わたしはたったひとつの肘《ひじ》かけ椅子に坐っている。わたしたちはビジネスホテルの階上の一室にいる。一時間いくらで部屋を貸すパディントンのホテルだ。今朝《けさ》アレックが、要員《ジョー》との連絡に使うメリルボーンの未登録電話からかけてきて、「〈ダッチェス〉で六時に会ってくれ」と言った。ブレード・ストリートの〈ダッチェス・オブ・オルバニー〉、彼の行きつけの場所だ。アレックはやつれ、眼を充血させて、苛立っている。酒のグラスを持つ手が震える。短い文を、重い口調で、休み休み嚙《か》みしめながら発する。

「女がいてな。くそコミュニストだ。本人を責めるわけにはいかない。生まれ育ちの問題だ。いまどき、どんなことでも人を責められるか？」

待て。質問するな。彼は言いたいことを言う。

「コントロールに話したんだ。彼女を巻きこむなと。あのおやじは信用できん。肚《はら》が読めない。自分でもわからないんじゃないか」下の通りを長いこと見つめている。わたしは同情しながらも黙っている。「それはそうと、ジョージはどこに雲隠れしてやがる」わたしを非難するようにさっと振り向いて、「こないだの夜、コントロールとバイウォーター・ストリートで会ったんだが、ジョージは顔も見せなかったぞ」

「ジョージはいまベルリンで大忙しのようだ」わたしは不誠実な答えを返し、また待つ。

アレックはコントロールの学者ぶった耳障りな声をまねることにしたようだ。

「〝わたしのためにムントを排除してほしいのだ、アレック。世界をよりよい場所にしたい。やってくれるか、きみ《オールド・ボーイ》〟。もちろん、やってやるさ。あいつはリーメックを殺した。だろう? おれの大切なネットワークの半分を殺しやがった。数年前にはジョージも手にかけようとした。そんなのは赦《ゆる》せんだろう、どうだ、ピエロ?」

「赦せんな」わたしは心から同意する。

アレックはわたしの声に違和感を覚えたのか、スコッチをぐいと飲んで、わたしを見つめつづける。

「ひょっとして、おまえ、あいつに会ったことがないか? ピエロ」

「あいつって?」

「おれの女だよ。わかりきってるだろう」

「どうして会ったりする? アレック。馬鹿なこと言わないでくれ。ありえない」

アレックはようやく眼をそらす。「会ったらしいんだ、男に。聞いてみると、おまえに似てた。それだけだ」

わたしはさっぱりわからないというように首を振り、肩をすくめ、微笑む。アレックはまた瞑想《めいそう》に戻り、雨のなか歩道を急ぐ通行人をじっと見おろす。

★

同志ハンス＝ディーター・ムントに対するファシスト英国スパイによる誤った告発について。査問会でのH＝D・ムントの完全無欠なる潔白証明。逃亡を図った帝国主義スパイの粛清《しゅくせい》。東ドイツ社会主義統一党幹部会に提出。一九六二年十月二十八日。

ハンス＝ディーター・ムントを裁いた星室庁（イングランド絶対王政下の強力な裁判所。ここではシュタージの査問会を指す）が茶番だったとすれば、その公式な報告書はさらにひどい内容だった。前口上はムント自身が書いたのかもしれない。おそらくそうだ。

　腐敗した醜悪な反革命活動家のリーマスは、誰もが知る堕落者、アルコール依存のブルジョワ日和見《ひよりみ》主義者、嘘つき、女たらし、ごろつき、金の亡者であり、進歩を憎んでいた。

　この邪悪なユダから虚偽の証言を引き出したシュタージの献身的な諜報員たちは、善意でそうしたのであり、ファシスト帝国主義勢力と戦うために日夜尽力する人々の中心に毒ヘビを招き入れたことについて、責められるべきではない。

　査問会は社会主義的正義の勝利に終わり、資本主義者のスパイや工作員の陰謀に対するいっそうの警戒を呼びかけることとなった。

　エリザベス・ゴールドと名乗った女は、政治的に感化されやすい性質で、親イスラエル思想を持ち、イギリス秘密情報部に洗脳されて、歳上の愛人に夢中になり、西側の陰謀の網にまんまと誘いこまれた。

詐欺師リーマスがみずからの犯罪を洗いざらい打ち明けたあとでさえ、ゴールドは不誠実にも彼の脱走を助け、完全にその二心の報いを受けた。

締めくくりは、逃れようとした彼女をためらうことなく射殺した怖れ知らずの民主社会主義の守護者に対する祝辞だった。

★

「さて、ピーター。真におぞましいいかさま裁判の模様を、わかりやすい英語でざっと再現してみるわよ。心の準備はいい？」

「なんなりと」

彼女の声はきびきびして決意に満ちていた。机を挟んでわたしの目のまえにどさっと腰をおろしたところは、査問会の人民委員のようだった。

「アレックは、ムントの秘密を暴く綿密な計画のもと、フィードラーの筆頭証人として星室庁に到着する。いい？　フィードラーは法廷で、最終的にはムントの玄関口に至る偽りの資金の流れを、余すところなく説明する。いいわね？　ムントが似非《えせ》外交官としてイギリスにいた時期のことをたっぷりと語る。フィードラーによれば、ムントはその時期に捕まって、反動的帝国主義、またの名をサーカスの力で無理やり転向させられた。いま手元には、ムントが西側の主人に銀貨三十枚（ユダがキリストを引き渡す代価として受け取った金額）で売ったショッキングな国家機密のリストがある。こうして陪審の委員たちのまえで、すべてが嵐のように進んでいた――どこまで？」

やさしい笑みはとっくの昔に消えている。

「リズまで、だろうね」わたしはしぶしぶ答える。

「リズまでね、たしかに。さて、かわいそうなリズが現われる。事情を何も知らない彼女は、それまでにアレックが法廷で言ったことをすべてひっくり返してしまう。そうなることをあなたは知っていた？」

「もちろん知らなかった！　どうやって知るというんだ！」

「本当に、どうやってでしょうね。あなた、もしかして気づいた？　リズを――そして彼女のアレックを――本当に沈めたのは何だったか。それは彼女がジョージ・スマイリーの名前を口にしたこと。リズはまったく悪気なく、星室庁の面々に認めてしまった。アレックの謎の失踪のすぐあと、ジョージ・スマイリーという人が、若い男を連れて訪ねてきて、アレックはすばらしい仕事を――しかも言外に、彼の国のために――していて、これから何もかもうまくいくと彼女に言ったことをね。そして、あなたのジョージは彼女が忘れないように、名刺まで残していった。スマイリーというのは簡単に憶えられる名前だし、当然ながらシュタージにも知れ渡っている。ジョージほど狡猾《こうかつ》な古狐にしては、あまりにも素人《しろうと》くさいと思わない？」

わたしは、たとえジョージでもときにはへまをするといったことを答えた。

「それで、彼についていった若い男というのは、もしかしてあなた？」

「ちがう！　そんなことがあるわけない！　わたしはマルセルだったんだ。憶えているだろう」

「だったら誰？」

「おそらくジムだ。プリドー。彼が来たはずだ」

「来た？」

「〈委員会〉から〈隠密〉に」

「彼も〈ウィンドフォール〉にアクセスできた？」

「そう思う」

「思うだけ？」

「アクセスできた」

「それなら教えて、もし許可されていればだけど。是が非でもムントを陥れるという使命を帯びて送りこまれたとき、アレック・リーマスは、サーカスに極上の〈ウィンドフォール〉情報をもたらす匿名の情報源は誰だと思っていたの？」

「見当もつかない。それについて彼と話したことはなかった。コントロールが話していたかもしれないが。わからない」

「こう言い換えましょうか、こちらのほうがわかりやすければ。結局のところ、アレック・

リーマスは、推測なり、消去法なり、なんとなく与えられたヒントなりで、致命的な旅に出発するまでに、自分が守っている重要な情報源はヨーゼフ・フィードラーであり、だからこそ憎きハンス＝ディーター・ムントを排除しなければならないと酒浸りの頭で考えていた。こう言ってもいい？」

自分の声が大きくなるのがわかったが、もう止められなかった。

「アレックの考えていたこと、考えていなかったことが、どうしてわたしにわかるんだ！　アレックは現場の人間だった。現場の人間は裏の裏まで考えたりしない。冷戦の時代だ。やるべき仕事があれば、やるのみだ！」

わたしはアレックのことを話していたのだろうか。それとも自分のことか？

「もしよければ、このこんがらかった問題を解くのを手伝ってもらえないかしら。あなた、P・ギラムは〈ウィンドフォール〉にアクセスできた。いい？　アクセスできるごくごくかぎられた部員のひとりだった。続けていい？　いいわね。それにひきかえアレックは、あなたほどアクセスできなかった。ここは強調しておく。アレックは、東ドイツに〈ウィンドフォール〉の暗号名でくくられる単独または複数のスーパー情報源がいることは知っていた。彼、彼女、または彼らを〈隠密〉が運用していることも。けれど、わたしたちがいま坐っているこの家のことも、実際には何が起きているのかということも、いっさい知らなかった。これは正しい？」

「おそらく」

「そして、彼が〈ウィンドフォール〉にアクセスできないことが決定的に重要だった。あなたは最初からそうくり返している」

「だから？」——倦《う》み疲れた口調で。

「つまり、あなたが〈ウィンドフォール〉にアクセスできて、アレック・リーマスができなかったのなら、あなたはアレックが知ることを許されなかった何を知っていたの？　それとも、黙秘権を行使する？　あまり得策とは言えないわね、超党派の人たちがあなたを引き裂こうとしているときには。あるいは、飼い慣らされた判事のまえに坐っているときには」

★

アレックもこういう目に遭ったのだ、とわたしは考える——勝ち目のない争いで抗弁し、自分の手のなかですべてがばらばらになるのを見つめている。ただ、こちらの世界では、老衰以外で誰も死なないが。わたしは断じて押し通すと誓った大きな無理筋の嘘に必死でしがみつき、自分の重みで沈みはじめている。しかし、タビサは容赦ない。

「感情、ちょっと気分を変えてその話をしましょうか。事実そのものより感情のほうがはるかに多くを語るとつねづね思っているの。哀れなリズが突然立ち上がって、アレックの輝かしい手仕事をぶち壊したと聞いたとき、あなたはどう感じた？　あなた自身は。ついでに彼女は哀れなフィードラーも葬ったわけだけど」

「何もなかった」

「なんですって？」

「誰かが電話をかけてきて、〝査問会の最新情報を聞いたか？〟と言うことはなかった。最初に入ってきたのは、東ドイツのニュース速報だった。裏切り者が暴かれた。フィードラーが排除され、保安省幹部の潔白が完全に証明された。幸運を手にしたのはムントだった。その後、囚人たちの逃亡と、国をあげての人狩りが報じられた。そして――」

「壁での射撃、ということね？」

「ジョージが現地にいた。ジョージはそれを見た。わたしは見なかった」

「ここであなたの感情に戻りましょうか。あなたがまさにこの部屋のここに坐って、立って、歩きまわって、なんでもいいけれど、そういうことをしているときに、怖ろしい知らせが少しずつ入ってきた。あなたはこれを聞き、あれを聞いた。いつまでも？」

「ほかに何をしたと思うんだ。口笛を吹いてシャンパンを持ってこさせたのか？」間ができ、わたしは気を静める。「あのかわいそうな娘のことを考えたよ。ああくそ。こんなことに巻きこまれて。難民の家族で、アレックに身も世もなく惚《ほ》れて、本人は誰も傷つける気などなかったのに。なんてひどいことをやらざるをえなかったのか」

「やらざるをえなかった？　意図的に法廷に立ったということ？　意図的にナチス党員を救ってユダヤ人を殺したの？　まるでリズらしくない。いったい誰が彼女にそんなことをさせたの？」

「誰もさせるものか！」

「かわいそうな娘は裁判に出ていることすら知らなかった。陽光降り注《そそ》ぐGDRでの党員交流会に招待されたつもりでいたら、いきなりいかさま法廷で恋人に不利な証言をするはめになった。それを聞いたとき、あなたはどう感じた？　個人的に。そのあとふたりがベルリンの壁で無残に殺されたという知らせが入る。逃げる途中で射殺されたという。あなたは苦悩したにちがいない。とてつもない苦しみだった？」

「もちろんだ」

「あなたがた全員にとって？」

「全員にとって」

「コントロールも？」

「コントロールの感情に関する専門家ではないのでね、悪いが」

彼女の悲しげな笑み。それが戻っている。

「あなたのジョージおじさんは？」

「彼がどうした？」

「彼はどう受け止めた？」

「知らない」

「なぜ？」――鋭く。

「消えたのだ。ひとりでコーンウォルに行った」

「なぜ？」

「歩くために、だと思う。歩きたくなると行っている」

「どのくらいの期間？」

「数日。ときには一週間」

「で、戻ってくると、別人になっている？」

「ジョージは別人にはならない。たんに落ち着きを取り戻すだけだ」

「そのときにもそうだった？」

「彼は何も言わなかった」

タビサはその点について考えた。この話題から離れたくないようだった。

「ほんのわずかでも勝利感はなかった？　どこにも？」さらに考えたあとで続けた。「もう一方の側には？　作戦運用の側にこういう感覚はなかったかしら——あれは巻きぞえ被害だった、悲劇であり痛ましいが、それでも任務は達成された。そういうムードは、知るかぎりなかった？」

何も変わっていない。彼女のやさしい声も、クリームのような笑みも。むしろ態度はまえより親切になっている。

「要するに、わたしの質問は、ムントの高らかな勝利宣言が見かけどおりの大失敗ではなく、大がかりな欺騙《ぎへん》作戦だったこと、そしてリズ・ゴールドがこのすべてを引き起こすのに必要な触媒だったことを、あなたが自分の感覚でいつ知ったのかということ。これはあなたの弁護に必要なの。わかるでしょう。あなたの意図、あなたの事前知識、あなたの共謀。そのどれによっても、生きるか死ぬかが決まる可能性があるの」

死者に黙禱《もくとう》。タビサが何気《なにげ》ない質問で沈黙を破る。

「昨日の夜、わたしがどんな夢を見たかわかる?」

「わかるわけがないだろう」

「スマイリーがあなたに書かせて回覧しないことにしたあの終わりなき報告書の草稿を、苦労してくわしく読み進めていたの。そして国内保安部門の秘密捜査官だったという、あの風変わりなスイスの鳥類学者は何だったのだろうと思いはじめた。なぜスマイリーはあなたの報告書を回覧したくなかったのか。そう自問しながら、わたしはさらに熟読して、嗅《か》ぎまわれるところは嗅ぎまわったけれど、その時期、第四施設の警備を試した人の記録はいっさいなかった。もちろん、第四施設の警備員を叩きのめした、熱心すぎる秘密捜査官の記録は完全にゼロ。だから、残りの事実をつなぎ合わせるのに特別な閃《ひらめ》きは必要なかった。〈チューリップ〉の死亡証明書はない。まあ、知ってのとおり、あの気の毒な人は正式に入国していなかったけれど、偽の死亡証明書に署名したがる医者が大勢いないのも確かよね、サーカスの息のかかった医者も含めて」

わたしは遠くを睨《にら》みつけ、努めて彼女の頭がおかしくなったと思っているふりをした。

「つまり、わたしはこう読み解くの。ムントが〈チューリップ〉を殺すために送られてきた。彼女を殺しはしたものの、神様の支援が得られず、捕まえられた。ジョージが彼に厳しいことばをぶつけた。われわれのスパイになれ、さもないと……。彼はしたがう。ところが、豊《ほう》穢(じょう)な上質の情報が、ふいに危険にさらされる。フィードラーが真相を見抜いているようだ。そこでコントロールがきわめて不快な計画とともに登場。ジョージはそれが気に入らなかったかもしれないけれど、彼の常として、職務を優先させた。誰もリズとアレックが撃たれるとは思っていなかった。それはムントの大構想だったんでしょうね、伝令を撃って夜ぐっすり眠ろうという。コントロールですらその兆候を見て取ることができなかった。あなたのジョージは、もうスパイはしないと誓って、そのまま引退した。戻ってきて、ビル・ヘイドンを捕まえなければならなかったけれど、それも長続きはしなかった。わたしたちは最初から最後まで彼につきしたがっていた。その見事な働きぶりに祝福を。そしてあなたは最初から最後まで彼につきしたがっていた。これはもう褒めたたえるしかない」

何も思い浮かばないので、わたしは何も言わなかった。

「まだある。すでに充分深い傷のなかでナイフの刃をひねるように、星室庁が仕事を終えるやいなや、ハンス=ディーターはモスクワの重鎮会議に呼び出され、それきり姿を消してしまった。彼がモスクワ・センターにきわどく首を突っこんで、サーカス内の裏切り者を教えてくれる最後の希望も断たれたわけ。おそらくビル・ヘイドンが先に手をまわしたのね。あなたについてもう少し話す?」

どうせ止められないので、わたしは何も言わない。

「〈ウィンドフォール〉は、最後の最後で脱線したとはいえ、史上最大の失敗ではなく、最上級の情報を無限にもたらす悪魔並みに狡猾(こうかつ)な作戦だった。もしこう言うことが許されるのなら、関係者全員が大喜びしたのはほぼ疑いない。リズとアレック？　悲劇は悲劇だけど、状況を考えれば、より大きな善のために受け入れられる犠牲だった。説得力があるか？　ないわ、残念だけど。たんに自分の考えを言ってみただけ。ほかの方法であなたを弁護できるとは思えないから。かなり本気で、できないと思っている」

彼女は持ち物をブリーフケースに詰めはじめていた——眼鏡《めがね》、カーディガン、ティッシュ、特別保安部の報告書、シュタージの報告書。

「何か言った？　ハート」

言っただろうか。ふたりとも自信が持てない。彼女は荷物を詰める手を止めた。膝《ひざ》の上でブリーフケースの蓋《ふた》を開けたまま、わたしが話すのを待っている。中指にエタニティ・リング。不思議なことに、いままで気づかなかった。夫は誰だろう。死んだのかもしれない。

「いいかな」

「もちろんいいわ、ハート」

「きみの馬鹿げた仮説が正しかったとして——」

「悪魔並みに狡猾な作戦が成功したという仮説？」

「それを受け入れたと仮定して——個人的に受け入れる気は毛頭ないが——きみは本気でこう言っているのか、つまり、ありえないことながら、その仮説を証明する書類が万一出てきた場合には——」

「出てこないことはわかっているけれど、もし出てきたら鉄壁の証拠になって——」

「つまり、そのありそうもないことが起きた場合には、告発――告訴――訴訟行為――そういう関係者全員を相手取った騒ぎは、わたしやジョージ――もし見つかればだが――に対してであれ、果ては情報部に対してであれ、すべて消えてしまうということかな？」

「あなたが証拠を見つけてくれれば、わたしは判事を見つける。こうして話しているあいだにも、ハゲワシが集まってきている。あなたが公聴会に出なければ、超党派委員会は最悪の事態を怖れて、然るべく行動する。わたしはバニーにあなたのパスポートを要求した。あの冷血漢は手放そうとしないけど、あなたのドルフィン・スクウェアの滞在は、せせこましく同じ期間だけ延長すると言った。また改めて相談しましょう。明日の朝、同じ時間でいい？」

「十時にしてもらえないか？」

「では、十時きっかりに」彼女は同意し、わたしも十時に来ると約束した。

13

真実に追いつかれたら、英雄のようにふるまわず、さっさと逃げることだ。だがわたしは、ドルフィン・スクウェアまで注意深くゆっくりと歩き、二度とそこで寝ないとわかっている隠れ家《セーフハウス》のフラットに上がった。カーテンを引き、テレビにあきらめのため息をつき、寝室のドアを閉める。〝火災の際の手順〟の裏の秘密文書受け渡し場所《デッド・レター・ボックス》からフランスのパスポートを取り出す。脱出前に心を落ち着かせる儀式がある。清潔な衣服一式に着替える。レインコートのポケットに剃刀《かみそり》を突っこみ、残りのものはそのままにしておく。食堂におりていき、軽食を注文して、孤独な夜に甘んじた男のように持参した退屈な本を開く。報告義務を負っているかもしれないハンガリー人のウェイトレスとおしゃべりする。わたしはフランスに住んでいるんだが、と彼女に話す。イギリス人の弁護士の一団とビジネスの話をしにきたんだ。これ以上悲惨な状況を想像できるかね、は、は。クロッケーのスカートに白い帽子をかぶった老婦人たちとのんびり中庭に出て、ベンチにふたりずつ腰かけ、季節はずれの日差しを愉《たの》しむ。エンバンクメントへの集団脱出《エクソダス》に加わって二度と戻らない心の準備をする。

ところが、最後の部分は実行しない。裾《すそ》の長い黒いコートを着てホンブルグ帽をかぶったクリストフ、アレックの息子が、二十メートルほど先のベンチにひとり悠然と坐っているのに気づいたからだ。ベンチを愛《いと》おしむように背もたれに片腕をかけ、長い脚の一方をもう一方にのせてくつろいでいる。右手をコートのポケットに入れているのを、わたしに見せたがっているかのようだ。まっすぐこちらを見つめて、微笑んでいる。サッカー観戦をしていた子供の彼も、ステーキとポテトフライを食べていた大人の彼も、わたしに笑顔など見せたことがなかった。本人にとってても目新しいことなのだろう。顔が妙に白く、それが黒い帽子でいっそう強調されて、浮かんだ笑みには、いつついたり消えたりするかわからない壊れた電球のようなちらつきがある。

わたしは途方に暮れているが、彼もそのように見える。襲ってきた倦怠《けんたい》感は、恐怖心なのかもしれない。彼を無視するか。陽気に手を振って、計画どおり脱出するか。きっとわたしを追ってくるだろう。大声で非難し、騒ぎたてるだろう。あちらにも計画があるはずだが、それは何だろう。

病的に青白い笑みがちらつきつづけている。下顎《したあご》に表われているのは、どうやら抑えこめない苛立ちのようだ。右腕の骨が折れたのだろうか。だからあれほどぎこちなく手をコートのポケットに突っこんでいる？　彼は立ち上がろうとしない。わたしは彼のほうに歩きだし、ベンチに坐った白い帽子の老婦人たちにじろじろ見られる。中庭にいる男はわたしたちふたりだけで、クリストフがその巨大な体格は言うまでもなく異様な風体で舞台をひとり占めしている。老婦人たちは、わたしが彼になんの用があるのだろうと思っている。わたしも同じだ。クリストフのまえで立ち止まる。彼はぴくりとも動かない。公共の場所に鎮座している偉人の銅像、たとえば、チャーチルやルーズヴェルトのようなものかもしれない。肌の湿った感じといい、おざなりな笑みといい。

ほかの銅像とちがって、この像はゆっくりと息を吹き返す。組んでいた脚をほどき、右肩を高く上げ、右手はコートのポケットに突っこんだままで、大きな体を横にずらして、ベンチの左側にわたしの坐る場所を作る。そして相変わらず病人のように青白く、顎のあたりを引きつらせ、ときに笑みを浮かべ、ときに顔をしかめる。視線は熱病にかかっているかのようだ。

「わたしの居場所を誰から聞いた？　クリストフ」わたしはできるだけ明るく訊く。バニーかローラ、ことによるとタビサが、情報部と訴訟当事者のあいだでなしうる別種の裏取引の交渉のために彼を差し向けたという、信じがたい考えと格闘していたからだ。

「憶えてたのさ」遠い何かを思って誇らしくなったように、笑みが広がる。「天才的な記憶力なんだよ、わかる？　くそドイツの脳だ。いっしょに高いメシを食って、あんたが勝手にしろと言ったときがあっただろ。オーケイ、あんたは話さなかった。おれは去った。そのあと友だちといて、ハッパをやり、粉を吸い、耳をすますと、誰の声が聞こえたと思う？　当ててみるか？」

わたしは首を振る。わたしも微笑んでいる。

「親父だよ。親父の声が聞こえた。いっしょに刑務所の中庭をちょっと歩いたときのことだ。

おれは服役中で、親父はそれまでの埋め合わせのつもりか、なったこともない誠実な父親になろうとしてた。おれを愉《たの》しませるために、自分の話をした。いっしょに暮らしてなかった年月を、さもいっしょだったかのように話す。スパイでいるというのはどういうことか。あんたらがどれほど特別で、献身的で、腕白坊主だったか。でもって、親父が何を話したかわかるか？　フード・ハウスのことだ。ならず者《フード》を入れる家《ハウス》。あんたらの内輪のジョークだ。サーカスが〝ならず者の家《フード・ハウス》〟におんぼろのフラットを所有してるって話だった。おれたちはみんな、ならず者だから、そこに放りこまれるってことだな」笑みが怒りのしかめ面《つら》に変わる。「あんたのくそ情報部が、こともあろうに、ここをあんたの名前で登記してるの知ってたか？　P・ギラム。保安上どうなんだよ。あんた、知ってた？」彼は問いつめる。

いや、知らなかった。情報部が半世紀以上、習慣を改めていないことにも驚くべきだが、驚かなかった。

「なんの用があって来たか、話してもらおうか」わたしは彼の笑みに落ち着かない気分になって言った。どうしても笑みを消せないらしい。

「あんたを殺すためだ、ピエロ」彼は声を張り上げることも、声音を変えることもなく説明した。「そのくそ頭を撃ってやる。ビンゴ。はい死んだ」

「ここでか？」わたしは訊いた。「これだけ人がいるまえで？　どうやって？」

ワルサーP38セミオートマチックを使ってだ——それをコートの右ポケットから出し、これ見よがしに振って、わたしが感心する時間を充分設けてから、コートのポケットに戻した。

手はグリップを握ったままで、ギャング映画の最良の伝統にしたがってコートの生地の内側から銃口をこちらに向けている。白い帽子の老婦人たちがこの見世物をどう思ったか——何か思ったとしてだが——は永遠にわからない。映画の撮影クルーと見なしたかもしれないし、たんに子供じみた馬鹿な大人ふたりがおもちゃの拳銃で遊んでいると考えたかもしれない。「たまげたな《グッド・グレイシャス・ミー》」わたしは大声で言う。人生のこのときまで意識して使ったことのないフレーズだった。「いったいどこでそんなものを手に入れた」

その質問が不快だったのか、笑みが消滅した。

「この腐った街の賢いやつらをおれが知らないとでも思ったか。こんな銃を貸してくれる連中を」わたしの顔のまえで左手の親指と人差し指をこすり合わせながら訊いた。

貸すということばを聞いて、わたしは本能的に銃の本来の持ち主を探してあたりを見渡した。長期にわたって貸すはずがないからだ。すると、エンバンクメント側のアーチ道のまっすぐ向こうで、カラフルに塗り直されたボルボのセダンが、駐車禁止の黄色い二重線の上に駐《と》まっているのが目に入った。両手をハンドルにかけた禿頭《はげあたま》の男の運転手が、フロントガラス越しにじっとまえを見ている。

「わたしを殺したい特別な理由でもあるのか、クリストフ」できるだけさりげない口調を保って問いかけた。「上層部には、きみの提案を伝えてある、もしそれを心配しているのであれば」と嘘をついた。「彼らは検討している。とはいえ、女王陛下の財務は百万ユーロをぽんと出せるようなところではない、当然ながら」

「親父は、ぼろくその人生でおれは最高の存在だと言った」

低い声で、嚙《か》みしめた歯のあいだから絞り出すように。

「彼がきみを愛していることは一度も疑わなかったよ」

「あんたは親父を殺した。親父に嘘をつき、殺した。あんたの友だちだったんだぞ、おれの親父は」

「クリストフ、それはちがう。きみの父さんとリズ・ゴールドを殺したのはわたしではないし、サーカスの誰でもない。ふたりを殺したのはシュタージのハンス＝ディーター・ムントだ」

「あんたらは全員病気だ。あんたらスパイは。治療法じゃなくて、病気そのものだ。マスかきのプロで、お互いマスかきゲームをしてて、自分たちは宇宙一くそ利口《りこう》な大物だと思いこんでる。人間のくずだ。聞いてるか？　くそ暗いところで生きてるのは、くそ日光が手に負えないからだ。親父もだ。おれにそう言った」

「そう言った？　いつ？」

「刑務所で。ほかにどこがあるんだよ。おれが最初に入った刑務所だ。少年院さ。まわりは変態やコカイン中毒だらけ。〝面会人が来たぞ、クリストフ。おまえの親友だそうだ〟。手錠をはめられて連れていかれたら、親父がいた。いいか、と親父は言った。おまえに明るい未来はない。おれにしろ、ほかの誰にしろ、おまえにしてやれることはもうない、だが、アレック・リーマスは息子を愛している。それを死んでも忘れるなよって。いましゃべったか？」

「いや」

「さあ立て。歩くんだ。それでいい。アーチ道を抜けろ。ほかの連中といっしょに。下手《へた》なことを考えたら殺す」

わたしは立ち上がる。アーチ道を通り抜ける。クリストフがついてくる。右手はまだポケットのなかにあり、銃が生地越しに狙っている。こういう場合にやるべきことがいくつかある。さっと振り返って、相手に発射する隙も与えず肘《ひじ》で殴るとか。サラットでは水鉄砲で実地練習したが、たいてい水はそれて体操マットの上に落ちた。だが、これは水鉄砲ではないし、ここはサラットでもない。クリストフはわたしの一メートルあまりうしろを歩いている。よく訓練されたガンマンのとる距離だ。

アーチ道をくぐり抜けた。カラフルなボルボのなかにいる禿《は》げた男はまだ両手をハンドルにかけている。われわれがまっすぐ近づいているのに、こちらにまったく注意を払わず、まえを見るのに忙しい。ご多分にもれず、クリストフはわたしを車でどこかに運んで、みじめな人生を終わらせてやろうという肚《はら》づもりなのか。だとしたら、いちばん逃げやすいのは、彼がわたしをボルボに乗せようとするときだ。大昔に一度やったことがある。相手がわたしを後部座席に押しこもうとしたときに、ドアを閉めて手の骨を砕いてやった。

ほかの車が両方向に走っているので、道を渡るには車の切れ目を待たなければならない。クリストフにつかみかかって、せめて走ってくる車のまえに突き出してやれないだろうか。

向かいの歩道にたどり着いても、わたしはまだそんなことを考えている。ボルボのまえも通りすぎたが、クリストフと禿頭の運転手のあいだで合図やことばのやりとりはなかった。たんにこちらが勘ちがいしただけで、彼らにはなんの関係もなかったのかもしれない。クリストフにワルサーを貸した誰かは、ハックニーかどこかにいて、仲間の賢いやつらとカード遊びでもしているのかもしれない。

わたしたちはエンバンクメントに立っている。目のまえに一メートル半ほどの高さの煉瓦《れんが》の胸壁があり、その先の川と、対岸のランベスの明かりが見える。もう黄昏時《たそがれどき》だからだ。といっても、一日のこの時間にしてはまだ暗くなく、心地よい微風が川を渡ってきて、特大の船が静かに通りすぎる。わたしは両手を胸壁の上にのせ、クリストフに背中を向けている。水鉄砲で鍛えた技を使えるほど近くに来いと願うが、そんな気配はなく、彼は話もしていない。

両手を充分広げて相手に見えるようにしてからゆっくり振り返ると、二メートルほどうしろに立っていて、まだポケットに手を入れている。あえぐように呼吸し、大きな青白い顔には汗が浮かんで、夕明かりに光っている。通りかかる人はいるが、誰もわたしたちのあいだは通らない。立ち入らないほうがいいことを、どこかから感じるのだ。より正確に言えば、コートにホンブルグ帽のクリストフの大きな体から。また銃を見せびらかしているのか？　それとも銃はポケットのなか？　まだギャングのまねごとを続けているのか？　その日の遅くにわたしは思う。あのような恰好をする男は、怖れられたいのだ。そして怖れられたい男は、みずから怖れている。たぶんそう思ったから、わたしは虚勢を張って彼に挑むことができた。

「来いよ、クリストフ。やるがいい」わたしが言うと、中年のカップルがそそくさと離れていった。「撃てよ、そのために来たのなら。この歳の人間にとって、あと一年がなんだというのだ。いつでもあっさりきれいに死んでやる。さあ撃て。そして残りの人生、刑務所で腐っていく自分を祝うがいい。檻《おり》のなかで年寄りが死ぬのを見ただろう。きみもそれになれ」

このころには背中の筋肉がもぞもぞし、耳のなかで鼓動が鳴り響いて、それが通りすぎる艀《はしけ》から来るのか、自分の頭のなかで何かが起きているのかわからない。しゃべりすぎて口が渇き、視界は霞《かす》んでいたにちがいない。クリストフが隣に来ているのに気づくまで、しばらくかかったからだ。胸壁にもたれかかるようにして、苦痛と怒りにあえぎ、嘔吐《おうと》しそうになり、むせび泣いていた。

わたしは彼の背中のうしろに腕をまわし、右手をそっとつかんでポケットから引き出した。銃を握っていなかったので、代わりに取ってやり、川のできるだけ遠くまで放り投げたが、本人はなんの反応も示さなかった。胸壁に両腕をのせ、そこに顔を埋《うず》めている。わたしはもう片方のポケットも探った。士気を高めるために予備の弾倉でも持っていないかと危惧《きぐ》したところ、案の定持っていた。それも川のなかへ放ったとき、カラフルなボルボの禿頭の運転手がやってきた。クリストフと対照的に背が非常に低く、半餓死状態のように見えるその男は、クリストフのうしろから腰に手をまわして引っ張ったが、効果はなかった。

わたしたちは両側からクリストフを支えて壁から引き離し、ボルボまで歩かせた。その間にクリストフはわめきはじめた。わたしは助手席側のドアを開けようと近づいたが、わが戦友の男はすでにうしろのドアを開けていた。また左右からクリストフを支えて車に押しこみ、ドアを閉めると、わめき声は小さくなったが、消えはしなかった。ボルボは走り去った。わたしはひとり歩道に立っていた。徐々にまわりの車の往来と音が戻ってきた。わたしは生きていた。タクシーを呼び止め、運転手に大英博物館までと告げた。

★

まず敷石の小径《こみち》。次いで腐ったゴミのにおいがする専用駐車場。そして六つのキッシングゲート（牧場などにある、人のみを通して家畜を通さないゲート）。わたしたちのゲートはいちばん右端だ。クリストフのわめき声がまだ頭のなかで鳴っていたとしても、わたしは聞くことを拒んでいた。ゲートの留め具が軋《きし》んだ。わたしは聞き流した。何度油を差しても、つねに軋むのだ。コントロールが来るとわかっているときには、ゲートは開けておいた。シンバルの音で歓迎されるとはな、という食えない老人の皮肉を聞かずにすむように。ヨークから取り寄せた石板。メンデルとわたしが敷きつめた。あいだの芝生の種もまいた。われわれの巣箱。どんな鳥でも受け入れた。勝手口につながる階段を三段上がると、ミリー・マクレイグの動かない影が窓越しにわたしを見おろして手を上げ、ここからは入れないと言っている。

わたしたちは塀のまえに間に合わせで作った物置小屋のなかにいる。ミリーの大型ゴミ容器が置かれている。ミリーの婦人用自転車の残骸《ざんがい》も、ローラの指示で家から追放され、ここで防水シートをかけられ、保安措置《そち》として前後輪をはずされている。わたしたちは小声で話す。たぶん昔からそうしていた。名前が秘密の猫が台所の窓からこちらを凝視している。「みんなが何をどこに置いたかわからないのよ、ピーター」彼女が打ち明ける。「電話は信用できない。最初からそう。壁も何が仕掛けられているかわからない。だから最近みんなが何を持っているか知らないし、置き場所も」

「証拠についてタビサがなんと言ったか、聞いただろう」

「部分的にね。それで充分」

「われわれが渡したものは、いまもすべて保管してるのか？　オリジナルの陳述書や、通信文や、その他なんでもジョージが隠しておいてくれと言ったものを？」

「わたし自身がマイクロドットに収めて、隠した。それもわたしの手で」

「どこに？」

「庭とか、巣箱とか。ケースに入れたり、オイルスキンに包んだり。あそこにも」あそこ、あそことというのは、彼女の自転車の残骸だ。「最近の人たちは探すべきところがわからないのね、ピーター。ちゃんとした訓練を受けていないから」と腹立たしげにつけ加える。

「第四施設でジョージがおこなった〈ウィンドフォール〉の尋問記録もあるかい？　リクルートや、取り決めの？」

「あるわ。蓄音機にかけるレコードのコレクションの一部として。オリヴァー・メンデルが持ってきてくれた。いまでもときどき聞くの。ジョージの声を。いまだにジョージの声が大好きだから。あなたは結婚してる、ピーター？」

「農場と動物を相手にしてるだけだ。あんたは誰と？　ミリー」

「わたしには思い出がある。それと、神様がいる。新しいチームから月曜までにここを出ていけと言われているの。待たせるつもりはない」

「どこへ行く？」

「死ぬの。あなたと同じように。アバディーンに妹がいる。ちなみにピーター、あなたにあれは渡さないわよ、そのために来たのなら」

「より大きな善のためでも？」

「ジョージの指示がないかぎり、より大きな善はない。これまでもずっとそうだった」

「彼はどこにいる？」

「知らない。たとえ知っていても教えない。生きているのは確か。誕生日とクリスマスにはカードが来るから。彼はぜったいに忘れないの。いつも妹のところに送ってくる。安全を期して。ずっと昔から同じ」

「居場所を探すなら誰に訊けばいい？　誰かいるはずだ、ミリー。知ってるだろう」

「たぶん、ジムね。もし彼が話すならだけど」

「電話はできるのか？　番号は？」

「ジムは電話をする人じゃないから。もうしない」

「昔と同じ場所にいる?」

「いると思う」

それ以上何も言わずに、彼女はその獰猛《どうもう》な細長い指でわたしの肩をつかみ、閉じた唇にわたしの厳粛なキスを受け入れた。

★

その夜、わたしはレディングまで行き、鉄道駅の近くの、誰も宿泊者の名前など気にしないホステルに泊まった。この時点でドルフィン・スクウェアからいなくなったことが発覚していなければ、わたしの不在に最初に気づく人物はタビサで、時刻は翌朝九時ではなく、十時だ。追跡が始まるとしても、午《ひる》まえからだろう。朝はのんびり朝食をとり、エクセターまでの切符を買って、トーントン(イングランド南西部、サマセット州の州都)まで満員列車の通路に立っていた。駐車場を横切り、町はずれに出て、夕闇がおりてくるまでぶらぶらと時間をつぶした。

ジム・プリドーの姿は長いこと見かけていなかった。コントロールの指示で彼がチェコの不首尾に終わった任務に送られ、背中に銃弾を撃ちこまれたうえ、チェコの拷問チームによる不寝の責め苦を受けて以来見ていない。わたしも彼も生まれは混血だ。ジムにはチェコとノルマン、わたしにはブルトンの血が流れているが、類似点はそこで終わる。ジムのスラヴの血は濃い。少年時代にはチェコのレジスタンス運動のために伝令を務め、ドイツ兵の喉をかき切った。ケンブリッジ大学で学業は修めたかもしれないが、飼い慣らされることはなかった。ジムがサーカスに入ったときには、サラットの近接戦闘の指導官でさえ、こいつには用心する必要があると学んだほどだった。

正門でタクシーからおりた。泥のついた緑の表示板に〝待望の共学化〟とあった。曲がりくねった穴だらけの私道の先に、荒廃した風格ある校舎が見え、まわりをプレハブの低い建物が取り囲んでいる。穴をよけながら歩いていくと、運動場、崩れかかったクリケットのテント、数棟の教職員用住居があった。放牧場では毛がふさふさしたポニーの群れが草を食《は》んでいた。自転車に乗った少年ふたりが通りかかり、体の大きいほうがバイオリン、小さいほうがチェロを背負っていた。わたしは手を振って呼び寄せた。

「ミスター・プリドーを探しているんだ」と話しかけた。少年たちは、なんのことだという顔を見交わした。「ここで働いていると言われた。外国語を教えている。あるいは、教えていた」

大きいほうの少年が首を振って、去ろうとした。

「ジムのことじゃないよね？」若いほうが言った。「足を引きずって歩く年寄りだけど。窪《ディ》地《ッチ》のトレーラーに住んでる。フランス語の補講とジュニアラグビーを教えてる」

「窪地《ディッチ》というのは？」

「校舎をすぎて左にずっと歩いてくと、道の先に古い車《アルヴィス》が見えるよ。ぼくたち、用事に遅れてるんだ」

わたしは左にずっと歩く。背の高い窓の向こうで、少年少女が白いネオン電球の下、机について背を丸めている。建物の反対側に達し、仮設教室が並んでいるまえを通りすぎると、松林に下っていく道があった。その林のまえに防水シートのかかったビンテージカーの輪郭《りんかく》があり、隣に置かれたトレーラーのカーテンを引いた窓の向こうに、明かりがひとつともっていた。そこからマーラーの曲が流れてくる。ドアを叩くと、しわがれた怒鳴り声が返ってきた。

「来るな、少年！ ひとりにしておいてくれ《フ・モワ・ラ・ペ》。この意味は辞書で調べろ」

わたしはカーテンのかかった窓のほうにまわり、ポケットからペンを取り出すと、手を伸ばして自分のピンポイント暗号を叩き、ジムが銃をしまう時間を与えた。もし銃を構えていたらだが、ジムのことだから油断はできない。

★

テーブルには半分飲んだスリボビッツのボトル。ジムは二個目のグラスを出し、レコード・プレーヤーのスイッチを切った。石油ランプに照らされた厳《いか》つい顔は苦痛と加齢でゆがみ、曲がった背中は貧相な椅子の背に当てられている。拷問を受けた人間は独特だ。どこにいたかは想像できるが——それもあくまで想像にすぎないけれど——彼らが何を持ち帰ってきたかは見当もつかない。

「学校崩壊だよ」彼は大声でせわしなく笑いながら吠える。「サースグッドというんだがな、校長は。完璧な良妻がいて子供がふたり。それがくだらんゲイだとわかった」と大げさに見下して宣言した。「学校の料理人と夜中に駆け落ちだ。授業料を持ち逃げして、ニュージーランドかどこかに。教職員に週末までの給料を払う金も残っちゃいなかった。自分にそういう性質があるとは思ってもみなかったんだな。それで」くすくす笑いながら、ふたりのグラスに酒をつぎ足した。「どうすりゃいい、え？　学年度のまんなかで子供たちを困らせたくない。試験は近い。十一人の一軍選手も決めなきゃならん。校内の表彰もある。おれは年金と、手荒く扱われたことに対して追加でいくらかをもらっていた。寄付をする親もいた。ジョージが銀行家を知っていた。かくして学校はおれを放り出せなくなったわけだ。だろう？」酒を飲んで、グラス越しにわたしを見つめた。「まさか、また荷造りしてチェコに無駄骨を折りにいけとは言わんだろうな、え？　連中がまたモスクワとよろしくやろうとしてるからって」

「ジョージと話す必要がある」

しばらく何も起きなかった。暗くなりつつある外の世界から木々の葉ずれの音と牛の鳴き声が聞こえた。目のまえには、狭苦しいトレーラーの壁を背に、ジムの傾いだ上半身が微動だにせず立っていて、ぼさぼさの黒い眉の下からスラヴ人の鋭い視線がわたしを射貫《いぬ》いている。

「長年いろいろと世話をしてくれた、あのジョージって人は。お役御免《ごめん》の下働き《ジョー》の生活を支えるってのは、万人の趣味じゃない。正直なところ、彼がおまえさんを必要としてるかどうかはわからない。本人に訊いてみないと」

「どうやって訊く？」

「ジョージはもともとスパイゲームのプレーヤー向きじゃない。どうしてこの世界に入ったんだか。何もかも自分の肩に背負ってしまうからな。この仕事でそれをやっちゃいけない。ほかのやつら全員の苦痛をわがことのように感じるというのはな。仕事を続けたいなら無理だ。おれに言わせれば、ジョージのあの情けないかみさんにも多分に責任はあったと思う。あの女、何をしてるつもりだったんだ」と問いかけ、また黙りこんで、顔をしかめ、いまの質問に答えてみろと言わんばかりだった。

だが、ジムはもとよりあまり女が好きではなく、彼にとって天罰《ネメシス》であり元恋人だったビル・ヘイドンの名前を出さずに質問に答えることは不可能だった。ヘイドンは彼をサーカスに誘い入れたあげく、裏切って彼をモスクワの主人たちに差し出し、その過程で目くらましのためにスマイリーの妻と寝ていた。

「ほかならぬカーラの件でも、ジョージはずいぶん傷ついた」まだスマイリーにまつわることで不満をこぼしていた。「われわれに対抗する長期雇用のスパイを全員リクルートした、モスクワ・センターのあの小賢《こざか》しい野郎のために」

そのスパイのなかで掛け値なしの最高峰はビル・ヘイドンだった、と続けることもできた。ジムが素手でその首を折ったと噂される男の名前を、ジム自身が口にする気になればだが。ヘイドンが殺されたのは、捕まってスパイ交換取引でモスクワに送られるまえに、サラットでみじめにすごしていたときのことだった。

「ジョージはカーラを説得して西側に来させた。やつの弱点を見つけて働きかけたんだから、すべてジョージの手柄だ。それからカーラをデブリーフィングして、南米で新しい名前と仕事を与えてやった。ロシア学をラテンアメリカ人に教える仕事だ。そうして再定住させた。厄介なことは何もない。ところが一年後、あのろくでなしは拳銃自殺して、ジョージの心をずたずたにする。どうしてあんなことになったのか。おれはジョージに言ってやったよ。頭のなかに地獄ができてるんじゃないか、ジョージ、カーラは自殺したんだぞって。安らかに眠れ、だ。あれがジョージのいけないところで、あらゆることの両面を見ずにはいられない。くたびれ果てちまう」

苦痛か非難のうなり声をあげて、ジムはまたふたりのグラスにスリボビッツをついだ。

「ひょっとして、逃亡中か？」彼は訊いた。

「そうだ」

「フランスへ？」

「そう」

「パスポートは？」

「イギリス」

「情報部《オフィス》はまだ名前を広めていない？」

「わからない。手配されていないほうに賭ける」

「サウサンプトンがいちばんだ。目立たない恰好をして、混んだ日中のフェリーに乗る」

「ありがとう。ちょうどそうするつもりだった」

「〈チューリップ〉のことじゃないんだろう？　まだあれを引きずってるなんてことはないな？」拳《こぶし》を作って、耐えがたい記憶を打ち払うように自分の口にぶつけた。

「〈ウィンドフォール〉作戦全体の問題だ」わたしは言った。「議会のキングサイズの調査委員会がサーカスにナイフを突き立てた。ジョージがいないから、彼らはおれを事の張本人と見なしている」

言い終わるかどうかのうちに、ジムは拳をふたりのあいだのテーブルに叩きつけ、グラスが鳴った。

「ジョージとはなんの関係もないだろうが！　あのくそムントが彼女を殺したんだ！　誰も彼も殺した！　アレックも、彼の恋人も！」

「法廷でそれを証明しなければならないんだ、ジム。連中はありとあらゆる記録をおれに投げつけてくる。ことによると、あんたにも。もし彼らがあんたの名前をファイルから掘り出すことができたらな。だから、どうしてもジョージに会う必要がある」それでもジムから返事がないので、「どうすれば彼と連絡がとれる？」

「とれない」

「でも、あんたはどうやって？」

また怒りの沈黙。

「電話ボックスからだ、知りたいなら。地元のボックスは使わない。地元の電話には手を触れない。同じ電話も二度と使わない。かならず次の秘密会合《トレフ》をあらかじめ決めておく」

「あんたから彼に？　それとも彼からあんたに？」

「どっちも少しずつ」

「彼の電話番号はいつも同じなのか？」

「かもしれない」

「固定電話か？」

「かもしれない」

「だったら、どこにいるか知ってるんだろう？」

ジムはすぐ横に積んであった学校の練習帳を一冊手に取り、空白のページを破り取った。わたしは鉛筆を差し出した。

「大学校舎三号棟《コレギエンゲボイデ・ドライ》」書きながら詠じるように言った。「図書館だ。フリーデという女がいる。これでいいか？」そしてその紙をよこし、眼を閉じて椅子の背にもたれると、ひとりにしておいてもらうのを待った。

★

サウサンプトンから混んだ日中のフェリーに乗ると言ったのは、嘘だった。イギリスのパスポートで旅行すると言ったのも嘘。だますのは気が引けるが、ジムのことだから油断はできない。

ブリストルから、早朝のフライトでル・ブルジェに飛んだ。タラップをおりるうちに、〈チューリップ〉の思い出に襲われた――〝最後に生きているきみを見たのはここだ。ここでもうすぐグスタフに再会できるときみに約束した。ここできみに考えを変えてくれと祈ったが、叶わなかった〟

パリから汽車でバーゼルまで行った。フライブルクを出るころには、尋問の日々のあいだじゅう抑えこんでいたあらゆる怒りと当惑が一気に表に噴き出した。わたしが忠誠を捧げた欺《ぎ》騙《へん》の生涯に責めを負う者がいるとしたら、ジョージ・スマイリー以外の誰だというのだ。リズ・ゴールドと仲よくなるべきだと提案したのはおれか？　タビサの言う、つなぎ止められたヤギ、アレックに嘘をついたうえ、ジョージがムントのために仕掛けた罠にアレックが踏みこむのを見るというのは、おれの発案だったか？

清算のときがついに訪れたのだ。むずかしい質問にわかりやすい回答をもらうときが。たとえば、ジョージ、あんたはわざとおれの人間性を抑えこんだのか？　それとも、たんにおれも巻き添え被害者のひとりだったということか？　そしてたとえば、あんたの人間性はどうなんだ？　どうしてつねに、より高尚で抽象的な大義の補佐役を務めなければならない？おれはもうそんな大義には手を出せない、かつて出したことがあったとしても。

別の言い方をしようか。自由の名のもとにどのくらい人間的な感情をおろそかにすれば、人間性も自由も感じなくなると思う？　あるいは、われわれはもはや世界的プレーヤーでもないのに、世界のゲームでプレーする必要がある不治の英国病に罹《かか》っているだけなのか？

受付にいたフリーデという親切な女性が、大学校舎三号棟の図書館は中庭を挟んだ真向かいの建物にあり、大きな入口から入って右、とはきはきした口調で教えてくれた。〝図書館〟の表示はなく、実際に図書館ではなかった。たんに訪れる学者たちのために設けられた、奥行きのある静かな読書室だった。

それから、室内静粛《せいしゅく》がルールですのでお忘れなく。

★

わたしが訪ねようとしていることを、ジムがなんらかの方法でジョージに伝えたのかどうかはわからない。ジョージがわたしの存在を感じ取っただけだろうか。彼は出窓のまえの書類が散らばった机につき、こちらに背を向けて坐っていた。ものを読める光が入ってきて、必要ならまわりの丘や森の景色が眺められる角度に。見渡すかぎり、ほかに人はいなかった。板張りの壁のまえに、空《から》っぽの机と心地よさげな椅子が並んでいるだけだった。わたしは互いに向き合えるようにまわりこんだ。もとよりジョージは老け顔だったので、不快な驚きがなかったのにはほっとした。そこにいたのは同じジョージ、昔からそのくらいに見えた歳になっただけの彼だった。けれどもこのジョージは、赤いセーターを着、あざやかな黄色のコーデュロイのズボンをはいていたので、わたしはぎょっとした。不恰好なスーツを着ているところしか見たことがなかったからだ。その落ち着いた顔の表情にフクロウのような悲しみがまだうかがえたとしても、挨拶《あいさつ》のしかたに悲しみは微塵《みじん》も感じられなかった。ジョージは活力が急に湧いたようにぱっと立ち上がると、両手でわたしの手を握りしめた。

「読書とはね。いったい何を読んでいた？」わたしは的はずれな抗議をした。静粛がルールだから、声を抑えて。

「いやはや驚いた《オー・マイ・ディア・ボーイ》。訊くだけ野暮だよ。耄碌《もうろく》した老スパイが歴史の真実を探っていたのさ。しかしきみは不名誉になるくらい若いな、ピーター。またいつもの悪さをしているのか？」

言いながら机の本と書類をまとめ、ロッカーに入れている。わたしは昔の習慣からそれを手伝う。

そして想定外の場所で会った照れ隠しに、ジョージの質問には答えず、アンのことを訊く。

「彼女は元気だ、おかげさまで、ピーター。そう、非常に元気だ、あれこれ考えると」ロッカーに鍵をかけ、その鍵をポケットに入れて、「ときどき訪ねてくるのだ。いっしょに散歩する。黒い森《シュヴァルツヴァルト》をね。老人の長い散歩ではないが、とにかく歩く」

わたしたちの小声の会話は、老婦人が入ってきたことで中断する。彼女は苦労してショルダーバッグを体からおろし、書類を広げ、眼鏡《めがね》を片方の耳からもう一方の耳にかけ、大きなため息をついて、壁の窪《くぼ》みの席に収まった。最後まで残っていたわたしの決意をくじいたのは、彼女のそのため息だったと思う。

★

わたしたちは、ジョージの禁欲的なひとり住まいのフラットにいる。そこは街を見おろす丘の中腹だ。ジョージはわたしの知り合いの誰ともちがうやり方で話を聞く。小さな体はまるで冬眠に入ったようになり、まぶたが半分垂れ下がる。聞き終えるまで顔もしかめず、うなずきもせず、眉を上げることすらあまりない。そして話が終わると、こちらが省いたか、ごまかしたあいまいな点について説明を求め、最後まで聞いたことを確かめる。まだ驚きも、それでよしという承認も、ほかの何もない。だからなおさら、わたしが長すぎる話を終えたときに――外は夕闇がおり、眼下の街が屍衣《しい》のような霧に包みこまれて、ところどころ光が飛び出している――ジョージがものすごい勢いでカーテンを閉じて世界を消し去り、それまで彼から聞いたこともない怒りのことばを怒濤《どとう》のごとく発したのには肝をつぶした。

「あの臆病者ども！　救いようのない臆病者どもだな！　ピーター、こんなひどい話はないぞ。カレン、それが彼女の名前だったか？　わたしはいますぐカレンを探す。行って話したいと言えば会ってくれるだろう。もっといいのは、こちらに来てもらうことだ、もし彼女が同意すればだが。クリストフがわたしと話したいのなら、ぜひそうするがいい」そしていくらか気をもませる休止のあとで、「グスタフもだ、もちろん。公聴会の日程は決まっていると言ったかな？　わたしが証言する。宣誓したうえで。証人として出席し、真実を語る。彼らがどんな法廷を選ぼうと。

何も知らなかったのだ。そんなことになっていようとは」ジョージは激怒した口調で続けた。「まったく知らなかった。誰もわたしを探しにこなかったし、連絡もなかった。引きこもっているとはいえ、見つけるのは造作なかったのに」何から引きこもっているのか説明せずに、そう主張した。「〈ステイブルズ〉だと？」憤然と言いつのった。「あんなものはとっくの昔に閉鎖されたと思っていたよ。サーカスを去ったときに、わたしの権限は委任状で弁護士に託したのだ。そのあとどうなったのかは想像がつかない。どうせ何もしなかったんだろうな。議会の調査委員会？　訴訟？　わたしにはひと言もなし！　ささやきさえ！　なぜか？　教えよう。わたしに知られたくなかったからだ。わたしが序列の上にいすぎたから、彼らの意に沿わなかったのだ。よくわかる。元〈隠密〉のチーフが証言台に立つ？　世界が憶えてもいないような大義のために、優秀な情報部員ひとりと無辜《むこ》の女性ひとりを犠牲にしたことを認める？　しかも情報部のチーフが個人的にすべてを計画し、結果を容認していた？　現代の主人たちが居心地の悪さを感じるのも当然だ。何事であろうと神聖な情報部のイメージを傷つけてはならないというわけだ。まったく。わたしに知らせれば、ただちにミリー・マクレイグに指示して、全資料と、彼女に預けたほかのあらゆるものを提出させるのはわかりきっていた」少し穏やかな声になって続けた。「〈ウィンドフォール〉は今日《こんにち》に至るまでわたしに取り憑《つ》いている。この先もずっとそうだ。すべてわたしが悪かった。ムントの冷酷さは考慮していたが、あそこまでとは思わなかった。証人を殺してしまいたいという誘惑が、彼にとっては抗《あらが》えないほど強かったのだ」

「しかし、ジョージ」わたしは反論した。「〈ウィンドフォール〉はコントロールの作戦だった。あんたはそれにしたがっただけだ」

「そのほうがより大きな罪だと思う。ソファに坐らないか、ピーター」

「バーゼルのホテルに部屋を取っている。ここには立ち寄っただけで、明日の朝の汽車でパリに帰るんだ」

嘘だった。彼もそれを察したと思う。

「だったら最終列車は十一時十分だ。発《た》つまえに夕食をおごらせてくれるな？」

心の奥底にあって異議を唱えられない理由から、クリストフがわたしを殺しそうになったことをジョージに話すのは不適切と思われた。彼の父親アレックの情報部を弾劾《だんがい》する演説――それでも彼はサーカスを愛していたのだが――についてはなおさらだ。けれども、ジョージの次のことばは、クリストフの熱弁に対する答えだったのかもしれない。

「われわれは無慈悲だったのではない、ピーター。無慈悲だったことは一度もない。むしろ大きな慈悲の心を持っていたのだが、おそらくそれを向ける先をまちがえた。無駄な努力だったのは確かだ。いまはそれがわかる。当時はわからなかった」

記憶にあるなかで初めて、ジョージは思いきってというふうにわたしの肩に手を置き、火傷《やけど》でもしたかのようにすぐ引っこめた。

「だが、きみはわかっていた、ピーター！　もちろんそうだ。きみと、その善良な心は。でなければ、なぜ哀れなグスタフを見つけ出したりする？　あれは本当に立派だった。グスタフにも、かわいそうな彼の母親にも誠実だった。彼女はきみにとって大きな損失だった。わかっている」

グスタフを手助けしようというわたしの中途半端な努力をなぜジョージが知っていたのか。

見当もつかなかったが、わたしはさほど驚かなかった。まさに記憶どおりのジョージだったからだ——他人の弱みはすべて知っているのに、自分の弱みは禁欲的なほど認めたがらない。

「カトリーヌは元気かね？」

「ああ、とても。おかげさまで」

「彼女の息子は？」

「娘だ。元気にしている」

ジョージはイザベルが娘であることを忘れていたのか。それとも、グスタフのことをまだ考えていたのか？

★

昔は馬車宿だった、大聖堂にほど近い宿屋。黒いパネルに狩猟の獲物の頭部が飾られている。太古の昔から残っているか、一度空襲で焼け落ちたが古い写真にもとづいて再建されたかだ。本日の特別メニューは鹿肉のシチュー。ジョージがそれを勧め、バーデンのワインが合うと言う。そう、まだフランスに住んでるよ、ジョージ。それはいい、と彼が言う。フライブルクに住むことにしたのか？　とわたしが訊くと、答えをためらう。一時的に、そうだな、ピーター。その一時がどのくらいの長さになるかはわからない。そして、いま思いついたかのように尋ねる——とはいえ、ふたりともしばらくまえから考えていたと思う。

「何かわたしを責めるつもりで来たんだろう、ピーター。当たりかな？」今度はわたしがためらっているあいだに、続ける。「それはわれわれがしたことについてかな？　あるいは、なぜしたのかということについて？」これ以上ないほどやさしい口調で問いかける。「なぜわたしがそうしたのか、というほうが正確か。きみは忠実な歩兵だった。毎朝太陽が昇るのはなぜかと尋ねるのは、きみの仕事ではなかった」

そこに疑問を呈してもよかったが、流れを止めてしまうのではないかと思った。

「世界平和のためだ、それがなんであれ。そう、もちろん、戦争はない。しかし、平和のための努力においては、石一個おろそかにしてはならないのだ、かつてわれわれのロシアの友人たちが言っていたように」いっとき黙ったが、今度はいっそう勢いづいて、「それともあれはすべて、偉大なる資本主義のためだったのか？　断じてちがう。キリスト教世界のため？　これも断じてちがう」

ワインをひと口。当惑の笑み。わたしではなく、自分に向けたものだ。

「だとすると、すべてはイギリスのためだったのか？」と続ける。「そういう時期もあった、たしかに。だが、誰のイギリスだね？　どのイギリスだ？　イギリスだけのため、ほかのどこにも属さない国民のためか？　わたしはヨーロッパ人だ、ピーター。わたしが使命を帯びるとすれば——敵とのやりとりを超えた使命にもし気づくとしたら——それはヨーロッパに対する使命だ。わたしが薄情だとしたら、ヨーロッパに対して薄情ということだ。達成不可能な理想を抱いているとしたら、それはヨーロッパを闇のなかから新しい理性の時代に導くことだ。その理想はまだ持っている」

沈黙。最悪の時代を含めても、記憶にあるかぎりでもっとも深く、長い沈黙。よく動く顔の曲線が凍りつき、額がまえに傾き、陰になったまぶたが下がっている。急に人差し指が眼《め》鏡《がね》のブリッジに上がり、まだそこにあることを確かめる。そして悪い夢を追い出そうとするかのように頭を振って、彼は微笑む。

「悪かった、ピーター。御託《ごたく》を並べてしまった。駅まで歩いて十分だ。そこまで案内させてもらえるね？」

14

わたしはこれをレ・ドゥ・ゼグリーズの農場の自分の机で書いている。ここに記したのは、はるか昔の出来事だが、わたしにとっては窓辺に置いてある植木鉢のベゴニアや、マホガニーの収納箱で輝いている父の勲章と同じくらい、いまでも現実味がある。カトリーヌはコンピュータを手に入れた。本人はかなり進歩していると言う。昨夜、わたしたちは愛し合ったが、わたしの腕のなかにいたのは〈チューリップ〉だった。

わたしはいまだに入江におりていく。杖をついて。容易な道のりではないが、なんとかおりる。ときどき友人のオノレが先に来ていて、いつもの岩の上にしゃがみ、ブーツのあいだにシードルの大きな罎《びん》を挟んでいる。春には、ふたりでバスに乗ってロリアンに出かけ、オノレの主張にしたがって波止場のあたりを散歩した。東方へ出航する大きな船を見に、母がよく連れていってくれた場所だが、いまやドイツ人がUボートのために築いた巨大なコンクリートの稜保式城郭《りようほしきじようかく》が景観を損ねている。連合軍のどんな爆撃もそこをへこませることはできなかったが、町は焼け野原になった。だから六階分ほどの高さの城郭は、ピラミッドのように永遠にそこにある。

なぜオノレはわたしをここに連れてきたがったのだろう。そう思っていたら、彼が急に足を止め、無言の怒りで城郭を指さした。

「あの馬鹿、やつらにセメントを売りやがった」オノレは奇妙な響きのブルトン語で抗議した。

馬鹿？ 気がつくまでに少し時間がかかる。もちろん、彼の死んだ父親のことを言っているのだ。ドイツ人に協力した廉《かど》で絞首刑になった。それでわたしにショックを与えたかったのだが、わたしが動じないのを見て満足する。

日曜には、この冬の初雪が降った。牛たちは小屋に閉じこめられて悲しそうだ。イザベルは立派な娘になった。昨日話しかけたときには、わたしの顔をまっすぐ見て微笑んだ。いつか話もしてくれる、とわたしたちは信じている。ここでムシュー・〝将軍《ル・ジェネラル》〟が現われた。黄色いバンで道の穴をよけながら登ってくる。ことによると、イギリスからの手紙を持っているのかもしれない。

謝辞

私に惜しみなく知識を与えながらブルターニュ南部を案内してくれた、テオとマリー・ポール・ギュー夫妻に心からの感謝を捧げる。一九六〇年代の東西ベルリンに関する飽くなき研究と、記憶の貴重な断片を提供してくれたアンケ・エルトナー、アレック・リーマスと〈チューリップ〉の東ベルリンからプラハまでの逃亡ルートを見つけ、私を連れてそこをたどってくれた非凡な情報収集者のユルゲン・シュヴェムレ、雪道の旅を二倍愉《たの》しませてくれた完全無欠の運転手、ダリン・ダムジャノフにも感謝する。ベルリンのシュタージ博物館のイェルク・ドリーゼルマン、ジョン・スティア、シュテフェン・ライデにも、私だけのために暗い領地の見学ツアーを組んでくれたことと、贈り物として私自身の印章《ペットシャフト》をいただいたことのお礼を言わなければならない。そして最後に、法律家としての眼と文筆家としての理解力で、議会特別委員会と法的手続きのこみ入った問題を説明してくれたフィリップ・サンズに、特別な謝意を表する。英知は彼のものだ。誤りがあったとすれば、それは私のものである。

ジョン・ル・カレ

訳者あとがき

これを書き上げた創意工夫と技術には息をのむ。『寒い国から帰ってきたスパイ』以来、ル・カレがこれほど力強く、スリル満点にストーリーテリングの才能を発揮したことはなかった。

――《ガーディアン》紙

ジョン・ル・カレの長篇二十四作目 *A Legacy of Spies* の翻訳をお届けする。イギリス本国のみならず、アメリカでも《ニューヨーク・タイムズ》紙のベストセラー一位になるなど、大いに話題を呼んだ作品である。

なぜか？ 本書の主人公は、スパイ小説の金字塔と呼ばれるスマイリー三部作〔発表順に『ティンカー、テイラー、ソルジャー、スパイ』（以下『ティンカー、テイラー』）、『スクールボーイ閣下』、『スマイリーと仲間たち』〕で活躍した、イギリス情報部員のピーター・ギラムなのだ。さらに、過去にさかのぼる場面が多いこの小説には、スマイリー、コントロール、プリドー、アレリン、ヘイドン、エスタヘイスなど、『ティンカー、テイラー』の主要人物も出てくる。

少しあらすじを紹介しよう。引退して老境に入り、フランスの農場で暮らしていたギラムは情報部《サーカス》に呼び出され、過去にたずさわったある作戦がらみで厄介な事態が持ち上がっていることを知らされる。このままでは情報部のみならず、ギラム自身も含めた元部員たちが法廷闘争に巻きこまれてしまう。ギラムは作戦当時の記録や、スマイリーに命じられた作戦行動について、情報部の若い法務担当から厳しく問い質《ただ》されるが、すべてを把握していたはずのスマイリーの行方はわからない。

驚いたことに、ここで問題になっている作戦とは、『寒い国から帰ってきたスパイ』(以下『寒い国』)で主人公の情報部員アレック・リーマスが遂行したあの作戦なのだ。『寒い国』は、スマイリー三部作に先立つ作者の長篇三作目にして出世作。ベルリンでの任務に失敗して、すさんだ生活を送っていたリーマスに東側のスパイが接触してくるところから始まり、めくるめく展開の末に苛酷な終局を迎えたあの作戦の亡霊が、半世紀の時を経てギラムに迫ってくる。彼は資料を突きつけられ、当時の状況を思い出さざるをえなくなる。活動中に恋心を募らせた、ひとりの女性のことも——

本書は、ギラムを通して見た『寒い国』の一連の出来事と、そこに至るまでの前日譚《たん》、そして『ティンカー、テイラー』を含む後日譚からなる。約十年の時を隔てて書かれたふたつの作品を、人間関係や出来事を維持しながら見事につないだうえで、さらに構想をふくらませた力作なのだ。

よってここで、本文より先にこの「あとがき」を読んでおられるかたに申し上げておきたい。本書はとくに『寒い国』と『ティンカー、テイラー』を下敷きにしているので、本書を読むと両作品のプロットや二重スパイの正体といった重大な内容がわかってしまう。ル・カレ自身、たとえば『スクールボーイ閣下』では冒頭であっさり『ティンカー、テイラー』の二重スパイを明かしているから、いわゆるネタバレにはあまり頓着《とんちゃく》しない人なのかもしれないが、文句なしの傑作である『寒い国』と『ティンカー、テイラー』の〝サプライズ〟を多少なりとも減らしてしまうのは忍びない。気になるかたは、どうかこちらに取りかかるまえに両作品を読んでいただきたい。

日本の北アルプスに表銀座と裏銀座というルートがある。同じ槍・穂高連峰を東側と西側から眺めることができるのだが、『寒い国』を表銀座とすれば、本書はアプローチの長い裏銀座とも言えるもので、同じ山もルートが変わるとまたちがって見える。もちろんこれ単独でも完成度の高い作品として読めるけれど、表銀座を歩いてからの裏銀座の山行がいっそう味わい深いように、先行作品を読んでおけば新たな発見が相次ぎ、愉《たの》しみが倍増することは請け合っておく。

ル・カレの小説は、主人公がどこかにこもって過去の文書を読む、ふつうなら地味で退屈な場面でなんともいえない魅力を放つ。本書も例外ではなく、老いたギラムの現在と、昔の記憶、記録に残された人々の行動や発言を自由に往《ゆ》き来して、多層的に事件を浮かび上がらせる作者の語りは、まったく衰えを見せていない。ル・カレは現在八十七歳で、作家としての生涯を振り返る回想録『地下道の鳩』に加え、小説でもキャリアの集大成のような本書を書いたので、もしやこれで断筆かとも思われた。しかし、あるインタビューで示唆していたとおり、また別の話を書いていて、本年十月にその新作 *Agent Running in the Field* が上梓されるようだ。引退間近のイギリス情報部のスパイに、見知らぬ若者がバドミントンの試合を申しこんでくる冒頭から引きこまれる作品である。邦訳も遠からず刊行される予定なので、ご期待いただきたい。

本書の訳出にあたって、『寒い国』や『ティンカー、テイラー』と共通する用語はできるだけ踏襲した。ただ、〝シュタージ（国家保安省）〟ということばは『寒い国』の原書にも訳書にも出てこない（〝東ドイツ情報部〟と称される）。ベルリンの壁ができてまもない時期だったから、まだ用語が定着していなかったのだろう。人名の表記については、今日《こんにち》一般的と思われる表記に変えたものもある。お読みいただければわかるとおり、ル・カレは本書全体をつうじて、かなり細かく『寒い国』と平仄《ひょうそく》を合わせている。明らかにちがうところもなくはない（たとえば、リーマスが暴行を加えた食料品店の店主の名前など）が、そこは今回の原書のままとした。

ちなみに、本書の〈ウィンドフォール〉という暗号名は、『寒い国』では使われていない。単語の意味としては〝風で落ちた果実（落果）〟、転じて〝思いがけない授かり物・収入〟である。この作戦が始まった経緯を考えれば、なるほど気の利いた命名ではないか。そしてこれもトリビアだが、情報部の隠れ家《セーフハウス》〈ステイブルズ〉があったブルームズベリーは、大英博物館やロンドン大学などが集まるロンドンの文教地区で、十九世紀から二十世紀にかけてディケンズやモームらが住んでいた。そこにセーフハウスを設けるのは、いかにもスマイリーらしい。

長い歳月を経てまさかの再登場となったスパイ小説黄金期のスターたちの物語を、皆さんがいろいろな読み方で愉《たの》しまれることを願っている。

二〇一九年九月

二十一世紀のジョン・ル・カレ

翻訳家
上岡伸雄

二十一世紀のジョン・ル・カレの作品群は彼の代表作として残るだけでなく、二十一世紀世界文学の代表作としても残るのではないか。

僕はこんなことを最近、さかんに言っている。たとえば、集英社の《kotoba》（二〇一九年秋号）に寄せた「未来の古典としてのジョン・ル・カレ」や、岩波書店の《思想》（二〇一九年十一月号）に掲載する『「戦争は企業のものとなっている」、または忠誠心の行方――二一世紀のジョン・ル・カレ』などだ。

どうしてそう思うのか？

それはもちろん、二十一世紀のル・カレの活躍が驚異的だからにほかならない。『ナイロビの蜂』（二〇〇一年）に始まり、『サラマンダーは炎のなかに』（二〇〇三年）、『ミッション・ソング』（二〇〇六年）、『誰よりも狙われた男』（二〇〇八年）、『われらが背きし者』（二〇一〇年）、『繊細な真実』（二〇一三年）と、ハイペースに小説を生み出した上、二〇一六年には自伝『地下道の鳩——ジョン・ル・カレ回想録』も上梓した。一九三一年生まれだから、すべて七十歳以降の作品だ（正確に言えば、『ナイロビの蜂』は七十歳の誕生日の少し前に出版された）。老境の作家をここまで創作活動に駆り立てるものは何か？

二十世紀のジョン・ル・カレは、冷戦期の東西スパイ合戦を描く作家として記憶されるはずだ。主人公は超人的な活躍をするスパイではなく、人間としての煩悩《ぼんのう》を抱えた等身大の人物たち。彼らがソ連の非人道的な政策に対抗するため、ときには無慈悲に人を利用する作戦も遂行する。その頭脳戦がエキサイティングであるとともに、どちらが善とも悪とも言えなくなるグレーゾーンが描かれるのも特徴で、傑作の所以《ゆえん》でもあった。『寒い国から帰ってきたスパイ』のアレック・リーマスやリズ・ゴールドのように、犠牲になる個人の哀れさも胸に迫った。

冷戦が終わってどうなったか？ ル・カレはあるインタビューで冷戦後の世界について、素晴らしいことが起きたかもしれなかったのに、そうはならなかったと嘆いている。「啓発された国家が啓発された国家として発言」するのではなく、「数十億ドルの資産を持つ多国籍企業に雇われた代弁者」となった。そして、こうした企業は「病に苦しみ死んでいく人々の搾取《さくしゅ》を株主への神聖な義務と考えている」のだ（《ネーション》誌二〇〇一年四月九日号、“In Place of Nations”）。つまり、個人を踏みにじる悪はいたるところにあり、冷戦後、かえって複雑化・肥大化していった。ル・カレはそれらを描かずにいられず、世界じゅうに題材を求めるようになったのだ。

二十一世紀の最初の作品、『ナイロビの蜂』に、ル・カレの問題意識はよく現われている。ここで彼が取り上げるのは非人道的な国際的製薬会社。彼らはアフリカ人を実験台に使い、多くの犠牲を出すことで莫大な利益をあげている。しかも腐敗したケニアの政権とつながり、イギリスの官僚や政治家も操っているので、彼らの犯罪が露見することはない。ル・カレは、そのような多国籍企業が実際に存在するのを知り、この小説を発想したという。

『ナイロビの蜂』の主人公、外交官のクエイルは妻のテッサとともにナイロビに赴任、人権派弁護士のテッサはこの製薬会社の問題に取り組むことになる。彼女はアフリカ人男性の援助活動家ブルームとともに実態を調査し、告発しようとするが、残虐に殺される。マスコミは行方不明になったブルームとテッサに不倫関係があったとスキャンダラスに報道し、イギリス外務省もブルームが殺人犯だと決めつけ、事件を片づけようとする。しかし、クエイルは妻を信じ、単独で調査を進める。犯人は誰か？　謎解きの面白さに満ちていると同時に、先進国が第三世界を食い物にしている実態を暴き、夫婦愛を感動的に描いた傑作だ。

九・一一テロ事件後に発表された最初の作品、『サラマンダーは炎のなかに』は、イラク戦争を起こしたアメリカとそれを支持するブレア政権への怒りから生まれた作品と言える。一九六〇年代のベルリンで急進派として活動していた二人、イギリス人のマンディとドイツ人のサーシャが、八〇年代には、共産主義体制が独裁化したことへの幻滅から二重スパイとしてイギリス諜報部に情報を提供するようになる。冷戦終結後、マンディはドイツのバイエルン地方でツアーガイドをしながら、トルコ人の妻とつつましく暮らしている。しかし彼はイラク戦争に荷担した祖国に失望し、またサーシャに誘われて、アメリカや企業の支配に抵抗するための学校建設に乗り出す。ところが、その計画には裏があり、意外な事実が明らかになる。

その後の作品でも、ル・カレはコンゴの内戦(『ミッション・ソング』)、ドイツ・ハンブルクに潜入したチェチェン人の不法移民(『誰よりも狙われた男』)、ロシアのマフィアやマネーロンダリング(『われらが背きし者』)、英領ジブラルタルでのテロリスト捕獲作戦と民間防衛企業の陰謀(『繊細な真実』)など、さまざまな題材を扱ってきており、その多様さには本当に驚かされる。共通するのは、正義感の強い個人がスパイ的な行為に巻き込まれ、非情な組織の悪とぶつかること。スパイ小説的な面白さを存分に備えながら、現代世界が抱える問題に目を向けさせる、極上のエンターテインメントだ。

どの作品でも、主人公の造形が素晴らしい。『ミッション・ソング』のサルヴォはアイルランド人とコンゴ人の血を引く孤児で、天才的な語学能力を生かし、通訳として(ときにはスパイとして)イギリスとコンゴの未来のために働こうとする。『誰よりも狙われた男』の若き弁護士、アナベル・リヒターは悲しい出自を持つチェチェン人移民を助けようとするが、ドイツの諜報機関やCIAなどとぶつかる。『われらが背きし者』の若い英文学者と弁護士のカップルは、ギャングの世界から足を洗おうとするロシアのマネーロンダラー救出作戦に巻き込まれる。『繊細な真実』の外交官キットとトビーは、アメリカの民間防衛企業がからんだテロリスト捕獲作戦がペテンであり、弱者を犠牲にしたことを暴こうとする。

こうした主人公たちはみな、祖国に対して忠誠心を抱き、信じる理想のために戦う者たちだ。しかし、彼らは国際的な企業や組織、それらに操られる官僚たちなど、大きな壁にぶち当たる。読者は彼らに感情移入しつつ、犠牲にされる弱者の姿に涙し、こう問わずにいられなくなるだろう。現代の世界はどうしてこうなってしまったのか？

『スパイたちの遺産』はこの現時点から冷戦期を振り返った小説なのである。『寒い国から帰ってきたスパイ』のアレックとリズの子供たちが英国情報部相手に訴訟を起こそうとし、老人となったピーター・ギラムがロンドンに呼び出される。本書の魅力は、ジョージ・スマイリーの部下として「スマイリー三部作」などで活躍したギラムが、自己を語る点にある。フランス人とイギリス人の混血児として育った生い立ち、スパイとなる経緯、親友の死への罪の意識、そしてある女性に対する激しい思い。五十年を経て、老いた元スパイによって明かされる『寒い国から帰ってきたスパイ』の真相は驚きと感動に満ちている。

あら筋は加賀山卓朗氏の「あとがき」に譲るが、このようにギラム側から『寒い国から帰ってきたスパイ』の作戦を振り返ることが本書の核心である。フランスで穏やかに暮らしているギラムだが、スパイだった冷戦期を思い出し、心が乱れることもある。ロンドンで情報部の弁護士たちから事情聴取される際には、都合の悪いところははぐらかしていくものの、読者は彼の回想を通して真相を知っていく。リズを利用するにあたってギラムが果たした役割、東ドイツにおけるイギリスのスパイ〈チューリップ〉との接触。彼が〈チューリップ〉の遺児を訪ねるくだりは泣ける。現在の彼は自分に問いかけずにいられないのだ。自分のやったことは何だったのか？　アレックとリズの犠牲には意味があったのか？　そして、冷戦が産み落としたものは？

この問いをル・カレはいまも問い続けているのだろう。本書出版時のインタビューでも、彼は冷戦期に守ろうとしてきた自由や平等といった価値観が崩れつつあるのを嘆き、イギリスのEU離脱にも懸念を表明している（NPRニュースのインタビュー、“Novelist John Le Carré Reflects on His Own 'Legacy' of Spying”より）。彼の作品群に登場する正義感の強い人たちは彼自身なのだ。彼らがぶつかる壁の巨大さ、容赦なさを描きつつも、突破口があることを願いつつ……。だから二十一世紀のル・カレ作品はみな感動的だ。

ル・カレは十月に八十八歳になるが、実は同時期に新作の*Agent Running in the Field*が出版される。宣伝文によれば、引退間際のイギリスのスパイが対ロシアの作戦に携わる物語で、トランプ政権やイギリスのEU離脱の問題も関わるらしい。最新のトピックにすぐさま取り組む精力的な創作活動に、もう圧倒される気分である。出版が待ちきれない！　そして、いつまでも書き続けてほしい！

二〇一九年九月一一日

本書は、二〇一七年十一月に早川書房より単行本
として刊行された作品を文庫化したものです。

ティンカー、テイラー、ソルジャー、スパイ〔新訳版〕

Tinker, Tailor, Soldier, Spy

ジョン・ル・カレ

村上博基訳

英国情報部の中枢に潜むソ連のスパイを探せ。引退生活から呼び戻された元情報部員スマイリーは、かつての仇敵、ソ連情報部のカーラが操る裏切者を暴くべく調査を始める。二人の宿命の対決を描き、スパイ小説の頂点を極めた三部作の第一弾。著者の序文を新たに付す。映画化名『裏切りのサーカス』解説／池上冬樹

スクールボーイ閣下（上・下）

The Honourable Schoolboy

ジョン・ル・カレ

村上博基訳

〔英国推理作家協会賞受賞作〕ソ連情報部の工作指揮官カーラの策謀により、英国情報部は壊滅的打撃を受けた。その長に就任したスマイリーは、膨大な記録を分析し、カーラの弱点を解明しようと試みる。そして中国情報部にカーラが送り込んだスパイの重大な計画を知ったスマイリーは秘密作戦を実行する。傑作巨篇

ハヤカワ文庫

リトル・ドラマー・ガール（上・下）

The Little Drummer Girl

ジョン・ル・カレ
村上博基訳

ユダヤ人を標的としたアラブの爆弾テロの黒幕を追うイスラエル情報機関は、周到に練り上げた秘密作戦を開始した。アラブ人テロリストを拉致したイスラエル側は、イギリスの女優チャーリィに協力を依頼。彼女はある人物になりすまし、テロ組織に接近していくが……中東問題の本質に鋭く迫る衝撃作。解説／森　詠

繊細な真実

A Delicate Truth

ジョン・ル・カレ
加賀山卓朗訳

極秘の対テロ作戦に参加することになった外務省職員。新任大臣の命令だが不審な点は尽きない。一方、大臣の秘書官は上司の行動を監視していた。作戦の背後に怪しい民間防衛企業の影がちらついていたのだ。だが、秘書官の調査には官僚の厚い壁が立ちはだかる！　恐るべきはテロか、それとも国家か。解説／真山　仁

ハヤカワ文庫

地下道の鳩

ジョン・ル・カレ回想録

The Pigeon Tunnel

ジョン・ル・カレ

加賀山卓朗訳

英国二大諜報機関に在籍していたスパイ時代、詐欺師の父親の奇想天外な生涯、スマイリーを始めとする小説の登場人物のモデル、グレアム・グリーンやキューブリック、コッポラとの交流、二重スパイ、キム・フィルビーへの思い……。スパイ小説の巨匠が初めてその人生を振り返る、待望の回想録！　解説／手嶋龍一

ハヤカワ文庫

訳者略歴　1962年生，東京大学法学部卒，英米文学翻訳家　訳書『地下道の鳩』ル・カレ，『ジョン・ル・カレ伝』シズマン（共訳），『レッド・ドラゴン〔新訳版〕』ハリス，『あなたを愛してから』ルヘイン（以上早川書房刊）他多数

HM=Hayakawa Mystery
SF=Science Fiction
JA=Japanese Author
NV=Novel
NF=Nonfiction
FT=Fantasy

スパイたちの遺産《いさん》

〈NV1460〉

二〇一九年十一月十日　印刷
二〇一九年十一月十五日　発行

（定価はカバーに表示してあります）

著者　ジョン・ル・カレ
訳者　加《か》賀《が》山《やま》卓《たく》朗《ろう》
発行者　早川　浩
発行所　株式会社　早川書房

郵便番号　一〇一 - 〇〇四六
東京都千代田区神田多町二ノ二
電話　〇三 - 三二五二 - 三一一一
振替　〇〇一六〇 - 三 - 四七七九九
https://www.hayakawa-online.co.jp

乱丁・落丁本は小社制作部宛お送り下さい。
送料小社負担にてお取りかえいたします。

印刷・株式会社亨有堂印刷所　製本・株式会社明光社
Printed and bound in Japan
ISBN978-4-15-041460-3 C0197

本書は活字が大きく読みやすい〈トールサイズ〉です。